U0619550

夏日踟躇

李渝　著

九州出版社
JIUZHOUPRESS

序　论

无岸之河的渡引者——李渝的小说美学

王德威（美国哈佛大学东亚系暨比较文学系教授）

在二十世纪中文小说创作的脉络里，现代主义影响深远，却总未受到应有的重视。三十年代的上海，六十年代的台北，都曾一度引领具有现代意识的文学风潮。然而我们的传统以感时忧国、乡土写实是尚，绝不因政权、意识形态的递嬗有所改变。有意思辨主体心性、琢磨形式风格，甚或遐想家国以外生命情境的作者，注定是寂寞的，八十年代以来海峡两岸众声喧哗，现代主义所曾标示的信条其实不无催化之功。然而后现代的实验风起云涌，百无禁忌，时至今日，再谈什么主义，似乎都是多此一举了。

但在新世纪初检视前此数十年海峡两岸的创作，我要说现代主义其实未完。我所意味的是，当下文学现象如此庞杂多元，以致使作者有了无不可为，也无可为的尴尬。现代主义所强调的审美情操及主体信念，未尝不督促我们反求诸己，回归基本面。另一方面，前此现代主义作家所示范的风格，以及所经历的生活及创作转折，依然有待读者及评者探讨思辨。我的说法当然不仅止于为某一文学形式复辟而已，恰相反地，我以为如果我们借现代主义再思“现代”一词所暗示的“当下”及“流变”意义，我们对这一风潮的回潮，可以成为拟想未来——下一个“现代”——的起点。

这也是为什么我们应当重视像李渝这样作家的原因。李渝六十年代末赴美后，并未与台湾文坛保持联系，她与同为作家的先生郭松棻曾一度参与“保钓运动”，同辈的战友尚有刘大任等人。“钓运”一役来得急、去得快。那段政治岁月也许只留下电光石火的痕迹，但却成为这几位作家创作修行的开始。比起上文所交代的背景，现代主义似乎不应与李渝、郭松棻这些作家发生关系。因为他们所曾经坚持的政治信仰，其实是反现代主义的[1]。但唯其如此，我们得见李渝还有其他同道这些年所经历的变与不变。他们曾为了改造中国，急切拥抱以社会、民族、现实是尚的主义；到了中年蓦然回首，他们反而了解捕捉现实、更新民族的要径之一，就是在于坚守个人的意志，操演看似最为无用的文学形式。但有没有如下的可能呢：他们的民族主义原

1　有关现代主义与马克思主义文学观的著作，见如 Eugene Lunn, *Marxism and Modernism: An Historical Study of Lukacs, Brecht, Benjamin, and Adorno*（Berkeley: University of California Press, 1982）。

就是基于一种纯粹的审美理想，他们的海外运动打从头起已带有荒谬主义的我执色彩？果如是，现代主义与社会主义，个人节操与民族情感竟可不断地以二律悖反形式，在他们生命／作品中形成辩证[2]。

我以为在她最好的作品与文论里，李渝反复思辨这一问题，而且将其复杂化。现代主义的定义一向众说纷纭。由李渝所示范的特征，从叙事、时间逻辑的涣散到文字修辞的“一意孤行”，由主体意识的辩证到社会参与的隐遁，不过是最明显的例证。比起王文兴、郭松棻、七等生等人，李渝未必是彻底的实践者。但看她如何经由现代主义的信条重探传统文化的门路，如何遍历感时忧国的考验归向方寸之间的启悟，永远耐人寻味。用李渝自己喜欢的意象来说，在历史或文字的“无岸之河”里，我们载沉载浮，都在找寻“多重渡引”的方式。此岸或是彼岸，已经无从闻问。怎样在流变中接驳渡引而偶得其情，反而成了重点。如此说来，现代主义于她没有别的，正是一种渡引的方式。

2 有关现代主义与台湾文学的传承、诠释与反挫，参看 Sung-sheng Yvonne Chang, *Modernism and the Nativist Resistance: Contemporary Chinese Fiction from Taiwan*（Durham & London: Duke University Press, 1993）。

一、鹤的意志：一种风格

李渝的创作始于六十年代。彼时她就读台大外文系，已深受所学及师友影响，前辈作家聂华苓正是鼓励她写作的师长之一。我们回顾她早期作品，如《水灵》《夏日　一街的木棉花》《彩鸟》等，遐想空灵，沉浸淡淡的颓废色彩中，十足文艺青年的苦闷与悸动姿态。“谁知道永远有多久？也许三年就是永恒，也许就那么二三分钟”“我渴望游戏和死亡，我总是这样，像一个疯子”“活着是没有理由的，因为我们只是上帝的玩物罢了”[3]这样的呢喃呐喊，无不显露现代主义式症候群。而要等到多年后，当李渝回首往事，写出一篇篇“温州街的故事”，我们才了解她看来天真矫情的叙事后，还有另一层历史文本：一代知识分子落难迁徙的沧桑（《菩提树》）、他们子女懵懂的南国经验（《朵云》），还有寻常百姓的乱世历险。政治禁忌、欲望压抑，曾怎样地驱促作家和她同代的学院青年另谋出路？文字里所唤生的虚无或感伤，成为一种逃避，或更是一种颉颃方法。学者张诵圣（Yvonne Chang）曾有专论探讨六十年代台湾现代主义的历史因缘及修辞政治，李渝的少作恰又可以

3　李渝《夏日　一街的木棉花》，《应答的乡岸》（台北：洪范，一九九九），页二〇二。

为例[4]。

李渝大学毕业后赴美专攻艺术史，与此同时，她卷入“保钓运动”。比起国家民族大义，创作已成小道，她的停笔并不让人意外。我所有兴趣的是，曾是现代风格实验者的李渝何能摇身一变，成为爱国运动者？这一改变除了意识形态的选择外，是否更有**美学**因素？江山如画、故国情深，对海外游子这只是最表面的诱因。我更愿猜测似李渝这般的作者，可能曾企求自爱国运动中，找寻一种纯净的个人寄托。远离滞塞严苛的岛屿家乡，遥想辽远的神州大陆，新中国的一切成了不折不扣的图腾，焕发“雄浑”（sublime）的魅力。从这个角度来看，“爱国”其实是“爱己”的辩证延伸，“回归”与其说是回归祖国，更不如说是回归梦土。现代主义的洁癖与社会主义的卫生学于此居然有了诡秘的结合[5]。

但这样的结合注定是脆弱的。当“保钓”激情散尽，“文革”痛史逐步公开，失落的不应只是政治寄托，而更是一种美与纪律的憧憬。七十年代中期以来，曾参与“保钓”的知识分子作家如刘大任、郭松棻、李渝等，都沉潜下来，

---

4 见注 2。

5 亦可参见学者王斑（Ban Wang）对中国现代美学中雄浑意识与政治信念的复杂关系，参见 Ban Wang，*The Sublime Figure of History: Aesthetics and Politics in Twentieth-Century China*（Stanford, California: Stanford University Press, 1997）。

等他们再出发时，作品的面貌率皆一新。历经政治的大颠仆后，他们返璞归真，以文学为救赎。昔时“钓运”种种，其实不常成为叙事重点，然而字里行间，毕竟有许多感时知命的线索，窜藏其间。在最轻描淡写的阶段，一脉不甘蛰伏的心思，还在上下求索；越是无关痛痒的笔墨，越让我们觉得悸动不安。小说叙述成为一种谦卑的反观自照，一种无以名目的行动艺术[6]。

一九八三年李渝以《江行初雪》一作得到中国时报小说大奖。这篇作品以旅美知识分子返乡探亲，获悉“文革”一场骇人听闻的事件为经，以宗教与艺术的冥思与超越为纬，代表李渝创作的重要转折，下文当再论及。倒是好事者将此作附会为伤痕文学，引来作家的反应《属政治的请归于政治，属文学的请归于文学》[7]。这样的宣言也许听来如老生常谈，但对李渝而言应别有一番滋味。不过十多年前，她不也曾投身政治而无所反顾？然而我从这样的宣言看到她艺术进程的裂变，也看到延续。如前所述，如果“钓运”狂热可视为她现代主义美学政治化的征兆，回归写作后的她坚壁清野，以艺术是尚，骨子里的自我砥砺坚持，只有

6　见我的书评《秋阳似酒：“保钓”老将的小说》，《众声喧哗以后》（台北：麦田，二〇〇一），页三八八～三九三。

7　李渝《江行初雪》附录《属政治的请归于政治，属文学的请归于文学》，《应答的乡岸》，页一五六。

更变本加厉——而这又何尝不是一种“政治”姿态？

而李渝的考验未完，一九九七年夏，李渝的先生郭松棻突然中风，她自己因为压力太大，落入不可名状的惊恐和躁狂，以致崩溃[8]。对一个洁身自重的作家而言，身体成为一道最后的，也最脆弱的关口；身体的溃散，因此几乎带有寓言色彩。什么是主体的完成？什么是形神的琢磨？面对这些（现代主义）问题，从卡夫卡到吴尔芙，从芥川龙之介到阿陶[9]，却纷纷以肉身的崩毁来反证理想的可望而不可及。李渝不能自外于此。她曾写道，从“地狱般”的疗程走回人间，“任何时候脚下裂开，就可能又掉进去”[10]。她的告白真诚坦率，却猛然让我们想起现代艺术的要义之一，不正源自时间、肉体、信念“惘惘的威胁”，源自一种如临深渊的挣搏，一种不见退路的决绝？历劫归来，李渝依旧静静地写着，一种危然而又孤高的美学，已兀自弥漫字里行间。

截至目前为止，李渝已出版了两本短篇小说集，《温州街的故事》（一九九一）和《应答的乡岸》（一九九九），以及长篇小说《金丝猿的故事》（二〇〇〇）。《温州街的故

---

8 李渝，《应答的乡岸》作者序，页三。

9 即安东尼·阿尔托（Antonin Artaud，一八九六～一九四八）。——编者注

10 李渝，《应答的乡岸》作者序，页四。

事》以坐落台北南区的温州街为场景，叙述里巷人家的沧桑、漫漫岁月的流逝，还有掩映其下的战争与政治的创伤。识者或要以白先勇的《台北人》与《温州街的故事》做比较，而白的华丽感伤恰与李渝的清淡内敛形成对照。她的角色即使落魄，也依然保持某种静定的姿态。如李渝自述，少年时的她把温州街“看作是失意官僚、过气文人、打败了的将军、半调子新女性的窝居地，痛恨着，一心想离开它”，多年以后才了解到“这些失败了的生命却以它们巨大的身影照耀着导引着我往前走在生活的路上”[11]。不错，温州街早已构成李渝的原乡之路，彳亍其间，她的想象豁然展开，叙事与记忆的线索也因之就序。

《应答的乡岸》则收有李渝一九六五到一九九六年间的作品十二篇。时间的跨度如此之大，作家的改变与坚持自然凸显出来。从早期的存在主义式小品到八十年代《江行初雪》《关河萧索》等对艺术与历史的反思，再到九十年代《无岸之河》寓言式接力叙述，李渝追寻一种明净的形式，用以观照生命流变的用心，在在可见。尤其《无岸之河》一作，开宗明义点出：“一篇小说吸引人的地方，通常在它的叙述观点或视角。视角能决定文字的口吻和气质，这方

11 李渝《台静农先生·父亲·和温州街》，《温州街的故事》（台北：洪范，一九九一），页二三二。

面一旦拿稳了，经营对了，就容易生出新颖的景象。”[12] 所谓的观点或视角，指的是叙事技术，但又何尝不是应答世事的修养？这篇小说强烈的自觉意识，可以视为进入李渝创作的门径。

《金丝猿的故事》则是一个以温州街为背景的长篇传奇。有争战历险，也有艳情亲情，原应当颇有看头。李渝写来，却化喧哗为萧索，使之成为一出幽幽的道德剧场。小说中的将军半生戎马后退居台湾，但更艰难的挑战方才开始。将军所经历的荣辱浮沉，竟与当年一场有关金丝猿的传奇纠缠一起。这是宿命，还是奇谈？小说后半段将军的女儿现身，重回金丝猿现场，穿云拨雾，探寻真相，这才明白原来人间的恩怨仁暴是如此扑朔迷离，信仰与背叛的代价是如此沉重难堪。如何了断，成为小说最后用心所在。

就故事论故事，李渝的作品不乏动人元素，但她刻意低调地处理，使我们必须追问她的“视角”“观点”何在？我以为故事之外，李渝更努力描摹一种生命的风范。这风范可以落实在人物的行为上，如《温州街的故事》里的那些失意落拓却不减傲气的角色；也可以显现在某些事物的形象上，如《金丝猿的故事》中那传奇的金毛蓝脸的奇猿，

---

12 李渝《无岸之河》,《应答的乡岸》，页七。

或《江行初雪》中慈悲的菩萨塑像上；或更抽象的，可以游离于特定的自然情境、氛围中——有什么比“无岸之河”所烘托的气氛更为深邃凄迷？贯串其间的，则是李渝个人意志的结晶：高洁的意志，审美的意志，“鹤的意志”。

我想到的是《无岸之河》最后一则故事，《鹤的意志》。鹤是古中国的“神秘之鸟”。汉朝的帛画、唐朝的服饰、宋朝的彩绘，都记录了鹤的踪迹。李渝记得当年游赤壁的苏轼，夜半放舟，顿思生命的倏忽与虚无；划过江面，正有一只孤独的鹤悄悄飞过。《红楼梦》中秋夜宴后林黛玉与史湘云借月赋诗，触景伤情，阒寂的湖面蓦地也飞起了一只鹤。曾几何时，鹤“在我们的世界消失”。世事倥偬，人生纷杂，那绮丽又玄雅的巨鸟栖身何处？它偶然的出现，又是怎样让故事中的角色如痴如迷？

这是李渝的现代与李渝的古典交接的时分了。顺着鹤的想象，她有意召唤那高洁华美的境界，却终必喟然而退：一切只剩下意会了罢。但意志力的风范或曾残留一二？小说结束，李渝描写一种白肚灰身的候鸟依然静静过境啄食。“它们立下南飞的志愿，在完成飞行前，遥路上，常在温暖的台湾停歇。”[13]

---

13 李渝《无岸之河》，《应答的乡岸》，页五十。

二、河与黄昏：一种史观

初读李渝作品的读者往往可能慑于她文字的冲淡，留下不食人间烟火的印象。这恰与李渝所要书写的材料相反。中国现代史上的血泪不义——革命、战争、迫害、背叛、流亡——构成她作品的底色。《温州街的故事》里的那些居民，像《夜煦》里颠沛流离的名伶、《夜琴》里历经“二二八”事件的外省妇人，或像《金丝猿的故事》中大势已去的将军，新作《夏日踟躇》中《踟躇之谷》里漂泊山谷中的画家／将军，都可以为我们演述一场又一场的离奇故事。但李渝志不在此，她竟似把那些有血有肉的人物、情节抽血去肉，以致要让亟亟于“被感动”的读者失望了。不仅如此，李渝在铺排故事时，也不能完成传统的起承转合的要求，时时显得棱角突兀。

如果叙事不仅只是说说故事，而是一桩事件，一项回应时间、编织人事的工程，那么叙事总已内蕴历史动机。李渝的专业是艺术史，上下古今，文字以外的媒介，阅历既多，眼界自然又有不同。如前所述，看她的作品，情节之外，更引人注目的是她经营气氛、造作意象的功力。是在这些方面，她独特的时间与空间想象，她个人的历史感喟，才得以抒发出来。

以曾得（时报文学奖）大奖的《江行初雪》为例。故事中从事艺术史工作的叙事者在“文革”后来到江南以古寺闻名的浔县。她是来瞻仰闻名的玄江菩萨塑像的。行文中穿插了三则有关菩萨的故事：东晋天竺僧人慧能建寺的故事；观世音变相为妙善公主，剜目断臂救疗父王的故事；“文革”中少女惨死的故事。李渝将故事套在神话、历史、宗教的脉络里，相互指涉，使她的视野陡然放宽。“过去、现在、将来，都是历史前去时的一个时态；神话、志异、民间传说，无非是人生投射的故事。”[14] 千百年来中国的苍生承接苦难，未有尽时。菩萨静静俯视众生，微笑之后有无限慈悲怜悯。小说结尾，叙事者怆然乘船离开，江面初雪，一片肃静，“只见一片温柔的白雪下，覆盖着三千年的辛苦和孤寂”[15]。

常为我们忽视的是小说中的江水，以及其篇名《江行初雪》。有鉴于李渝的艺术史背景，她显然受到南唐赵干同名的画卷《江行初雪》的启发。在那幅画里，初冬的江南水上细雪霏霏，舟子渔人迎着寒风，营求生计。一派安详的俗世生活写真里，却挡不住萧瑟的寒意。一千年前古画里的江水必曾萦绕李渝的异乡关怀；江水悠悠，流淌多少悲欢生死，以迄无穷。大历史的起起伏伏，毕竟是浪头泡

14　李渝《江行初雪》附录《属政治的请归于政治，属文学的请归于文学》，《应答的乡岸》，页一五三。

15　李渝《江行初雪》，《应答的乡岸》，页一五〇。

影。一个意象，一幅画，反而超拔一切，指向永远。

而江河之水不必只是中国的。《关河萧索》中，参加爱国运动的留学青年来到纽约长辈处投宿，一进门“一排流水从室内数面长窗就在这时一迸翻腾进我眼中”[16]。这河水（赫德逊河？东河？）“朦胧却又清丽得如同元朝上好的青瓷器色”，夜阑人静，透过窗户涌入叙述者心扉。爱国者的示威如波涛汹涌，而去国者的乡愁则涓涓流入那异乡的大河，再归向大海。多年后回顾往事，中夜不眠的时分，“那天窗河水便老友一样地来到，用它了解而可靠的拍动和光泽安慰我”[17]。

更放开来说，河水何必有岸。无岸之河，浩浩荡荡，属于“少年的无惧理想和疆域”[18]，却也是现世人生永恒的虚无的“惘川”[19]。沉浮其中，李渝写下了《无岸之河》。故事之一里的外国修士与青年男子间的灵犀感应，像是玄奇的志异，却也是庄严的见证。修士与青年的关系曾引起猜测；多年后老去的修士昏迷不醒，已届中年的男子摒挡一切，悄然而至看顾他，又悄然而去。船过水无痕，一日修士突然醒来，仿佛一切如昨。这篇作品读来“不像”真的，

16 李渝《关河萧索》，《应答的乡岸》，页一五八。

17 李渝《关河萧索》，《应答的乡岸》，页一六八。

18 李渝，《应答的乡岸》作者序，页四。

19 我想到的是《金丝猿的故事》中《望穿惘川》一题。

唯其如此，反而更挑动我们的心弦。那无岸的河究竟意味什么？是《江行初雪》的渺渺江水，是《关河萧索》中框于窗内的大河；或现实中，那河可是温州街畔的琉公圳，或竟是漂满血丝虫的大水沟？我们每个人心中都有一条河——就像故事中的男子所日夜悬念的？

到了《金丝猿的故事》里，将军的女儿为了完成亡父遗志，回到大陆找寻金丝猿的现场：

> 河程开始，时间重获，延伸到过去与未来，进入各种时态和处境，无界无际……追随落日和落月的轨道，逐步进入暧昧又清楚、晦暗又光明的过去。
>
> 延展着流向看不见的前方，河水伸入记忆的深处，在温煦降临的一阵灰色的光线中，经过半个世纪的时间，千万里外的空间，鸟瞰的视点，故事重现。[20]

中国现代文学史上早有一位作者最擅写河流，不是别人，就是沈从文。他的名作如《边城》《湘行散记》等，无不以河流的意象笼罩全书。相对于那些勤写皇天后土的五四作家，沈从文一任自己滑入湘西水色，静听波声渔唱，耽想凡夫俗子的哀怨与欢喜。《长河》一作，更点明了江河

---

20 李渝，《金丝猿的故事》（台北：联合文学，二〇〇〇），页九五。

流转，载负、淘洗历史无限的暴虐混浊。《长河》本身因战乱而未写完。历史嬗递，叙事中断，迫使河的故事终究不能到岸，反而留下更多无岸的空白[21]。李渝的作品嫌少，尚不足以敷衍出沈从文笔下那种丰沛绵延的气势，然而在想象川流的幽沉柔韧，毕竟与沈从文有一脉相承之处。

正如河流带动了历史空间想象，李渝反借着黄昏参看时间的光影。黄昏，在昼与夜的交口，在确定与不确定的时序里，总使李渝和她的角色有了莫名所以的感触与惆怅。《八杰公司》里，“特别美丽的黄昏，夕阳入巷，一片光的起点出现两位陌生人……逆光在影中向你一步步地走过来”[22]，一场神秘的故事随即展开。在那逆光倒影之下，人与事，过去与未来，都恍然变得不真实起来。但这暧昧的时间也挽留，或托出另一种真实吧。李渝在回忆自己的台北生涯时写着：

看完电影出来，竟是黄昏了，云霞漫天如彩麟飞羽。武昌街的底端，淡水河上的半空中，一轮巨大的橘红色的落日等待着。下个时辰就要和夜的水河汇成一体前，街在

21 见我的讨论，*Fictional Realism in Twentieth-Century China: Mao Dun, Lao She, Shen Congwen*（N.Y.: Columbia University Press, 1992）Chapters 6.7。

22 李渝《八杰公司》，《应答的乡岸》，页五四。

一片金红色的余夕中辉煌。[23]

《金丝猿的故事》里，划着雨丝的黄昏使城市一片晦暗；"可是当你拉高视线，从一个遥远的角度设法再见城市，朦胧细雨中在城市的上方，如银如水，如古青瓷般闪着光芒，柔美缠绵的新的城市出现了；抒情还是可能的。"[24]

但黄昏的降临也搅乱了另一些人的心理及生理时钟。《无岸之河》里的男子一切有成后，突然染上了黄昏症。当"郁黄的光线全面占领了空间"，"一种惶惶然无依恃无前途的感觉"漫延开来。昼夜之交，因着光质的改质，从进取到退缩，从肯定到怀疑，"突然告示一天就要结束"[25]。大势已去，何可凭依？类似的症状发生在《夜煦》里。叙事者患了焦虑症，必须避开五点钟的人潮。漫步黄昏的湖畔，夜色将近，"然而这时林的背后往往升起一片艳红的颜色，像似整座城都烧燃起来了"[26]。黄昏是回忆的时刻，也是回忆失落的时刻。《无岸之河》与《夜煦》都以此为线索，讲述时光流散，今生恍若隔世的故事。而李渝由此进入人间的幽暗面，并探寻救赎的可能。

23　李渝，《金丝猿的故事》序，页九。

24　李渝，《金丝猿的故事》，页九十。

25　李渝《无岸之河》，《应答的乡岸》，页二七。

26　李渝《夜煦》，《温州街的故事》，页三。

似曾相识，既陌生又亲切，李渝是不自觉的“诡异”（uncanny）效果的试验者。根据（弗洛伊德）心理分析的观点，“诡异”的感觉不只来自我们面对陌生事物的不安或忧惧，也更来自一种难言的诱惑：那陌生的事物可曾是我们所熟悉的，“家常”的一部分？[27]李渝的黄昏叙事起于气氛的琢磨，终必成为心理的，及伦理的，反复运作机制。她故事的核心，就是在“奇异与普通”的现象间的观看、凝想，分分合合，旁敲侧击。虽然她所要说的、要指认的，仿佛总已无辜地陈列在台面上，但由着光影、视角，及距离的介入，却让我们心有戚戚焉了。

无独有偶，沈从文曾有一篇名为《黄昏》的小说，写长江中游小城里的浮光掠影。午后雨歇，例行的杀人场面正要展开。惊惶的犯人，老于此道的狱卒，心有旁骛的监斩官，等着收尸的家属，看热闹的孩子，共同交织成一场诡异的血祭。沈从文对天地不仁的慨叹我们不难看出。难的是他竟在这最暴虐的生命即景中，展露抒情技巧。

日头将落下那一边天空，还剩有无数云彩，这些云彩阻拦了日头，却为日头的光烘出炫目美丽的颜色。这一边，

---

27 有关精神分析“鬼魅性”（the uncanny）的理论，请参阅 Sigmund Freud, “The Uncanny”（1919）, *The Standard Edition of the Complete Psychological Works of Sigmund Freud*, ed. and trans.by James Strachey. Vol. XVII（London: Hogarth Press, 1955, pp.219-256）。

有一些云彩镶了金边、白边、玛瑙边、淡紫边，如都市中妇人的衣缘，精致而又华丽。云彩无色不备，在空中以一种魔术师的手法，不断地在流动变化。

我在他处已对此一抒情修辞的前卫意义详加讨论。这里要强调的是，沈如何借着黄昏的光影，对生命的得失投掷暧昧、包容的眼光。当一切杀戮、喧哗逐渐平息时，“天上的地方全变为黑色，地面一切角隅皆渐渐地模糊起来，于是居然夜了”[28]。

三、多重渡引：一种美学

“多重渡引”是李渝讨论小说技巧时所使用的一个观念。在《无岸之河》里，她以《红楼梦》及沈从文的小说作为开场。《红楼梦》第三十六回，贾蔷与龄官为了一只笼雀放生与否，你来我往，百般周折。龄官佯怒似嗔、贾蔷以退为进，无限深情尽在不言中。此景为宝玉窥见，推己及人，不觉痴了。近二百年后，沈从文在《三个男人和一个女人》中，经由不同的叙事者辗转述说了一则湘西传奇。

28　沈从文《黄昏》，《沈从文文集》第五卷（广州：花城，一九八三），页三七四～三七五。

有爱情、有暴虐，更有诡秘的自杀与尸恋，但层层推衍传达后，这则故事“便离去了猥亵转成传奇”[29]。

李渝借此暗示说部制作的美学要义，绝非一般写实主义“反映人生”或“诚中形外”的要求所能道尽。她于是写道：

> 小说家布置多重机关，设下几道渡口，拉长视的距离，读者的我们要由他带领进入人物，再由人物经过构图框格般的门或窗，看进如同进行在镜头内或舞台上的活动，这么长距离地、有意地“观看”过去，普通的变得不普通，写实的变得不写实，遥远又奇异的气氛出现了。[30]

李渝以《无岸之河》现身说法。她从《红楼梦》讲到沈从文，再接入自己某一黄昏之约的奇遇，以及听来的故事。由此叙事又转向前述的修士与青年男子的故事，而以另一则《鹤的意志》故事作结。这些故事间其实缺乏“合理”的联系，李渝将它们串起，总令人觉得有点蹊跷。奇怪的是，“如同引起一场蜕变”，一种魅力反而诞生。

多重渡引的例子在李渝的作品中随处可见。《温州街的

---

29 沈从文《三个男人和一个女人》，《沈从文文集》，页二五八。

30 李渝《无岸之河》，《应答的乡岸》，页八。

故事》中的《夜煦》，就是另外一则听来的故事；《伤愈的手，飞起来》《朵云》则借观点与时序的转换，达成意义层出不穷的感觉。新作《夏日踟躇》中，《寻找新娘》同一故事甚至写了两次，产生错综的对位效果。《踟躇之谷》中的军官历尽战争与死亡的考验，晚年成为画家。他又与一位陌生教师间发展出知音般的友谊。两人借绘画的媒介，捕捉、定义彼此在人间的定位。无岸之河、踟躇之谷，流荡徜徉，正是渡引的场域。而这两作在行腔运事上似有呼应之处，又形成另一种渡引关系。

李渝显然明白渡引手法在文学艺术的表现中其来有自。“声东击西，借此喻彼，用不定或‘偶发’的事故，衬出主意”[31]，即可借镜。或更如苏轼所说的，“画此画非此画，赋此诗非此诗”，亦差堪近之[32]。归根结底，渡引需要匠心，一种观人睹物的视角。李渝的艺术史专业，必曾给予她不少灵感，尤其她对绘画与文字间的辉映，颇能切中渡引美学的要害。《关河萧索》中的叙事者迎着窗框，隔着玻璃，观看那仿如镶嵌入画的河水，这才有了意思。某夜“随着月光的移动，那六面长窗竟也像舞台上的布景一般，明亮了，活动了……六窗流水终于连接成一条河，完整地呈现在我

31　李渝，《应答的乡岸》，页一五二。

32　此原为李渝引苏轼《书鄢陵王主薄所画折枝二首》，常被引用的是第一首的头四句：“论画以形似，见与儿童邻；赋诗必此诗，定非知诗人。”

眼前"[33]。而更好的例子来自李渝阅读王无邪的画作《河梦》。在画中河的流程被分融切割，形成似重叠又错开的，个别静止框面或停格："一个静止的画面……这静止的一截，就是因个别的意愿，从流动的整局中截出个人的时间。对时间整体来说，它是不影响大局的暂时停止，对个人来说，它具备了特殊的意义；它是一个乍现的思索，一个怀想，一节梦恋，使人不禁停步要再看；一片过去的生活，记忆闪过，使人心中涌出惦念、流连。"[34]

李渝对绘画与文字的观照，亦可见于《伤愈的手，飞起来》《踟躇之谷》《当海洋接触城市》等。渡引的美学不仅止于文字与绘画间的交错。在《夜煦》里，那超拔人间不义与荒谬的媒介是女伶的歌声，在《夜琴》及《菩提树》中是琴韵。而《温州街的故事》附录二作，各以摄影师郎静山先生，及书法家、作家兼学者台静农先生为人物，李渝敬怀大师之余，对他们艺术造诣的关注，亦可思过半矣。

渡引的美学更可以推而广之，涵盖李渝的史观及人间伦理省思。回顾她与现代中国文学的谱系，小说界的两大巨擘，鲁迅与沈从文，对她应各有深远影响。鲁迅的深郁

33　李渝《关河萧索》,《应答的乡岸》，页一六三。

34　李渝《民族主义·集体活动·心灵意识》,《族群意识与卓越风格：李渝美术评论文集》(台北：雄狮美术，二〇〇一)，页十七。

奇绝，以及对民族及个人意识的自省，必曾深深感动过年轻时的李渝。《朵云》中的夏教授在战后从大陆仓皇来台。他的下半生充满困顿龌龊，但他却是少女阿玉的文学启蒙者：他介绍阿玉进入了鲁迅的《故乡》等作品的世界。在那样肃杀的岁月里。一脉五四香火，就不经意地由一个落魄文人传引到一个天真敏感的少女手中。

但以气性及文字表现而言，李渝更趋近于沈从文的世界。我在第二节已以河与黄昏二题，说明李渝的时空想象，如何与大师有相互对话之处。相对于五四以来文学的涕泪飘零，沈从文的敬谨宁谧其实是个异数。他所展现的抒情风格恰与彼时以“呐喊”“彷徨”为大宗的写实主义相径庭。沈的抒情修辞看似一清如水，却自有其深沉的历史感喟。我在他处已一再论辩沈从文凭借有情观点见证人间最血腥无情的事实，因能将抒情传统的潜力推向极致[35]。他的叙事法则，每每让我们想起当代批评常提到的“寓意”（allegorical）修辞。与强调内烁自明的“象征”经验相较，“寓意”表达偏重散漫的具体经验、符号间的类比衍生，将内烁意义做无限延搁。所谓情随意转，意伴“言生”。语言、形式、身体这些“外物”，其实不必永远附属于超越的意义、内容，或精神之下。也唯其如是，语言也不必作为

35　见拙作 *Fictional Realism, Chapter 6*。

任何意识形态、美学成规决定论的附庸，被动地反映什么、鼓吹什么。

在三十年代的氛围里，沈从文的抒情风格注定是不讨好的。多年以后，我们才猛然发觉他“非政治”“不前卫”的写作，才真正含藏了一种激越的美学：语言、文字是“他自己”的文化材质，用以指涉生命杂然分属的万相。置之死地而后生。沈从文把他的故事逼到种种生命绝境，却由他文字、意象左右连属，重新赋予生机。尽管中国的现实四分五裂，沈从文对生命本能的惊奇，并不因此而受挫，他对文字之间接驳——渡引——意义的可能（而非必然），未曾失去一再尝试的兴趣。

这样的抒情策略自然是李渝心向往之的境界了。再举一例。李渝回顾五四以后“无数蠢动的小说人物中，哪一个最叫人心动?”，她想到的竟是沈从文《三个男人和一个女人》中的号手：“一幅幽静的田野，闪烁的石块旁边有个瘦小无名士兵。他依靠着石块，低着头，在月光的底下仔细搓擦着手中的喇叭，直到它也晶莹得像月光，然后他小心地爬到石上，在什么人也没有的夜里，吹起了它。”[36]李渝曾希望以此为题，写出故事，我们尚未得见。倒是另一个号手的号声响起，挑动了一个在政争中失势被囚，等待

36 李渝，《应答的乡岸》作者序，页二。

死刑的军官的深情（《号手》）。军官半辈子在诡谲的历史中打滚，终于没有好下场。然而生命倒数的时日里，暗无天日的囚牢中，他倒体悟出似水柔情，不能自已。死亡终于来临，号声响起，“在几个优美的音阶上变化着旋律，悠扬着，可又委婉柔丽地重复着，像一首殷殷叮咛的情歌时，不只是军官，连我们都被它深深地感动了”[37]。

渡引的流程持续着，我们又记起李渝汲自近现代艺术名家的心得。她博士论文的题目是清末市民画家任伯年，由其上溯，明末清初的一批画家如弘仁、董其昌、王原祁、吴历、龚贤、髡残等，已自形成一种外于主流的画论与画风。李渝认为画家把山水树石等元素分解成视觉符号，在画面上反复排列组合，创造了抽象空间的形式结构。尤其龚、髡等人渲晕墨色、累积线条，所展现的层次光影，竟可视为先于十九世纪末西方的印象派技法。而笪重光更以“层层相映，繁简互错，而转转相形”“位置相戾”“虚实相生”“繁简恰有定形，整乱因乎兴会”的观点，总结这一画风的形式主义特征[38]。

现代画家中，李渝崇敬李可染、陆俨少。对西方的影响，如十九世纪末的“流浪人”（Wanderers）画派，墨西哥

37 李渝《号手》，《夏日踟躇》（台北：麦田出版社，二〇〇二），页四二。
38 李渝《江河流远：〈任伯年——清末的市民画家〉补记》，《族群意识与卓越风格：李渝美术评论文集》，页一五四。

的里维拉（Diego Rivera）及欧洛斯科（José Clemente Orozco），俄国的夏卡尔（Marc Chagall）的成绩也都多所致意。而萦绕她心中的，总是民族情操如何与现代意识接榫的问题。在这些大家中，最让他心仪的应是余承尧。

余承尧四十八岁时已官拜中将，却“以一颗自赎的心，自军中退伍”。国共内战，他只身来台，与家人断绝音讯。然后五十六岁那年他拿起画笔，尽情沉浸于胸中丘豁。以后三十年，这位退役的将军以那突兀峥嵘的山川河流、细密繁复的皴擦点染，呈现一幅幅画作。余自谓没有师承，笔下天地却与传统大家有了奇妙应答；他立意与世俗隔离，但一股忧郁犹劲的气势，却透露他强烈的人文关怀。是什么原因促使画家在笔墨中找寻自赎？而在什么样的情况下，他的对历史、人事的介入是以推离方式产生？李渝必曾不断地叩问着。她的作品如《号手》《踟躇之谷》《金丝猿的故事》等，俱以军官为主人翁，余承尧的影子或曾出没其中。她写余氏画作“试验着各种共存或敌对的可能。有时它们摆下均衡的阵势，有时有意抗争，有时缠绵追随，有时又分裂、狙击和异起”[39]。将视景与理性形式意识联结，化故国风景为结构山水，看似与时代现实无关却又绵绵相属，

39 李渝《鹏鸟的飞行》，《族群意识与卓越风格：李渝美术评论文集》，页一一六。

引伸开来，这不正是她对自己小说美学的期盼？

而在所有人间世无岸的航程中，又有什么能比郭松棻对李渝的渡引更为幽远深刻？郭松棻又是另外一位中国现代主义文学的重镇，他的写作也始于六十年代，也是量极少而质极精。这对夫妻作家都对文学、绘画及其他视觉艺术有深刻训练，曾经共历“保钓”的高潮与低潮，也曾在九十年代末期一起度过天翻地覆的身体病变。他们当年曾狂热地参与运动，日后似乎也刻意以“一颗自赎的心”，退隐江湖，以虚构来超拔现实的纷乱不明。郭松棻的成就，早该受到肯定；他的创作风格也必须另有更长的篇幅交代。与李渝并列，两人显现许多相似处，他们行文运事，都以简约凝练是尚，视觉意象的经营尤其与众不同。他们对风格几近自苦的要求，其实是一种凌厉的（艺术或政治的）生活信念延伸。但细读比较，我们可以看出郭松棻的世界充满狂暴荒凉的因子，而在最非理性的时刻，一股抑郁甚至颓废的美感，竟然不请自来。相形之下，李渝的叙事和缓得多；无论题材如何耸动，温静如玉是她最终给予我们的印象。

如果郭松棻的作品如评家所言，充满沙漠荒芜气息[40]，

40　吴达芸《赍恨含羞的异乡人》，《郭松棻集》（台北：前卫，一九九四），页五一九。

无岸之河则是李渝小说及艺术评论恒常出现的意象。这河是空间的河，也是时间的河，无涯无际，苍茫萧索。而生于重庆、长于台湾、居于美国的李渝，也曾航越了多少江河沧海，找寻可栖之岸？回首前半生的跋涉，她终必了解无岸的必然。就像“钓运”十年后，她重返母校柏克莱，“面对熟悉的古人和图画，心中却宁静欢喜。而《江行初雪图》里的、《富春山居图》里的那条河仍旧流着；在世上所有的琐碎，所有的纷扰，所有的成败中，有比它更永恒的么？”[41]

仿佛之间，无岸之河上似乎飞舞着白鹤。但定睛一看，那白鹤也不必是古中国的白鹤，而可能是台湾的鹭鸶。正像《金丝猿的故事》的高潮里，将军的女儿大陆归来，从降落台湾的机身翱旋中，看到腾飞起两只白色大鸟，这才明白，“在她无论是升起还是降落的时候，原来故乡田野里的鹭鸶，总是以飞行着的巨大十字，赐福与她”[42]。

---

41 李渝《江河流远：〈任伯年——清末的市民画家〉补记》，《族群意识与卓越风格：李渝美术评论文集》，页一五七。

42 李渝，《金丝猿的故事》，页一八六。

目录

1 序　论

无岸之河的渡引者——李渝的小说美学

31 号　手

43 无岸之河

89 踟躇之谷

113 寻找新娘

129 寻找新娘（二写）

145 江行初雪

175 当海洋接触城市

191 八杰公司

221　夜煦——一个爱情故事

259　夜　琴

291　菩提树

321　朵　云

341　夏日　一街的木棉花

351　李渝创作・评论・翻译年表

号手

军官侍卫总裁已二十年而有余。

从少年就跟随左右，军官为总裁抵挡危难，无时无地不以自己性命报效，忠诚干练程度无人能及。

有幸跟在总裁身边，军官目击、身经，甚至策划了无数大事奇事。就以那件著名的轩英楼事件为例吧，当时保驾行动已经牺牲了十数位同袍了，据说还是军官机智，关头上临危矫装身份，冒死顶替把守，总裁才能乘虚由顶楼缘屋檐遁走，逃过了近僚叛变的大劫的。

军官身历时代，参与历史的筑造，说他与历史同退进，或者本身就是历史，实在也不为过。

迁移岛屿，时空转换，危机四伏。诡谲的时节，努力把持整顿，各方作业都很吃重，迎解各种艰难，终于不负期望，时局稳定，出现了小规模的安康局面。这时间，军官恪尽职守，一刻都不曾松懈过。

战争总算过去了，平常日子到来。出乎意料的，过去时时处在警戒中竟习惯，现在日子安稳了，反倒不知怎么来过它。暗杀、暴动、事变等事停止，阴谋固然有必要永远存在，频率和规模可又大不如以前，手脚居然也会闲下，出现了没什么事做的时光。一生在行动中的军官，对于这种平闲日子，反倒不知该怎么面对或适应起来。

时间过得很慢，留出了空白，不知觉中，过去一旦完成了就不回顾的事情，却是逐渐过来眼前，还是生活里的第一次，军官有了回忆。

记忆爬入时间，寸寸填进空白，情象再现，栩栩如生，军官又如身处实况，一样的诡谲、惊险，一样的紧张，令人心情起伏。回忆使他又有事了，空闲不再那么逼人了。

过去开始层出而不穷，凡事严肃认真的军官想，这好，不是每人都能有的宝贵经验，应该把它们记下来。

一生戎马颠泊的军官，拿起了笔。

日程又开始忙碌了，值班后的时间，回来官邸这边部属的房间，平日或许就听听球赛、广播剧，看看闲书等，打发了的，现在晚饭一过，稍休息一会，却会坐到干净的桌前，又工作起来。

本只是随意的性质和心情，渐写而渐入情况，想不到竟欲罢不能。

这么唆唆地在纸上移动着笔，时间不知觉地过去，总要等到从遥远的小学操场后边的方向，传来军营的熄灯号声，才会停止。

每天晚上窗玻璃前，现在有了一个人影，伏案在那儿，只显出肩臂的形状，久久不坐直。有时或会仰头顿着，似乎在思索考虑着什么，偶然也会不见一会，但是很快就又重现原来的位置。

只是为自己写，没有公之于世的打算，军官的手笔很坦诚；脾气一向认真执着，所以写得也极其仔细谨慎。

尽量地回记，把人物、地点和时间都载录清楚。来龙去脉、起因后果等，详尽陈述，过程略加戏剧化也无妨；遇到敏感的地方倒是要小心些，关节处记着回避；不能公之于世的秘密行动，则用隐晦的手法加以矫装掩饰，只留出给自己辨识的形状线索。一向自我要求严格，记笔记的工作自然也不马虎，单看这一笔一画不苟的楷书，就知道是怎样认真地从事着了。

半言带文，结构紧凑，术语运用熟练，有行文美德又有自我纪律，出身世家、素有文化修养的军官，各处能写得明确而流畅，一页页一篇篇，起伏铿锵，实在不下于专业作家呢。

然而半生介入情治事业，军官完全明白把记忆召回的危险性，尤其是在历史必须保持在不明状态的时代，因此他试着使用从读小说而得知的各种方法，试着把它们写得像小说。

号声总在一个委婉的音阶上重复，带着甜蜜的哀伤，像首细诉的情歌。

他放下笔，等它悠悠地消失在夜的距离里。

不凡的生涯使军官成为具有世界观的人，从南到北，从里到外，从细到粗，从美到丑，从秘密到公开，从光明到黑暗，从纯洁到龌龊，哪件事他没见过遇过？尽数天下事物，有幸自己都能临场，现在将它们写遍了；他翻看前边已成的一页页，边校读，边自己都感到奇——哎，都是身历的吗？很多地方都叫人不能信呢。

土色的稿纸，有些许粗糙，摸着略蹭手，腕底搓擦来回，在午夜的静寂时间，发出亲切的唆唆声。

如果说世界上的事，还有军官没经历过的，或许唯只有爱情一件罢。

总在固定的时间，从小学操场的后面，悠悠地传来熄灯号，号声在几个音阶上来回地吹着，在第一个和第二个音符上重复，第三个音符稍作变化，带点温柔的感伤，像首遥远的情歌。

军官不再看闲书，不再听收音机，就是克难队在比赛，广播剧在播《旋风》，也不能把他从书桌前吸引过去。他离开了社交，每晚和沙沙的撰写声为伴。不久，抽屉里集出叠叠写得满满的稿纸。

白天或晚上，只要不值班，这身影就像剪纸一样地贴在窗上，动也不动，叫人禁不住好奇起来。

这么的安静又专心，在写着什么呢？这么的认真，写着的又是什么紧要的事呢。

张望里外没人，不知是谁，蹑着手？进了房，拉开抽屉——啊，可别忘了，保密防谍人人有责呢。

军官身属情治单位，现在情治到了自己身上，怎会不察觉？第一页被翻动，他就知道了。然而写作是磊落的行为，无须对别人加以解说什么，何况，他想，他写的是小说，见写的是不能当真的小说，不关任何紧要，大家就会释然，就会让他去的。

军官真是自信心太强，正是这理所当然的第二点出了差池，把他陷入了无救的处境。

是这样的，蹑着手脚进来的人，一页页翻读着，读到这样奇谬的情节、这样惊异的故事，只觉不可能。倒不是认为一个军人不可能有这样的想象力，而是这等匪夷的事情，只有在真正的情报生活中，才可能有呢。

此外，我们回叙事情的时候，因为身份、观点、角度不同，看法不同，回忆也就不尽相同，往往同一件事，却会记出因人而异的内容。天底下的发生，一件会变成另一件，一件会变成好几件，没有的变成有，错的变成对，黑变成白，幻想变成真实呢。

啊，是的，没有人认为军官所写的是小说，也没有人能读出都是发生了的过去，不是要发生的未来。

无论如何，每晚大伙都该休息了，就他这么一个人煞有其事地记写着什么，居心叵测，动机太可疑了。

必定是在图谋不轨，你看，这字字行行间，步骤计划得多么谨慎，细节又经营得多么周详。

这么的诡谲奇异、不可思议、无法想象，毫无疑问的，阴谋的规模空前、庞大又深远呢——如果给予了行动的机会，后果将不堪设想，必须先下手为强。

军官写下的，是历史，最高当局倒是一眼就看明白了的。

阴影突然袭上纸面，笔还在手中，一抬头，发现书桌旁已经站着逮捕者。以通匪叛乱、策谋颠覆的罪名，军官被下狱，那一叠叠的稿纸，白底黑字，便是否认不了的有力的证据。

岛屿各处闷热潮湿，在狭窄的牢狱里更不用说，总裁总算体恤，为了军官的健康，特令送他至风光明媚的外岛等候决判。

案件严重，情况险厄，看来如果不是终身监禁，就是极刑，军官把唯一的希望寄托在肝胆奉侍一生的总裁的身上。在最后关头，他深信，一定会从那儿传来释放的消息的。

身在孤岛的狱中，心情难免恚闷沉重，焦虑地等待着，一种恐惧在心中萌芽，一天加深一天，逐渐抽长而不可收拾。他猜测着判局，在各种可能性里思索煎熬，越想越慌，失去自制。

他不但忧惧宣判，这样无可名状的惧怕着更使他惊恐。军官完全没想到，当自己是被害者的时候，反应竟和普通人没有两样。

关头上冷静果敢的个性，去了哪里呢？怎么变成了一个懦夫了呢？是无法申诉的屈辱消灭了勇气吗？

曾是如何的忠诚，却导致出这样的误解，怎么辛苦努力、点滴营建起来的功业，一刹那就成为零，此刻以前的日子只像是全不曾活过似的，一想到这里，军官就从头到脚地冷悚起来。

他不再关心案情，不再注意健康、外表等，不再和人交通，难得说话，不吃也不睡，对自己和别人全都灰了心。

室外劳役时间，接近崖边伏身探望，心情起伏冲动——如果过去的荣耀一眨眼就无效，现在的屈辱也能一转瞬就消失——

身为侍卫的军官接受过种种职业训练，其中自然也包括了自决，或者说，为国献身，一项，然而当他现在伏视崖底，看见海浪猛烈地冲上岩齿，决然地粉碎了自身的时候，在他心中呼喊的，却是劝励自己活下去的声音。

一群海鸟从崖壁腾飞出来，闪划过脸前，嘹亮地叫着，白色的翅膀扇合着，越飞越高越远，翅羽照着炫目的亮光，变成一大片晶莹剔透，飞去了阳光的所在。

所有都给没收了剥夺了取消了，只有记忆倒还属于自己，他想起了专心写笔记的日子，以及如何沉在叙述里，忘记了身边所有其他事的快乐。

重拿起笔，坐在小窗的底下，啊，是的，因为行为良好，狱所供给了纸笔——说实在，这样的外岛，谁哪能接应出什么事来呢。

小窗只让进一抹光，日出和日落，黯淡的心情，回记曾写过的和未曾写过的，曾有过的和未曾有过的。曾有的都已经变成零，未曾有的是否还有被有的机会呢？他想到，他还从来没经历过爱情呢。

唤集了所有的心思和精力，在一切都被拘禁的囚室，策动了一切都不受拘禁的想象力，军官开始想象爱情的形状。

从牢狱的小窗，世界从中间横分成天空和砂地。白天的时候，天空总是刺目的亮，砂地沉闷的黄。阳光是白色的，炎热而空兀。

可是一旦夜来，以上世界消失，没有边界的郁丽的蓝色，暗暗闪烁，妩媚地笼罩，一切就会柔和下来，进入梦。

砂地上响起了声音，听起来不过是惯常的海水持续的掀拍，还是夜风吹过砂面，掠起了一些砂石，还是草丛在风里自己搓揉骚响的声音。

侧耳倾听，军官听得比谁都仔细，只有他听出来，这是人的脚步声。

月光具有融解的能力，一一解开禁忌，还能一路使不爱的人睡去，爱的人醒来。

于是从总裁到院长到代表到委员到局长到主任，从检察官到审判官到监狱长到狱警，都沉沉睡去了。月光照到铁丝网，铁丝网解开了，照到高墙，墙坍了，照到栏闸，栏闸崩裂了，照到狱门，狱门打开了，照亮了通道，照到了锁，锁开了。

然后，他看见她出现了。

从政治变成爱情，主题改变，没料到却有了问题。以前怎么写都是自己挺满意的，现在一出笔，不是这样的词字不对，就是那种的语句不行，写下什么都不像，不合适，不对劲，读起来颇可笑，不知道在说些什么不相关的。军官才明白，自己以为傲的文体，原来是这么的陈腐、虚伪、乏味、空洞、矫揉，没有生命，当它遇到爱情的时候。

女子抚摸着他的头额，用双手轻轻托起他的脸，安慰他，别急，她说，让我来告诉你，来教你。说的时候，鼻息带着一路过来的温热的砂石的气味，拂吹在他的脸上，他心安了。

白天的景象仍旧空兀，可是到了晚上，以后每当月亮升出，世界被一片艳丽的蓝色重新照亮时，你就会听见脚步声响起，脚底的皮肤摩擦在因夜来而开始湿润的砂石上，细碎地跑过滩地，越来越近。你听见金属、铁链、门栏、磐石、绞索、枷锁应声裂开、解开，或瘫倒的声音。然后，再也不能更柔美的容颜，更柔软更暖热的身体，就会贴依到你的跟前。

于是手就会抚依着发、抚依着脸，脸就会贴在胸上。胸腔起伏，倾听，海水在耳边闷闷地冲涌，好像心在肋骨底下跳动，发出澎湃的声音。他放弃了挣扎，把自己交给她，在带着馨香的温湿的鼻息中，由她温热的双手托起脸，把自己从噩梦从记忆的攫掌里，托升出来。

军官重新注意仪表，留心健康，伏地挺身在囚房里从五十个做起，每天增加。重新和人交通的时候，礼貌上是从没变的，但是以前那种架势不见了，亲和多了，变得这么的谦虚，照顾又体贴，简直叫你纳闷起来。

不再僵硬得像块铁，不再自我折磨，峻瘦的模样也慢慢地软化了，啊，是的，身为侍卫官的体态原本就非常俊美的，现在这阵折腾反又为他添加了几分成熟感，成就了一种气质，使他看来越发地优越，真是爱情故事中不可缺少的迷人男子。

每时每分他仍旧在等待着，等待的只不再是释放的消息，而是夜，月的照耀，和总不令人失望的接踵而来的爱人的脚步声。

不知不觉地，日子过去了，我们从不知道这一爱情故事的细节：军官没向我们透露，前边谈到的景和声，莫非就是我们自己能想象到的所有了。

或许也是因为，当月光解开门和锁，进入囚房的那一时，言语就都失去了作用，不再需要语言。

难怪贴依的感觉、抚摸的感觉、搓揉的感觉、拥缠的感觉，体的气味、发的气味，骨的触觉、胸臆的感觉，这么实在，这么醇醉。

她答应了，在最后一刻到来时，将以身相许，共度未来。

军官沉湎在爱里，遗忘了世界，再也不恐惧了。有了以上的许诺和叮咛，现在反而期待着判决。

不负期望，果真因为忠贞侍卫一生，为了谢答，最高当局特别召令全台最优秀的号手前来，是为行刑队的一部分。

当号声响起，在几个优美的音阶上变化着旋律，悠扬着，可又委婉柔丽地重复着，像一首殷殷叮咛的情歌时，不只是军官，连我们都被它深深地感动了。

原载《中外文学》第 25 卷第 10 期，
总号 298 期，1997 年 3 月

无岸之河

一、多重渡引观点

一篇小说吸引人的地方，通常在它的叙述观点或视角。视角能决定文字的口吻和气质，这方面一旦拿稳了，经营对了，就容易生出新颖的景象。

这样我们不免要想起《红楼梦》里写在三十六回，或可称之为“放雀”的一节故事来。

是这样的，一天贾宝玉来到梨香院找龄官唱曲，一个人躺着的龄官拒绝了他。宝玉讪讪走出，听周围人说，贾蔷若是回来，龄官是一定会唱的。

宝玉听了好奇，便站在屋外等候。

不久贾蔷回来，手提着一个里面有只雀还扎着个小戏台的鸟笼。宝玉放下听曲的心思，决定留下看个究竟。

贾蔷先让雀在笼里玩把戏，哄龄官高兴，不料龄官冷笑了几声，赌气仍旧睡去。贾蔷又百般赔笑，反被说是用笼雀来打趣卖身的她们。贾蔷慌忙赌身立誓，将雀放了生，笼也拆了，龄官又说他忍心放雀正是讥嘲她生病没人依靠。贾蔷忙解释，已问了大夫，说不要紧的，但是这时再去请一回也行。说着便往外走，却被龄官叫住，说这么大热天在外走，请来了也不瞧，贾蔷听了又只得站住。

这么厮缠折磨，在外看着的宝玉不觉痴了，领会了爱情的真义。

以上情节并不新奇。可能还有人觉得琐碎，只是小说家布置多重机关，设下几道渡口，拉长视的距离，读者的我们要由他带领进入人物，再由人物经过构图框格般的门或窗，看进如同进行在镜头内或舞台上的活动，这么长距离地、有意地“观看”过去，普通的变得不普通，写实的变得不写实，遥远又奇异的气氛出现了，难怪人物贾宝玉在窗外看得心恍神迷，悟出了天地皆虚无的道理。

经营得颇诡谲的还有沈从文的一则故事，发生在《三个男人和一个女人》的小说里。

因为落雨，朋友逼着说故事，故事里的“我”便说了一件经历：班长“我”和一位号兵服役驻扎在某处。一日号兵从石上落下成为瘸脚，“我”既为同乡，也就特别照顾他。没事的时候，两人常去南街一家豆腐铺子看年轻的老板打豆浆，和年轻老板三人同时爱上了住在对门的一位美丽的女子。后来不知为了什么女人吞金自杀，两人伤心极了。出埋的夜晚号兵失踪，第二天深夜全身浸着黄泥回来，对生着发烧病的“我”说了不知谁把坟挖开把尸身背走的事，因为据说“吞金死去的人，如果不过七天，只要得到男子的偎抱，便可以重新复活”。“我”忽然想起一个人。第二天一早前去豆腐店，却见门向外反锁。两人三天不敢出去，营里则流传着女人的裸尸出现在半里外某山洞的石床上的故事，然而“这个消息加上人类无知的枝节，便离去了猥亵转成神奇”。

读来颇为冷索，在现实生活中倒不稀奇，就是在此刻的偏远农牧地区，不仍继续发生着这类事吗？而且情节往往比小说还更精彩呢。但是在述说的时候，小说家采用类似前举的，在获得专家学者们同意前，我们暂时或能称之为“多重渡引观点”的观点，频频更换叙述者，绵延视距，读者的我们经过小说家，经过“我”，再经过号兵，听到一则传言，而传言又再引出传言，步步接引虚实更迭，之后，像小说家自己所说的，日常终究离去了猥琐，“转成神奇”。

我自己曾有过一件类似的经历。

事情是这样的，一天黄昏，我在某酒店的大厅等一位朋友同吃晚饭。等了很久不见人来，我想她也许记错了时间，临时有事或者遇到了塞车，便走去柜台用公用电话打到她家想问问情况。

铃响了几声后传来请留话的录音，我一向对机器说不上口，放下了话筒。正犹豫的时候，突然看见旁侧站着一位衣着讲究的女士，向我微笑招呼，我定神再看，立刻认出了她。

这是一位在法律界颇有些名气的女律师，一次陪同朋友办理离婚手续，曾和她有些接触；她的出名正是在办理这类案件上。你知道，在我们的城市，婚姻法对女性是极不利的，但是她总能在条文之间辗转找出空隙，为女性争取福利。

这方面具有特别的了解和能力，传说和她本人的不幸婚姻有关。据说她曾辛苦地协助丈夫完成学业建立事业，不料对方却变了心，经过一场丑陋又痛苦的离婚过程，她则失去了包括财产和女子监护权在内的一切。

我连忙伸出手，问好。知道了我现在的情形，她爽快地提议我不妨在柜台留个条子，加入她的聚会，等朋友来了再说。我正感一人等待无聊，就高兴地同意了。

由她带领，我们穿过大厅，经过几间人声喧嚣杯盘狼藉的餐室，拐过几重弯，进入一条很长的过道，周围一时静了下来。

路似乎走不完，幸好有她不时找些话说才打破了宁静。热闹的酒店竟有这等曲迷的穿道，我一个人走，必定是会迷失的。

我们终于停下脚步，站在一间厅房的门口，这时，眼前的景象怔住了我。

特别高的三面墙，显然是要挡去可能从任何一面侵来的烦恼。空间全面被围住了。近乎邈远的天花板上却开着一面天窗。

我站在门口的时间，最后的日光如一柱淡金色的泉水，正罩在众人围坐的圆桌的上方。

突然地加入，我感到很不好意思，但是诸位女子都笑着欢迎，说是不要紧的，女律师特别要侍者加拿一个酒杯。

各位女子都容貌修整穿戴讲究，乍看之下出奇的一致，这时都友善地看着我。现在我自己也坐进了光泉内。

身边的女律师跟我解释，在座都是老同学老朋友，约定每年聚一次，喝茶吃饭聊天，今天正巧给我遇上了难得的盛会。

更特别的是，今天还有一位新回来加入的朋友呢。

说着她便为我介绍了坐在对面的女子。

主妇一样的中年人，头发花白，面貌平凡，细小的眼睛从里透出某种和蔼的光泽。简单的白色衣服，只在颈间挂了一串丹红色的珠子。

我一听姓名不禁惊奇。

真的吗？我又请问了一遍。

主妇一样的客人笑起来，显然觉得我的反应有趣。

原来这是位颇具名气的女歌唱家呢。我一向佩服国际音乐界有成就的中国人；试想，在讲求真品质而非弱势文化名额或者意识形态正确的音乐艺术，又是对东方人体质不利的声乐界，能够具有扎实的地位怎能不令人起敬呢？

据说这位歌唱家是在中年时克服了重重困难，放下了一切阻扰，再开始艺术的追求的。

她的声调低沉缓慢，很有黑人灵歌的风味，唱到婉转缠绵处，又见中国人的抒情气质。从嚣琐的工作回来，晚间，听一两面她的歌唱，颇有慰藉的效果。

从磁碟上的照片推测，倒是不易想象出面前的容貌，不过我们自然了解，那类照片不过都是打磨精美的宣传照罢了。

心中我暗暗揣度，这么看来，恐怕一桌都非等闲。想着不由得紧张，露出了故作矜持的神态，举止局促起来。

白色的高墙令人发慌，天窗作为一种出路，遥不可及。

或许是看出了我的不安，来，喝点酒，女律师拿起酒瓶，为我斟到三分满。

一时芳香扑鼻，倒是迷蒙了惶然的心情。

我礼貌地举起杯。

小小的一口液体，在舌上炙烧开来，但是就在准备充分迎受热度时，它又解化而消失，留着炙热后的空虚快感弥漫回漾。

好酒，我在心里说。

仍没有朋友的踪影，无论如何在礼节上不宜久坐，乘个说话的空当，起身告辞。

女士们都说不急。

你来得正好，等会我们的歌唱家要讲故事呢，一个女士说。可不是，别的女士也笑着回应。

的确是诚恳的邀请，我诺诺地答允，重新坐下，心里却暗自高兴，倒是希望朋友可别在这时出现，爽约则最好。

女律师转身招呼侍者，要她再添一份餐具。侍者巧妙地翻折一条雪白的餐巾，展出漂亮的扇形，放在我前边的桌面。

由一位穿制服的男孩子辅助，女侍送上人人一道清汤。我拿起汤匙，却见一只五色的蝴蝶漂在碧绿的碗中。

从未见过这么美的菜式，不禁犹豫。

蝴蝶原来是由薄薄的鱼浆拼凝而成，弯弯镶着的触须则是两支完整的鱼翅。

看不见一丝油花的汤刚送进口，尝不出什么味，奇的是当它充满舌间以后，却变得无比地鲜美滋润，使人顿时舒爽起来。

我决定平静下焦虑，放开要走又不要走的心情，好好享受即来的盛宴。

今天的菜特为归来者而点，女律师笑着说。

歌唱家道了谢。大家喝着汤，一边赞美滋味。

男孩用一支晶亮的大盘收去残碗，换上全新的另一套。极细的白瓷，金边，周围隐约凹凸着贝形的图纹，拿在手中仍是温烫的。

我们对餐馆的要求是，女律师对我说，服务必须秩序洁净，中式菜尤其不可乱来。

至于菜本身，简单新鲜就好，倒未必讲究，她笑着说。

第二道菜不过从我眼前经过，那一阵袅娜的细烟就说明了她在讲客气话。

女侍双手把它轻放在桌中央，用一双特长的银筷开始布菜。

雪一样的银芽，头尾摘去并不稀奇，只是修齐成一律的吋半长短，令人觉得费了心。快火清炒，油极少，完全不用肉或其他搭配，的确简单清爽，然而一送入口，那种鲜嫩清脆却是一点也不是不讲究的。我曾在一本谈御厨的书里读到清炒的功夫，据说一种是要先用上等的鲜鲍鱼、鲜菇、新剐的鸡片等，文火细细熬出不带一丝油花、水质清纯见底的高汤，用它在起锅时溜锅才能焙制的。

宴席进行得很闲适，中式菜通常什么都一起上，懒得讲求例如法式菜中的那种秩序的过程，往往喧哗地大嚼一顿，然后打着饱嗝含着牙签油着嘴地出去；我还没吃过这么文明有礼的中餐呢。

众人话起家常，家庭里的或者办公室内的一些事物。歌唱家谈到行旅途中的见闻和趣事，一些经历。

一位女士问起某种法律问题。为了解释清楚，女律师例举了手上曾办过的案子。自然姓名不提，这是基本的职业道德，容易引发人推想或臆测出真人真事的细节也略去——你知道我们的社会是多么狭小密切，人和人都是相识的。重点放在原则上，认真地举出这类案件女性得谨慎的地方，和胜诉的诀窍。

谈到关切问题，大家不由得加入讨论，说出自己的或别人的故事，表示相同的或不同的观点，意见纷纷，顿时热闹起来。

等一等，等一等，一位女士突然用小匙敲了敲玻璃杯，大家暂停住了口。

等一等，她说，怎么我们都忘记了早先的协定，在每年一次的众会上，政治局势社会问题家庭纠纷男女关系以至于各种闲话苦水等等不是都要放开不谈，时间留在爽快的话题上，以便培养出听故事的心情的吗？

大家笑起来，可不是，纷纷应声说，的确，一说上了劲，竟忘记了当初的约定了。

或许我们可以开始听故事，怎么样？女律师询问。

众人都同意。

应该多听你们的，歌唱家很谦虚。

我们已说不出了，要靠你启引一下呢，一位女士笑着说。

你在外旅行，所看所见必和我们不相同，另一位女士说。

别推了，看你刚回来，又有成就，才把这一年一度讲故事的任务让给你，本来哪轮到你呢。大家笑起来，老朋友不避打趣。

只有一个条件，女律师说，就是故事的结局必须是喜剧。

到底是见过世界的人，女歌唱家也并不忸怩，趁侍者送来热毛巾，擦干净了手，细细饮了口新茶，起始了。

宴席的气氛沉静下来，众人脸上出现不同的神情，几乎是严肃地面对了叙述。

情节缓缓进行，时间往前走。

天光从早先的金色渐渐变成水红，众人有的危坐，有的斜靠，有的依着桌边，或者用手掌撑着下巴，用腕背支着腮，扶着额头，都浸融在一层淡淡的渲染里。

过程展开，出现状况和人物，突变和转机，高低潮。厅室更暗了，有一段时间众脸变得暧昧恍惚，浮沉在不明色质的背景前，迟疑，就要隐没而失去在背景里。

顺着直上的光柱，这时已经看不见曾经跳动如金粉的灰尘；在它的顶线等待着迎接的，却是不知在什么时候已经降临到天窗上的夜。

明确的方形，深蓝色，中央比较亮，形成笼罩性的拱体。

歌唱家的声音，与其说是在讲故事，不如说是在吟唱一首歌曲，我所熟悉的低沉的音律在拱形的天底缭绕。

幽灵由故事唤出，在头顶的空间翩跹。事情显得明确又虚妄，敏锐又模糊：说者和听者都确实地存在着，然而一旦诉之于视觉和听觉，却都变得似有或无，似近又远，如梦如幻，件件都无法掌握。

故事说完，有段时间很寂然，某种沉默近乎悲伤，弥漫在席间，没人想打扰它或者从它里面出来。不由得那块蓝夜变得愈发艳丽，照得圆桌清亮，想是月亮已在某方升起。

侍者过来开强了灯，宣布上最后一道菜，众人如似惊醒。原来大厨听说从远方回来一位歌唱家，特别掌厨，选用了各种时鲜，配衬了各种手雕，烹制出了一只鸟形的大菜，承托在一只晶亮的银盘上。

大家都止不住赞叹。

不知是因这如凤如鹤的鸟状美肴把整个晚宴的气氛推上了高潮，还是因为故事的美丽涤洗了浑浊焦虑的心情，一瞬间，我突然觉得周身的高墙不再冷峻遥远，反是成为抵挡庸俗的屏障，保证了坚诚的同盟，带领进入新的秩序。

这样的菜，怎能没酒呢？女律师说。

女侍送来新温的酒，为众杯斟满，于是同时举起，互祝健康进步快乐，一时盘箸交响，语声欢闹，不知夜的深沉。

女歌唱家说的，是一则爱情故事。

从前有一位音质美丽的女歌手，在某次演出后的晚宴上看到一位男子的影子独自起舞在僻静角落的墙上，不禁爱上了它。影子属当地某世家男子，也深为对方的歌声和爱而感动，不顾众人的反对，抛弃了财富和名位，离开了家乡，追随女歌手流浪天涯。后来在一次政治事件中男子受伤成为残废，女歌手的爱不但不稍减反而更坚诚。幸运的男子承受了世纪的柔情，两人亦步亦趋相依为命形影不分离。后来女歌手从音乐界退休，带着残废的爱人回到故乡，隐姓埋名过着安静幸福的日子而终老。

一直到后来我才明白原来前述并不是故事而是一件真人生平。转述的过程中，情节保持相同，只是结局改变了。真实故事的结局是，男子在政变中成为残废后，两人终至协议分居而分离，男子独自在疗养院度过余年，女子再嫁给一位著名的将军。

你可以说，这两个结局，一个比较浪漫一个比较实际；前者固然是喜剧，后来也未必是悲剧，然而歌唱家显然是牢牢记住了女律师的叮咛。

由两位人士接续引渡，把我由饭店嘈乱的前厅带入宁静又秩序的宴室，由一个故事又进入另一个故事，日后总令我觉得有点蹊跷。如同引前一场蜕变，这一路程把普通的饭局扭转成小说的情节，现实酝生出幻象，日常演化成传奇，不由得使我记起了前边提到的“多重渡引观点”来。

每当我想起过去事物，这一件经历总是脱颖而出，在众记忆中走到最前端，并且像图画的手卷一般地缓缓展开，现出夜宴的盛景：

十一位端庄的女子，围坐晶莹芳香的圆桌，坐姿略有不同，聆听着。

一柱天光溶泻如泉，赐予了超现实的机遇，许诺了寓言的可能，带领众人跃升。述说故事的时间，它的影光消长，以及当你顺着它往上所见到的天顶那块方夜的幻动，现在都仍焕烂地洸漾在我的眼中。至于故事的结局是真是假是悲是喜，倒是不十分在乎了。

二、新生南路中间曾有一条琉公圳——温州街的故事

1

一外地修士，为了崇高的理想，离开家乡前来把青春献给城市，由教会的帮助获得城南某教职，在一间殖民地时期留下的公事房住下来。

外表俊美，脾气谦和开朗，学问渊博，同时又具有国人少有的典雅气质和教养，修士渐得学生敬爱，成为全校为人知的老师。

我们常见他穿着白衬衫黑长裤，骑着女用三枪牌，从一个教室赶去另一个教室，衣角愉快地拍打着车轮边的脚踝，来不及和你打招呼；时见他背着书包或者腋下夹着书，在走道上走着或者坐在草地上，周围拥着学生，脸上洋溢着笑容。

水沟过去山坡边的公事房也渐渐成为学生们欢聚的处所。光复初期人情嘈杂，偏离的位置曾经使它被遗忘，颇现荒芜。修士到来后，由邻居一位妇人的帮助，洗干净了污脏的角落，擦亮了打开了门和窗，湿气和霉气出去了，日光和新鲜空气进来了。

修士还在前院种了波斯菊，后院开了菜圃，再养一窝芦花鸡，也由妇人帮着照顾。

阳光愉快地照耀，血丝虫愉快地在水沟里游着的周末的早晨，我们又常见修士穿上新烫洗好的礼服，打开竹篱笆的门。不久从花和叶的缝隙，你就可以看到靠墙堆放了脚踏车，听到笑声阵阵传到墙外，使你忍不住踮起脚跟伸长脖子往里张望。

或在黄昏、夜晚，以至于夜深，也可以看见墙内斜靠了孤单的一两辆车，那么必定是某位受到了挫折的青年还是特别敏感的孩子，流连在修士的身边倾诉着遭遇，想从谦容的长者那儿获得安慰和智慧，以便重新认识世界了。

除了本位课程以外，修士又收到校内外各种兼课、演说、研讨、座谈、专访等的邀约，日程表排得满满的，每遇际会总是盛况空前热闹非凡。就是在资讯不发达的年代，修士的名字也传遍了城市，成为启蒙者启示者或者导师的代称。

身边总簇拥着人群，为众人仰慕爱戴，生活过得忙碌进取充实，他乡真变成了故乡。

2

某年新生入学，其中一位颇清秀的男孩吸引了修士的注意，连修士自己也感到奇怪，做作业或者考试的合适时机，不免在坐着的讲台后边暗自观察。

略近深棕色的头发，茸茸地覆在额上，新月一样的鼻子。思索时用手掌撑着一边脸，低垂着眼，越发显出青春的柔润。修士看着看着不觉出神，蓦然想起——啊，是的，隐约熟悉如同记忆，修士心里明白。

从某个角度看去，是自己留在身后的一个人的身影呢。

我们不得不在此回述一下修士的一段往事。

那是多年前当他还是乡村少年时，某次际会遇到了一位可爱的女孩子，两人外形气质都很相近，攀起家世来还在母系这边有些姻连呢。或者因为这一点，虽然仍是小小年纪，两人的交往受到了双方家庭的默许。

女孩子娴慧聪明，传统和现代女子的优点兼备；男孩子温柔体贴，样样替女子着想，从来没有一个男子能具有这样的美德。在闭塞的乡下，两人的情谊和一同行走的身影也就被众人视为美事。

大家都看好的良缘，以后却出了差池。

是这样的，男孩出身医生地主家庭，对别人来说是幸福的富裕对他却变成负担；养尊处优的生活使敏感的他越容易多思善感，别人不想的他都要去想，别人想不到的他都想得到，看不出的他都能一眼就见底。这种人自然是会自寻烦恼，有福不会享，平白要生出麻烦的。

富裕繁荣反使他感觉到生活的虚无；他想，社会地位终究是场空，人都要老朽消逝，一切都有它的终极，越甜美的爱情毕竟要遭受一样的结局不越叫人痛心？

无名的忧惧咬啮着他，使他陷入无法解释的低落，行为开始与众不同。

沉默，不跟人交谈，见到人就躲，竟包括了相爱的女孩子。她则以为自己做错了事或者对方变了心，很是伤心。

我们不明白那时的女子比现在的要含蓄得多，容易从自己这边矜持，关系就这么难以解释理由地冷却下来。

我们那时也不明白沮郁症这种事，以为是潜伏的错失或见不得人的遗传发作了，一面关心问候同情，提出治疗上的秘诀偏方，一面自然也要私语造话幸灾乐祸。

父亲对儿子的异态并不奇怪，只是心中暗暗地难过。见过各种病例和人事的医生心里明白，这种人表面懦弱畏惧冷漠，其实爱着全人类，忧心着担负着世界的命运，心里是自苦得很的。

医生忘不了自己的一位因政治异议而被枪毙了的兄弟，在性格上也曾有这种——说起遗传倒是有点可能呢——趋向，不免越发担心。

虽然已经过去多年，兄弟的事仍像发生在昨天；每到黄昏，当病人都走后，站在医务所后的回廊上，医生仍须努力才能甩开这一段回忆。

想到历史可能重复，秋阳里的父亲禁不住索索地抖栗起来。

治疗的方法并不难，把他引介到人间，渐渐熟悉众人的作风，中止幻想，渐渐成为社会的一分子，可以不药而愈。只是乡村社会虽然纯朴，同时也很愚昧僻俗，况且年纪尚小，缺乏判断力，品质一旦败坏了，这么做的助益不多，倒反会生出相反的效果。

然而青春期的情绪如果不找寻纾解的方式，让它继续沉湎下去，转变成——兄弟的影子又袭来——不为社会所容的性格，那就令人恐惧了。

村南竹林的庙里住着一位长者，本是大户人家长辈，显赫一时，年老时突然看开一切，将产业均分给族人，整修了废庙，不顾众人的反对，独自搬了进去。医生想起少年时彼此曾有一段交谊，也很敬佩他晚年的风格，在无法相信任何人的情况下，倒想起了这位长者。

在庙里休养一阵，至少可以把身体弄扎实些，再去外地念书做事都好，父亲这么打算。

少年后来成为宗教界人士，猜想或许和这段庙中经验有关吧，只是稚幼的一段爱情简单地结束，而女子也成为前述的留在身后的人物了。

或许可以说，是对爱情的态度太认真太严肃了才拒绝了爱情的。

现在回到我们的故事。

修士在男孩身上识出熟悉感，记忆温柔如水，对他自然比对其他学生用心，例如上课时常询问他意见，让他答话，下课时要他到研究室来讨论报告，额外给他书看等。

修士的特殊对待，其实还有另一层原因。

男孩性情特别羞涩，上课总坐在后边或旁侧，被叫到名字时总一脸惊慌，然后懦懦地说不出话来，几次以后修士决定不扰他，让他独自在一角默默学习。这时间，他倒显得比任何其他学生都安适，低头记着笔记，太阳照在他略倾棕色的发顶，你常能见到形成朦胧的光晕。

在光晕中有时他会抬起头，用一双褐色的眼牢牢看住你，一脸透明，这时倒是自己口结了起来。

然而无论说到怎样的段落谈到怎样的论点，男孩总是领悟得比谁都要快，省了自己不少口舌，远非那种嚣哗的学生可比，做老师的不免感到了欣慰（你若教过书，就知道十个学生里有九个都是讲不通的）。

修士在男孩身上看到一种气质，以为与众不同，在过来人的心里，修士深深地明白，这样的人一旦走出校园，面对世界，是注定要被摧残的。那么，至少在自己能力所及的底下，多给一些卫护吧。

长时间相处，男学生终于信任了老师，和后者建立了亲密的友情，上课时交换只有两人才会意的眼神和微笑，下课后流连在修士身边。前边提到的斜靠在竹篱笆墙内的孤单的一辆脚踏车，原来就是他的呢。

从黄昏到夜深或到第二天的早晨，身边有修士陪伴导引，少年在寻找自我的过程中所遭受到的挫折和痛苦，如果以修士自己经历过的相比，要和缓得多。

众人开始用异样的眼光注意他们，窃窃低语交头接耳谈同性恋的事。谣言又布散了，平日妒忌修士的同事妒忌男孩的同学趁此机会自然要多说些故事。

然而修士心中清楚，他对学生的感情是比台风过后的天空、秋夜屋脊上的月亮，都还要明净的。男孩则要等到很多年以后，经历了一些人事，明白了一些人情，才恍然领悟这种感情的含义和深度。

如果说，修士是把少年当作少年的自己在看待，也不为过。

3

男学生从学校毕业，成长为男子。本想做一名小说家，无奈小说太难写，稿费也无法维持生活，又不打算把自己卖给编辑或出版家。尝试了一段时间后，在家人及友人的殷殷劝解下，终于放弃文学转入商业，成为赚大钱的生意人。男子搬去城北，建立稳健的事业和美满的家庭，由投入工作而克服了少年时的羞涩，显然要归功于选择的明智。

他和修士本来还保持密切的联系，例如写信、打电话、节日时拜访等，然而日子一久，就像我们一样，在忙碌的日程表间流失了人间关系，以至于彼此不再知晓都没觉察呢。

达到各种成就拥有各种地位的同时，男子却有一件不便告诉别人的隐私。

是这样的，每到黄昏，当日光移过对面的楼座，落到身在的华美的办公室时，突然自己就会莫名其妙地怕起来，一种惶惶然无依恃无前途的感觉，怎么也甩脱不了。

4

现在，黄昏的光准时移现到对面的楼与楼之间的狭窄空隙，以斜角切入，从线辐射成面。

停下手中的工作，看着它寸寸窥侵，如同阻止不了的阴谋。

有时又不只是一个人，而是几个人很多人，周围的人，个个都在算计着你。你看对面楼房的活动不是又开始了吗？每面窗后不都暗藏把守着人吗？

要是不相信，你可以试探一下。

蹲下来，把自己藏在办公室桌后；弯着背脊藏到椅背后；闪身藏到橱架旁；蹑着手脚走到窗边，藏在百叶窗的边侧；用手指轻轻拨开一折窗，露出一只眼睛。你看，随着位置的移动对面不是人影纷纷也在掩藏闪躲埋伏准备着起动吗？阴谋的确存在。

郁黄的光线全面占领了空间。

恐惧的感觉，蠕动上来，咬啮着。一点希望都没有。

手尖和脚趾开始麻，胃隐隐作痛，瘫痪的感觉，移动不了。

身体里没有一处可以把持住，可以与它对抗，核心像核炉一样地熔蚀了。

5

多么奇怪的事，财富地位家庭事业男子无不具有，白天看着也十分抖擞体面，为什么一到黄昏，就这么的不光荣呢？他是否染上了黄昏症呢？

我们试着从男子的视角来了解他。

所谓人群埋伏，可能是这边人影投映在双层保温玻璃经过光的棱镜作用所产生的复影效果。

而日光光质一致的时间不带时间感，例如当你早上闻到新出炉的糕饼的香味、新泡好的咖啡或茶的香味，不免立刻洋溢起精神充满希望热情地投入工作。不知觉间黄昏到来光质改变，从进取的明色变成退缩的暗色，从肯定的直照变成怀疑的斜照，突然告示一天就要结束。

战争、暴力、迫害、残杀、病疾、灾难；见面都有告别，欢聚都有离散，生命都有终结，当你一打开电视一翻开报纸，一想起周身人与人之间的关系，的确，没有一件不是令人恐惧的。

6

城市位于亚热带，日光九时才消失。下班以后男子总在天黑后到家。日子久了，常在家中等待的夫人不免对丈夫的行踪发生了疑问。

有三种可能。第一种可能：在办公室赶作业。然而电话打过去，秘书小姐却说已经离开。

第二种可能：为业务在外奔波应酬。却由司机老张的回话而否定。

第三种可能：发展出婚外关系，去了另一个女人的处所。夫人惊心起来，放下手中的书报，开始翻不下去。但是无论用从软到硬的各种方式来迫诱真相，对方都一口否定。无论外边有没有人，宁信丈夫说的话，夫人也就过一天看一天，一边想着对策。

男人在这一段非日非夜的暧昧时间究竟去了哪？

是这样的，办公室人员都离开，司机老张也被遣回家后，他稍作收拾，关上门，从自动电梯下楼，跟守门警卫说明天见后，就会投入一件工作。

便是寻找一位治疗黄昏症的医生。

有时坐公共汽车，有时坐计程车，步行的时间则更多，男子寻遍了城市的每个角落仍无着落。医生固然到处都有，要不是太忙无法听他倾诉，就是在检查之后心里认定他精神失常，因此将他送到医务室的门口时，都劝他黄昏时不妨多吃些甜点喝杯红茶或者交个女朋友之类。

凡遇疑难杂症城市医学界固然都归之于精神病科，说实在，就连知道男子历史或故事的我们，也无法在前边的叙述里找出致使他生病的原因呢。很遗憾的，我们不得不同意医生，不是来自遗传就是出于他自己，男子患上了神经病。

7

敲门的声音，他以为是隔壁办公室，再听却不错。请进，他说。

穿着白衬衫黑长裤的人走进来，站在他面前。他很吃惊，一时辨不出来客是谁，在心中怪责王小姐不曾先通报。

还记得我吗？来客笑着说。

他下意识拂了拂或许散漫的头发，推开椅子站起来，礼貌地以微笑回答，一边努力搜索记忆。

水纹渐静，映出越来越清楚的倒影。然后眉目、姿势、神情一一归位，完成图形。

不是敬爱的修士吗？他突然记起，不由得立刻趋前，紧紧用双手握住了对方的手。

这些年都好吗？修士说。一直惦记着你，特别过来看看。

请坐，男子说。

瞧你现在的模样，修士打量着他又环看办公室。这都是你的成绩。

我已经长大了，男子高兴地说，再不用你挂心了。

可不是呢，修士说。

你也好吧？男子诚恳地问。

也好，修士说。

没有预先通知的造访使男子又惊又喜。

一切都和以前一样吗？男子问。

一切都和以前一样，修士回答。两人一起愉快地想起了校园和公事房。

您是从什么地方来的呢？男子问。

修士抬起头，微笑地望着他，说：

我从你的过去来。

电话铃响。对不起，男子说，转过身接电话。

不是很重要的事，他把它转到秘书的线上，简单地吩咐了。当他放下话筒再抬头时，坐在面前的人却不见了。他以为或者客人在屋里浏览，于是用眼搜寻。

又大又空的办公室，没有别人，每一件家具，每一片墙，墙上每一张名家的字或画，每一张业绩成就证明和奖状，每一份桌上的资料或计划，以及自己的每一只手臂每一层皮肤，都浸融在一片黄色的光线里。

他传话叫进来王小姐，问她方才是否看见一位穿白衬衫黑长裤的先生走出去，王小姐说没看见任何人进出，事实上办公室的人都已下班，自己收拾一下也准备回家呢。

他怀疑起自己，在脑中回想方才的一幕，让它从头到尾再现一遍。需要我留下吗？一直站着的王小姐有点狐疑。

不用了，晚报拿进来吧，他说，重新回到自己的座位。

对面的椅垫已经回弹，不露曾被坐过的迹印。难道方才是自己的幻觉吗？

王小姐敲门送来一杯热茶和晚报。回家去吧，他对她说。

很昏沉，也许自己不知觉地打了一个瞌睡，做了一个梦。他打开晚报，很快地看过大标题，一页页翻过去。在某版的下角留眼到一则消息：

“谢德维修士进入沉睡状态多年，似无回返的趋势，现移入市立医院特别病房。修士除沉睡外仍不显示任何病状，医学界仍在研讨以定病例，唯一可能作为参考线索的是，在入睡前，修士曾说：生活是多么的空虚和寂寞。”

他从抽屉找出刀片，割下这段消息，用回纹针别在日历上。

8

男子晚上倒是做了一个梦。

梦见一条红色的河水在两条街的中间流过去。

醒来他努力思索。红色的河水，红色的河水。在哪处有一条红色的河水？

这么思索了好几天，渐渐精神恍惚神不守舍，在无法界范的领域里漂浮，寻找一条红色的河水，无法专心工作。

有一天他喝一杯果汁。玻璃杯里浮沉着红色纤维使水呈现红色，一时间他心中沉闷了许久的疑团开解了。

可不是那条漂游着血丝虫的水沟吗？

他把王小姐叫进来，请她点查一下日程表和近期计划，推出假期空档。

王小姐提醒他，一个重大的商会还等他主持。

9

家事和公事都关照好，请夫人把简单的衣物收拾在一只旅行箱里，穿上口袋很多的出门装。

他婉拒了家人和友人送行的好意，叫司机把他开到飞机场后尽管回去。

选了候机至餐厅的一个较偏离的位置，叫了一杯果汁，慢慢用吸管吸，付了账。然后他提起旅行箱，一路顺着入境指标走出来，坐入一辆排队等在机场门口的计程车。

请往南区开，他吩咐司机。

10

站在路边他完全陌生了，感到时间的过去。预约电话曾指示从某条街拐到某条街后再进入某条街便能看到二楼阳台镶着铁条的公寓，但是一进入住宅区他就弄不清了方向，不得不再拦住一辆计程车。

是住家空出的一间后房，有自己的盥洗室，没有厨房倒无所谓，可以在外边吃。他付了必须付足半年一期的房租，道了谢，关上门，在床边坐下，听见墙的那边小便的声音，以及抽水马桶哗然的冲刷声。

男子试着熟悉租房的时间，外界开始变化；夜逐渐到临，城市的蜕变开始，污秽脏乱丑陋随白日的过去而隐去，机车群消失。艳丽的霓虹灯接续亮起，闪烁在黑暗的背景上，光辉照耀。

男子脱下多口袋的旅行装和皮鞋，换上轻松的运动服和球鞋，经过蜿蜒停着汽车的巷子，进入终于因进入夜而获得福赐的世界。

11

嘈杂的公立医院，就是到了晚上也一片混乱，外人在走道上厅堂上游荡来去，弥散着似药非药的气味，或是一种强要盖过以上气味的清洁剂的气味。在讯问台前几乎要吵起架来才被告诉在十一楼的精神病科。

他等到了第四或五批人众才勉强挤进电梯，被压在病人和非病人间，花束勉强护在胸前，十一楼到时他要扬声说对不起才挤得出去。

清静得多的专科，看来好像没人，工人在洗地，水花花的。沿墙他小心地走，以免踏到别人已费劲洗好的面积。

请问，他尽量礼貌。

坐在柜台后的护士抬起头，冷冷地望着他。

他说出修士的名字，和探访的意思。

访客时间已过，护士说，推了推眼镜，低下头继续填表格。

有点窘，他把花束拿低了，藏在柜台的底下，迟疑着。

是否应该跟她解释，自己从远处来，也许可以通融一下。或者——明天再来吧。

思索的时间对方始终低着头，不给予选择的机会。他转过身，准备从原路离开。

一地的水光使他分不出刚走过的路：以为电梯在左方，一拐弯，却见迎面的是两扇对关的门。

轻轻推开一扇，侧着身子走进。啊，总是在几近绝望的时刻，就会有惊喜的出现。

各个房门口站着人，走道上站着走着人，大家见他进来，都露出欢迎的笑容，如同盛会等到了主客的光临。先时在医院其他地方遭遇到的挫折感消失，他也露出了会心的微笑。

放缓了脚步，从人士的中间走过，点头握手寒暄，他放心了。

走道很长，慢慢走到底，充满信心。

最底的一扇门半开，在地面照出一柱光。

是的，他知道这扇门等着他。

12

人在睡眠时，尤其是仰卧的姿势，皱纹在脸上铺平而不见，是觉不出年纪的。

修士的沉睡，使二十年的时间消失，当男子坐在床前，面对这张脸时，难怪觉得如同昨日。

仍旧是很俊美的眉目、很黑的发，似乎永远微笑着的唇，也是滋润的。

他就这么坐在床边，直到旅游者的倦意雾气一样地弥漫上来。恍惚他又梦见一条水流，血丝虫在接近岸边的地方艳红地漂游。没有一种红色能比这种红色更美丽。

醒过来时他发现自己仍坐在椅上，窗帘背后透着对街商店的霓虹灯的红光，节奏性地闪着。

13

灰闷的早晨，太阳现不出形状。早饭的摊子已经摆出。他随便吃了点东西，回来租房，洗脸刷牙洗澡后上床睡觉。

睡到不知时候的时候，隔墙的活动弄醒了他。菜扔进油锅，铁勺敲击着铁锅，斥喝孩子。抽水马桶的水从他的头顶哗然地冲刷下来。

天花板逐渐退入晕暗，他翻起身，坐在床沿，用手指梳着发根，落发纠缠在手指间。男人的声音和女人的声音不知是在对话还是在争吵。盘子碰到盘子或碗，喝汤还是在吃汤面，一口口哗然地吸进去；他觉得有点饿起来。

夜已到临，如前所述，霓虹灯艳丽闪烁。男子在这时出门，进入光辉灿烂的世界。

14

从电梯出来他不再先去柜台通报。闪身转到这一边，推开对关的门。

啊，多么温馨的聚会。如同昨日，走道上站着蹲着走动着三五成群等待着的人士，友善地迎接他。如同进入晚到的派对，向众人一一问好或握手，心情比昨天更舒爽，当他走完过道站在半开的最后一扇门前时，已经有如归故乡的感觉。

现在来到沉睡者的房间。桌面椅面薄薄有层灰，他想起昨夜在他守候的时间不曾有任何护理人员进来。从厕所水池底下的小柜，他找出一块干硬的海绵，搓洗干净了，拿过来。

仔细抹过每种可能招尘的面，包括了床的铁条铁杆。越发放轻手势，当手接近人体时，沉睡的人微微动了一下身体——他停住了手。不，是自己的心理作用，他想。脸上也可能落了一层灰；用手指轻抹，指与指间果然有沙沙的感觉。他到浴室再找，找到一块干得可以脆开的毛巾。用肥皂正反面彻底地洗，扭干了，仍是硬的。他放弃毛巾，用玻璃杯接了一点温水，从自己口袋拿出洁净的手绢，绢角沾了点温水，包着食指，抹去脸上的灰尘。

再下来是擦地板的工作。没有合适的用具，只好重用方才用过的海绵。不够大，又时时须清水，花去了几乎整晚的时间。

一切似乎都干净许多，他环看房间，比较满意了。把用具放回厕所后，坐回昨日的位置，窗上透出天光，它的光度已能和整夜定时闪耀的霓虹灯匹及。

15

该早一点起床，以便做另一件事，于是把闹钟拨前了三小时。

在一个醒不过来的梦里醒过来，日光照不透污秽的窗玻璃，揣摩不出天花板上天光的时间，闹钟没响，不知掉去了床头哪里。他伸长手臂摸索，摸到一手的蜘蛛网。

电视连续剧在隔墙进行，说不完的如泣如诉山誓海盟。

他叫住一辆计程车，辗转在下午的塞车阵中来到地区。一个十字路口他请司机停住，付了钱，跨出车门，站在黄昏的街头。

16

男子来到地区想做什么呢？啊，是这样的，他之所以拿假期，除了是为造访沉睡的修士外，还为了寻找一条叫作琉公圳的水沟。

但是男子显然忘记了一件历史，琉公圳早就不见了。

新生南路现在已是一条东西六条车道往来对开的宽平大道，上面穿梭着各种族群人类飞驰着国际性车辆，景象多么欢腾飞跃。男子若不是忘记了历史，就是历史忘记了男子。

很多年前，新生南路曾是一条简单的双行道，两边生长着茂郁的千层树和亚麻黄，中间流着一条深入路面的水沟，清澈见底，缓慢流行，沟边的浮草和石块之间漂游着一团团的血丝虫。

当黄昏到来，晚霞满天，艳丽的夕阳倒映在水中，和血丝虫交辉成红艳艳的一片光时，世界上真是再也没有一条街或一条水比它更美丽了。

后来之所以填平，据当时交通工程局登在日报上的告示，是为了改善市容以及交通流量，使地区能以崭新的姿态与城市的腾跃同步调，然而背后却有一则为我们都知晓的不便道出的原因。

是个晴朗的早晨，一位中学生如常地骑着脚踏车上学，经过琉公圳的木板桥，从新生南路的这一边单行道愉快地过到另一边时，突然看见沟水里浮沉着一截手臂。

起先他以为是玩腻了的洋娃娃给扔进了水，随即又觉得可疑。已经过了桥的他下车，推车走回想看个究竟。

一件令人无法想象的，和这美丽的世界无法关联起来的谋杀案暴露了。

那是一个听到领袖的名字便自动起立写到领袖名字便自动空格的祥和时代，案子自然引起轰动。警察局、公安局、区公所、消防局、警备司令部、安全局、防务部、保密部、情报处（你不能否认它有匪谍案的可能）、对外事务部、礼宾部、外贸局（你也不能否认它可能是件国际阴谋）

都出动了人员设立了专号。报纸全天候追踪，收音机随时截断节目报告最新发现，全城亢奋。

线索层层揭示，侦察步步进逼，复杂紧张刺激，比蓝皮书还精彩。终于，某将军的大名呼之欲出了。传言是这样的，手臂可能属于将军说是回娘家其实是失踪了的第二位夫人，也可能属于据说忌妒心颇重的第一位夫人，或可能属于和某人沾有暧昧关系的侍从官，更可能属于久不见媒体上的将军本人。至于最后一种可能则可能牵涉到高阶层权力斗争。手臂泡水过久使人无法辨识出性别不免加重了案情的悬疑性。

社会耸动人心惶惶，在这即将真相大白的关键时刻，某日突然案情直下，以上所有列名单位联合公告了侦察结果，不过是醉汉午夜落水断了一条手臂在水中的意外事件，随即宣告案子结束。

挑逗起来的想象力亢奋起来了的人心怎能被这么简单的结局满足呢？有人前去测探水流的深度和宽度，散出话来，说是三岁小孩的手都是跌不断的。

不久城市工务局发出布告，为了前已提到的改良市容及交通的理由，地区将推行现代化，并且以空前的速度开始了填河的工程。从来没见过一项工务进行得这般快速，又证实了彻底消灭现场以免日后翻案的谣言呢。

无论如何，当时还是少年的男子因为沉湎在前述的自我寻找中，没有注意到这件（或任何一件）社会大事，以至于历史从身边经过也不知晓呢。

现在站在路中央，设法想象水渠潺潺流动的景象。天明以前的时刻只有货车偶然经过，打着黄色的头灯，发出沉重的轮胎贴住柏油路面走动的声音。

一切都成为平坦的笔直的明确的肯定的坚硬的公路。

终于他等到一辆计程车。

17

坐下在食摊的小桌边，叫了份早餐。吃的时间机车渐成群，贴着桌边窜过，喷出黑色的尾烟沉落在结着痂边的豆浆锅里。日光已经燥热，预告了燥热的一天。他站起来，付了钱，把找钱放回口袋，回到开始湿闷的租屋，在炒菜声和抽水马桶声里入睡。

18

带来红色的玫瑰。把旧了的花用报纸包好放在一边，等走时带出去。暂充为花瓶的玻璃杯洗干净换上新水，玫瑰放在重新透亮的杯水中，室内顿时再一次香起。

他把毛毯往上拉近颔底，环颈的地方捺好，抚平以下的部分，脚底剩出的毯边压去床垫下。

三个小时以后他想可以帮睡着的人翻个身，于是把前时铺好的毯子撩开，一半折到另一半的上边，露出穿着旧睡衣的身体，整个自己的胸腔都匍匐在人体上，两只手臂尽量延伸，拥抱住柔软的骨骼和肌肉。他嗅到了轻微的呼吸。

19

来到幸福百货公司的男装部，挑选一件合适的睡衣，不能在颜色和尺寸上做决定。服务小姐劝他不妨都试穿一下。他走到布帘的后边，把睡衣上下都套在自己衣服的外头。小姐站在帘子的那边，一件件从帘隙递给他不同的尺寸和样式，殷殷问着合适不合适，服务态度良好。最后选了一件全棉红格子的。他再坐自动电梯到地下室的家用品部门，买了一块品质极好的肥皂，两条全棉白毛巾，两个水盆。

20

先用肥皂洗手，把冷热水调到舒服的热度，两个水盆盛到七分满，一一端过来，放在床边的小几上。

肥皂放入水，用手掌打出一些皂沫，调匀了，毛巾中的一块浸入水，另一块干着备用。

被单小心折到脚底，解开衣服的扣子，褪下睡衣和内衣。

白皙的肉体，沉睡的胸和腹和腿，沉睡的性器官。

他把肥皂水里的毛巾拿起来，拧干到还有点湿润的程度，折成容易拿在手中使用的大小。

轻轻地擦拭，从耳后开始。时常在清水盆里净一净。重复地擦拭。再用另块柔软的干毛巾仔细抹干水分。

工作持续，秩序而缓慢，必须注意三件事，一是手要尽量轻；一是隐藏的部位，例如耳后颈后腋下腿侧等，要特别小心地洗到不易触及的地方；一是水要保持恒温，就是说，你得不时更换新水，同时又不能让身体冷着了。

虽然单调又重复，其实是件费心又费力的工作。这面洗完后得转过那面洗，得翻过来背面洗。

终于完成之后，他撕开包装，拿出新睡衣，替睡着的人穿上，再把肢体尽量舒适地展放开来，毯子拉盖过来，各个角落都捺平挪好。

天暗时开始，天明时结束，他撩开窗，没有和不须月光的城市，规律性的霓虹灯迷媚地闪烁着。

这样过去了七天和七夜，觉得自己终于能为修士做件事，不知觉地心情舒快了。

21

男子和修士的故事说到这里，从开始到后来断断续续前后经过了三十年，比四分之一世纪还长，也算难得。

自从男子离开家和办公室去度假后，两处都失去了他的音讯。大家都了解旅行慌乱可能难以照顾，何况预定的行程也很紧促，无须站站时时都要通报。

七天后不见男子回来，没有行踪消息，打电话给航空公司或铁路局也没有误机误点的情况，众人不免紧张起来，意外绑架政治失踪等等一时都浮现到眼前。

职员们惶惶不安，担心公司关门，家人们烧香卜卦念佛，还不好——按照警察局的告诫——立刻公开寻找或者赏金求人，商会则继续延期。

就在这悬疑又紧张的时间，一日男子办公室的传真机突然叮叮地响起，大家追随在王小姐的后边涌进，围住机器看它一分分吐出纸。

荒原里的一座古建筑具有奇异的历史价值和神秘力量，也许因为位置偏远游客并不多，自己倒很想前去探访。为此将延长假期以便长程旅行。延长到什么时候现在还无法决定，不过在全城商会庆典举行前是一定会回来的。

机器传出讯息的同时，家人也收到一封信。水渍了的邮戳看不出由哪儿寄出，信上的内容和传真相同，只是信封内多附了张照片。

黑白照，宏伟的建筑，矗立在辽旷的野地上。不知是岩石还是木材建成，已经磨蚀了残缺了，然而荒芜之中却隐藏不了一种与天地同存的盛容。

沉厚的造型猜想源自心灵的宗教感，秩序和庄严的结构或者来自对条理的尊敬。已被时间蚀化了的梁柱的顶端，有一种婉转流畅灵活妩媚的线条稍纵即逝，却透露了远古人类的绮丽心思，传真讯息里令人读着不觉一惊的所谓神秘力量，也许就在这里吧。

22

我们对男子都极具信心，相信他会如期地回来，在等待的时间，被世界忘了的修士一天醒过来。

修士的醒来就像他的睡去一样地原因不明。当被问及和病情有关的事项时，一头雪白发的修士说什么都记不得，除非依稀仿佛曾经做过一个梦，梦里自己在水似的质体里漂浮，水搓抚着搓抚着偎抱着，从来没有这么地觉得舒服和安心。

三、鹤的意志

一个女孩和一位男子搬来公寓。

男子中年，头顶开始秃，穿着整齐的灰西装，拿着公事小皮箱早出晚归。女孩七八岁左右，散乱的刘海，底下有一双忧郁的眼睛，每天一个人白着脸站在阳台上。

阳台前边有一片工程预定地，浅浅的沼泽长着长长的芦草，开着淡黄色的花。女孩站在阳台上，两只手肘枕着阳台的水泥边，看芦花顺风一时这边一时那边地弯倒。

一天飞来一只大鸟，停在沼地的中央。雪白的身子，颈上一圈丹红色，嘴和脚都又细又长，巨大的翅膀展开时，翅边镶着金色的羽毛。

女孩从来没见过这么美丽的鸟。

小小年纪并不知道，她见到的是只鹤呐。

鹤在我们的世界消失，从前可繁荣过呢。你看汉朝的帛画或砖画上不是常常出现一只侧身展翅的大鸟吗？谨慎的学者们不敢妄为它定名，称它为“神秘之鸟”，我们细细核对形状，却可以肯定地说它就是鹤。

丰腴富足的唐朝妇人用华丽的金丝和银丝在服装上络出鹤的美姿，曾经震惊了从河西走廊，从东印度洋和太平洋等各种方向来到中国的域外人士；若数鹤的黄金时代，那又非宋朝莫属了。

据说宋徽宗赵佶政和壬辰，也就是西元一一一二年，上元节第二天的黄昏，祥云低拂着宫殿的正门，倏忽一群白鹤飞来，翱翔在空中，时又停伫在檐的鸱尾上，如同追随着某种奇妙的韵律或节奏。往来没有人不抬起头来瞻望，发出了赞美叹息，数一数，竟有二十只之多呢。鹤群久久不散，终于迤逦着队伍向西北方远去。

为了记录这一鹤的盛会，徽宗画下了《瑞鹤图》。

精致的工笔，描绘出典丽的殿檐，浮现在低低的云层中。二十只白鹤中的两只，停歇在檐两端的鱼尾饰上，其余愉快地翱旋着。虽然是简单的黑白复印，我们仍能读出上元节次夕，当晚空呈现银灰蓝色，一群白鹤飞来时，从来没有一位皇帝没有一位画家的心灵能比他更绮丽更忧郁的徽宗的感动呢。

同生活在宋朝的苏轼有天和两位朋友同游赤壁，放船在水的中流，想到了生命的倏忽和虚无。夜半时，寂寥的江面飞来一只鹤。

鹤也曾飞来红楼梦中，那是贾府的一次中秋夜宴，大观园的离散已经开始，情景不如往日，虽然勉强欢笑仍有些凄清寂寞。

林黛玉和史湘云两人来到近水处赏月联诗，黛玉的语句越联越悲凉。如同响应呼唤，黑夜的湖面飞起了一只鹤。

不要忘记，多情的贾宝玉住着的怡红院的前庭，也饲养着鹤呢。

世界上再也没有一种鸟能比鹤更柔美更典雅更细腻更尊贵，和人的关系更亲密了。

小女孩站在阳台上，看见大白鸟亭亭立在水沼中，弯下修长的头颈，形成圆弧；或者曲起一只脚，把丹红色的脖子藏去翅下；又或昂首，挺直了身体，发出低低的鸣叫；最好看的莫过于起飞和下降的姿势了；雪白的翅展开，在空中缓缓滑行，金边划出闪闪的S形。

聪明的女孩默默观察，不久便明白了鹤的言语。试着用自己的肢体练习，不久，也能像鹤一样地亭立，一样地展臂如展翅，一样用小小的脖子配合着手脚，给出各种讯息。

男子很担心，这种年龄别的孩子都进学校了，偏到现在连话都还不会讲。搬到这里来又发展出鸟似的怪动作。男子真是愁，不住地摸脑顶，头发又掉下很多。

寂寞又无趣的每一天，终于有了谈话的对象，女孩倒高兴起来。

于是阳台上的一个小女孩和沼地里的一只鹤，每天面对面，做出同一或类近的连续动作，似乎是在相互接应，交换着只有两者才明白的消息或默契。

男子找不出原因，准备再一次搬家。

这一次却遇到了抵抗，紧紧抓住阳台栏杆的手怎么也不肯放，又哭又闹僵持不下。

一位女士出现在公寓，和女孩一同站在阳台上。

女士牵着孩子的小手望着前方，用温柔的声音说：

多么美丽的沼地，多么美丽的鸟啊。

女孩抬起头，用一双忧郁的眼睛从蓬松的刘海后边望着她，手紧紧捏着她的手。

女士有柔软的手指、暖和的掌心、美丽的腰身和头发。

眼前吹起了一点风，淡黄色的芦花向一边弯腰，云重叠在地平线的边缘，起伏着的矮山也随着动移了。

受到风的邀请，鹤缓缓抬起双翼，排出雪白的扇形结构，展开羽的金边在日光下闪烁。女孩缓缓抬起她的手臂，举到过眼的地方，保持了手臂和手腕一直线，手指并拢，七十五度的弧度。

多么优美的身姿啊，女士用温柔的声音说。

后来每一天，女士和女孩都会出现在阳台，牵着手。沼地里的鹤等待着，变化出各种姿态，打出会意的讯号。

小女孩的头发编成整齐的辫子，衣服穿干净了，脸红润起来了。

男子和女孩和女士一齐搬出了公寓。女孩仍由女士牵着手，男子提着箱子跟在后边走。

鹤不见了，其他的水鸟一群群飞过来飞过去，发出啾嘈的叫声。沼地开始了工程，据说是超国际水准的高楼将矗立在它的上边呢。

一对年轻的夫妇搬进来，常常大打出手到阳台上，女的显然力气比较大；黄昏时在阳台上拥抱的时候也颇多，两件事都做得像是旁边没人看见。推土机运来一车车的垃圾，倾倒在沼泽里，引来无数计的麻雀，黑压压一片又一片，哗然降落又飞起，水面越来越小了。

后来只剩下一块泥塘局促在公路和高楼的中间，你从公路开车过去，水塘跳进你的眼，闪动如小小的镜子。

秋天时，候鸟仍旧过境，一种白肚灰身的鸟，一点也不受车辆飞驰在周身的影响，三两成双结伍，静静地掠过水面，或者停在水央啄食。据说这是种原生在东北亚和西伯利亚地区的鸟，古时由涉过北亚大陆的印第安人——我们是印第安人的后裔还是印第安人是我们的后裔仍是个未能沌清的人类学上的谜——带过来。

它们立下南飞的志愿，在完成飞行前，遥路上，常在温暖的台湾停歇。

原载《中国时报·人间副刊》，
1993年2月23日至3月17日

踟躇之谷

一位军官带领纵队跋涉到山区，参加开路的工作。

工程非常辛苦，时有受伤或失去性命的危险。好在纵队成员都是退役军人，这些人若不是自己情愿，就是被强迫介入战争，失去一切，只拥有战争，如今战争结束，又失去了战争，变得真正的一无所有，倒也无所牵挂，使国家和个人两方面做事都便利得多。

军官本为情治人员，曾经参与过中国现代史上几次大事件，出于爱国忧国的原因，或陷狱或暗杀了一些人，来到岛屿以后，基于他的专业知识和丰富经验，仍获当局重用，又主持了几件重要的案子，在艰危的时刻，协助稳定了社会的大势和岛屿的局面。

当岛屿开建第一件伟大的工程，横贯公路，总裁特别颁下指令，任命他为工程总监，负责路程的策划和执行时，也就不令人奇怪。给予没有工程背景的军官这样的重责，我们都知道，这都是赏识他的才干，要酬报他的忠贞的。也有人说，开路固然是交通工作，同时也是军事工程，隐藏了复杂的情报内容，任命军官督视侦察，人尽其用，真是再恰当也没有的。但是也有人说，这莫非是调虎离山，有意外放的谋计吧，因为军官通晓党国机密，心里积累的故事足以使他的存在在很多人的眼里感到不安了。

军官和纵队坐专车到达山脚，山林蛮荒，其余路程都得徒步跋涉，加上还要运送补给物品、器械，和大量的火药；一行人战战兢兢，脚步十分辛苦。

他们来到计划中的地点，伐去一小片原生树林，厘平了地面，扎下第一阶段的营区，以后随着工程的进行，他们还得时常拔营往前转移。

开路最主要的工作是炸山。按照工程蓝图定好处所，寻找到岩壁的结构，运送过来适当分量的火药，仔细装放到缝隙里，接好引线，全体人员都掩藏妥当了，再做最后一遍巡视，按下掣动钮。

有一段时间很寂然，突然轰声巨响，顽强的崖壁崩裂开来了。

山谷动摇，强光刺眼，火焰冲上天空，太阳改变颜色，碎石像陨星急雨一样地落打下来，尘土弥漫了世界，多么像战争正在进行啊，工程队员们的记忆都被鲜明地唤回了。

初加入革命行伍的时光乍现眼前，和硝火一般辉煌灿烂，一样的倏忽；一阵激动涌过将军久麻木无感的身心。

军官爱上爆炸的活动，这件事太危险，需要总工程师亲自布置执行，军官总是随行在旁，非常关切。工程师看他这么紧紧地跟随着，以为是在监视他有匪谍活动，一段时间以后，发现并不如此，军官关心的确是炸山的作业。

越看越起兴，军官要求工程师干脆交给他来处理。恐怖行动的作业里也包括爆破的部分，身为情报人员的军官，这方面自然有过训练和经验，过程手续步骤都是熟悉的。

工程师勉强让他试了一两次，不但没有差错，还比自己更精确呢，于是也就放心地让他做去了。

以无比的专注，军官从事着新事业，和以前受命执行机密重任没有不同。爆炸带来欢快，跃升精神，内心爆发出强烈的宣泄感，简直是狂饮之后摔碎杯瓶、盛怒时际击破窗门那种痛快不能比。

一身大汗，精疲力尽，好像热病烧到顶峰刚过去，身心两方面都完全虚脱了。

军官有些吃惊，该说也到心平气和的年纪，一生又不止地调息着，使自己能在情绪上客观、超然、冷静，怎么离开任务来到荒山里，反倒起伏了起来呢？

原来是这样的，军官一生经历无数情事，每每在完成时，同志同僚们看到大功告成，都能高高兴兴地松快起来，唯有军官不能。为了国家民族的前途，不得不使一些生命生灵遭到残酷的伤害和打击，生活受到沉重的影响，军官从不能不耿耿放在心中，数十年积郁，他其实已是一位外表看来冷峻敏捷进取，内心却是悒闷又悲观的人。

他记得住每件案子的经过，每一个受到牵连的名字，每一张惊恐的脸，时时骚扰着他，形成不去的梦魇。静处的时候，夜半醒来的时候，密审的暗室，昏黑的刑场，骤然临置，变成不是别人而是他自己的刑场，他便不得不在这刑场里，和前述种种梦魇持续又持续地搏斗着。

巨任的确是完成了，政治改变了局面，历史重谱了篇章，在这所有的丰功伟业的底层，他看见的却只有一件事，生命终究都是无光的。

出身世宦家庭，就像中国每位士大夫文人一样，军官也曾受过诗书画的通才教育。每当这样的情绪侵袭过来，他就催促自己，压住心里的嚣乱，拿起笔，在夜深人静的时候，写几个字，或者画张图。艺术创作活动的静思性质倒也常能把他从悲观中拔提出来，重新面对第二天的作业。

现在火光和碎石在眼前漫天飞扬，被炸开的不只是岩石，军官觉得，还有自己的纠缠着的梦魇。每次爆炸，就像炸掉一个梦魇，难怪也感到了过去半生始终无法觉得的松弛。

而梦魇是排起长队来等着被炸毁被消灭的。

军官完全被爆破这件事占据了身心，越炸越狂热，日夜进行，不能自已，远超出了工程预定范围。工作队受命忙于此事，都觉得又像回到了战时，情况激烈，局势紧张，人心惶惶，我们可以说，一场没有敌人的战争正在山林中进行得炽烈呢。

谁料梦魇越炸越多，一个个不请自来，在他面前拥挤磨蹭，翻来覆去地纠缠，或者包围上来，在夜晚别人都睡了，只有他还醒着的时候，左右一齐聚拢，形成狂飙般的势力，喧哗扫荡在他的寝室里，暴烈地摧打着折磨着。

他不得不在仓皇里过日子，一边维持冷静，指挥工作，一边在心里紧张；长久压抑在最底层的黑暗的一面，眼看着就要挣脱控制，翻腾到表层上来。他召集了自己全数的毅力和精力，设法和它们对抗，几近疯狂。

军官苍瘦了，失去血色，脸比日落后的树林还更阴沉更郁暗。

终于发生差错，一次燃点时间就那么早了一秒钟，军官和石块一齐飞上了半空。救护车开不上路，还是队员们紧急用人力一路送到了山脚的救护站。

军官浮沉在生和死、醒和非醒之间，他看见光，又失去光，听见脚步声、器皿声，衣服窸窣，人低低地交谈。声音没有了，沉入完全的黑暗和静寂。他怕得很，努力地想爬出去，挣扎又挣扎。他听见一个人在说话，却是自己在跟自己说，这次能够活过来，一定要和前有生活切断关系，一定要过完全不一样的生活。

三天后他醒过来，发现自己失去半条腿，成了残废的人。

军官明白，灾难如此，是自天而降的警告；他已濒临疯狂状态，唯有借外来的力量，以同等暴烈的手段，才能加以制止。

一天，工程转移到一座山谷前，那时正是黄昏走到峰顶的时候。

山岳迤逦，重重峦头拱拥着峡谷，余晖这时正妍妁，从山顶到山腰映得光彩，树林株株斑斓挺立，颜色像翡翠一样的明媚，树梢的地方又给镀染得比金缕还要纤美，景观真是华丽又辽旷。

从山腰以下，日光却迟迟不能移度下来，光质犹豫了，没有给谷带来亮度，反而使它失去色调形状，变得晦暗而暧昧。寻找谷的尽底，似有底又不见底，幽邃得无法忖计，魍魉的烟岚弥漫飘荡，不可知的气氛浮沉着，盘旋着。

军官还在赞叹前者的妍美，瞬时又被这深沉郁结的局势所震慑，从前一时的高峰骤然落到最低层，沉入不能自已的颤悚中。

别人看见的是一座景观眩妙的峡谷，军官看到的，却是一个预言，昭昭呈现在他面前，陈述着他的心情，遭遇和处境，他的过去和未来。

军官是何等聪敏的人，加上前一期的废身，一时间，他明白了昭示。

总裁并不愿意让他退下，因为军官意思坚决，才勉强答应，特别颁发了丰厚的养老金，并且嘱咐工程师率领队友离开前，为他在崖坡上搭建一所尽量安适的居处。

军官和众人告别，不再往前跋涉，在崖前留步，从此对着深谷住下来。他的前半生充满惊险奇妙的故事，从来不能被提起，他的后半生不过像止水空岸静云，一一细节倒都被我们知晓。

除去所有的世俗职责，军官回到本质，是个朴实的人，他对物质生活的要求只在最基本的层次，真正是所谓清静无为地过着日子。

一同生活在山林里的有当地的原住民，性情温和单纯，军官和他们建立了友谊。他们帮军官在屋的前后开了一小块菜圃，养了点鸡鸭，还教他一些手工艺。山林里生长着奇异的树木和花卉，出没着不知名的禽鸟和野兽，朝夕行走在中间，军官才明白了自然世界的葱茸、孳茂、丰腴和从容。

公路刚刚建好，车辆还没有通行，每过一段时日，军官会拄着拐杖，一脚一步地沿着崭新的道路走到山坳的村子里，买点吃用的东西。

村里有一条商街，街上有一家肉店、一家杂货五金店、一家裁缝店、一家卖槟榔和酱菜的小吃摊，和一家兼卖简单文具的纸铺。作坊就设在店后的林坡上，却能制造一种非常细腻的棉纸。手摸上去滑软无比，又莹莹放着近乎月色的光泽，偏离城市的地方能生产这么精细的纸，军官以为奇。

手里搓抚着光洁的纸卷，回到家，军官坐在窗前，回忆起很多年前，曾随启蒙老师临摹过一些名家画谱，写过一些生，现在还记得比上正课还更有趣，是他就学时代的快乐时光。

他也想起后来加入政界，每每身心低落的时候，在夜灯底下画画写字的情景。

不免军官又想再拿起笔。

重新开始，手很生疏，像儿童一样笔笔描着，倒也有初学者的稚情。他记起老师的教导，绘画以生物为基础，以生命为开始，以生活为实质，一张画完成，透露的无非就是这几件事。

于是以后我们常见到军官背着画袋，拿着拐杖，在林泉之间徘徊踟躇，似乎在寻找某种景观，构思某种图案。或见他有时呆呆地站在那儿，好像在观察某种物相，或者细读某种形体。也见他选择一个角落，搭稳架子，要么就手拿着纸和垫，依着石头坐下来，聚精会神。

周围生机洋溢，处处都是写生的世界，生命并不缺乏。军官的眼睛一向犀利，看得到物的特征和细节，捉得住静态和动态，一段时间以后，笔已运用得很熟练。见到他的写生的人，都还以为是位专业画家画的呢。

我们因此也不得不在这里停止称呼他为军官，而改称为画家了。

画名逐渐传出，附近都知道有一位从都市来的跛脚人，住在山谷前边的木房子里，画画得好看得很。

可不是呢，你看纸上的那些花卉就像真的一样，令人忍不住要去触抚和嗅闻；停憩在枝上的鸟，似乎下一个时瞬就会一跃而飞入天空；树林的那种婷袅和丰茂，一会就要摇曳起千万种风姿，还有晴日和雨日，朝阳和落日，日和夜，光和影，看着的人都以为自己也在其中徜徉沐浴着呢。

放在纸铺等待装裱的画，开始有了询问的人。

但是画家自己越画越不满意，手下的东西形似虽有，缺少一种精神、一种气氛，可以使它在形似以外，发出感动的力量。

缺少的是什么呢？自然是所谓深度一件事了。这属于形相以外的，从内里发出来的，触及观者的心灵的品质，他又记起老师的话，倒是写生帮不了忙的。

外出的时候减少，他留在屋里，开始尝试一种新的题目，人像。

从村里的五金杂货店，他换来一面旧镜子。住到山里这还是第一次有镜子呢。

以为不过仍会现出原有的眼眉，鼻唇一带还是利落，挺拔的轮廓线条仍不容妥协，对于这些建构了他一生的形状、事业和生活的基本特质，他从来不曾怀疑过。

没有模样的一面东西，在镜中恍恍惚惚，他吃了一惊，扭开灯，凑近脸。

他提起手掌，抚按着脸颊，停放在看来是最陡崎的部位，这是眼眉和颧骨交界的地方，曾经是他最出类拔萃、最骄傲的地方。

手抚过肌肉没有遇到反弹或迎接的能力，皮又松又软，不能说是支持，只不过是拖延残局。青春过去不令人惊奇，看着叫他自己吓了的是，在每一个曾经是最俊秀最矍铄的处所，现在都被一层黝郁紧紧封锁得像地牢一样的阴森。

他更变一个角度，灯光现在改从后侧打过来，脸落在了影里，越不是脸，而是某种奇怪的形状，在晦暗的背景上浮沉。

消瘦、崎岖、潦白，甚至狰狞，哪里是人脸，简直是幽灵，他不想再看下去，把椅子往后推退，脱离镜的范围。

椅碰到了灯，引得光影在脸上一阵闪折不定，影子在身背后随着更动位置，拉得长长的，摇晃着，离闪人体，变成独立的个体，在空中游浮。

黑暗的屋内空间只见桌和床，剔除一切物质，生活简化得纯粹又寂静。

山林萧寂，隐约似乎有兽的呼唤，想象的风声，树林摇晃，雾气从身体里升起。

他觉得冷，站起来，竟异常地蹒跚。从椅边他摸索着拐杖。

山坡的边缘被黑夜抹去了，必须格外小心，谨慎地踏出步子。黑暗拢聚过来，紧紧地依偎着，是这么的体贴温存，你失去戒备被它吸引，像梦游的人被梦牵引。

像遥远又邻近的乡园在召唤和邀请，底下是不见底的谷。他往前多走了几步，凭临崖的边缘，一跃便能投入黑绵绵的谷。借这一跃就能被它收容、解体、消化和消失。过去和现在和未来都可以不存在，都不再继续承担和发生。

时间在崖边停止，等待着这一跃。

一阵风细细吹上来，像一只细手拉动了他的衣角。他悚地一惊，往后退缩，一身冷汗。

举行了热闹的典礼，公路通车了。从外国订购来的流线型交通车美观又舒适，标志着岛屿在政治和经济生活两方面又往前迈进了一大步。画家在小径上林木间作画，遥遥望见车子从山腰上自己曾参与修建的公路上开过去，也感到很欣慰。

乘客享受着车厢的空气调节和轻音乐，经过崖谷的时候，往往不自觉地都会从靠椅上坐直起来，把脸靠近窗子，为它的奇异所招引，在以后的旅程中，一股莫名的情绪竟会渐渐涌上来，像遇到暗流一样，不自主地被它吸入从来不愿承认不想面对的层域，开始了对自己的思考，这是生活中还从来没有经验过的。

当他们从旅途回来，和朋友们说起这段发生，大家都以为奇，都兴起了亲身前去的欲望。

现在画家坐在镜前，努力地观看自己，这边提起笔，对一切都已不在意的他，以无比严肃的心情从事着此刻手中的工作。

写生使他写实技巧熟练，重现形状并不难，但是，在表面上来去没有多大的意义，超越形相的感受虽然很是向往，却又强求不得，他的笔踟躇起来，心情很郁闷，画画再不能使他快乐了。

曾是军官的画家是一种事情越难做越要去做的人，他很固执，要是不画出一张杰作来，现在是不会甘心的了。

说的人一多，崖谷和画家成为大家的好奇，公路局车经过的时候，乘客们开始要司机在这里停一停，也有人为此特别旅行过来。

旅客走到坡的边缘，是的，传闻并不错，天堂和地狱就在眼前，具体同时出现，引发了这样的震撼，以至于每个人都不自已地陷入了忧郁。人一多，时间一久，竟也发生过几起苦思奇想到一跃而入了谷的事情呢。

出乎访客们的意料，画家并不摆出大师般的深隐模样，相反的，他总是从木屋里自己迎出来，像对待久不见面的朋友一样的欢迎。招呼他们茶水，请他们休憩休憩，寒暄一些时常，随便聊聊最近城里的发生。

寒暄述情以后，画家有时会请一两位客人多留一些时间，请他们坐下，让他画张简单的人像速写。

正如你所猜测，画家请留下来的，其实都是具有跳入谷里的倾向的人，往往在初见面的一瞬间，随意谈笑的时候，由他看出了意念。

跃入以后，消失在魍魉的谷里什么也不见了，倒也完事，然而在跃入以前，站在崖边的那一阵时的痛苦，吞啜着肉体的恐惧，迷漫的无望，却是画家深深了解和同情的。

不需要多说话，就这么静静地坐在面前，对着他，和周围切隔开关系，不知觉地倒真能静下来，情绪开始沉淀和清楚，据经历过的人说，他们的命运因此竟也的确会改变一两节路程呢。

面对着这么阴郁的脸，你不得不承认，无论你自己是在如何的苦中，都要比这脸的主人幸运些。

一个冬天的黄昏，天气特别冷，没有旅客，山林回复原有的安宁。天一冷，气候倒格外清亮起来，黄昏走到山峰，谷上正是一片云霞。这时画家在屋里做活，从窗突然看见远远谷前站着一个人。

明丽的背景上，他站在窗框的中央，山光霭色中唯一的人体，几近透明。

画家突然记起很多年前一个一样美的黄昏，自己就站在现在这人站着的地方，那时种种情绪都还记得。他以为强度已经消失，然而一阵战栗窜过身心，他的肢体不能控制地抖索起来。

喂，还在坡路的一半他就放声大喊。

喂，山谷回应，回音颤动着，在天空里扩张。

喂，等一等——峰峦移位又聚拢，摇晃排列呼唤，群鸟从林顶飞起。

不寻常的一片骚动使那人转过了身子，一位年轻的男人。突然画家觉得有点眼熟，就是还有一段距离，看来也像在什么时候见过。

走近了面前，画家禁不住在心里赞叹，长得多么好看的人啊。

这样俊秀美丽，不能视为当然，一定要诉之于非现实。

年轻的男子答应了，愿意为他坐下来，成全他画出一张杰作的心愿。

初见令人叹息的面容，现在置放在近距离，分分寸寸都在凝视中，越看得到细腻的地方。生长得如此精致的五官、轮廓、肤色和姿态，简直是一种从天取得的福赐。

这是机遇，画家对自己说，心愿到底是有了回应。他坐直背，拿起笔，鼓励自己。

一段寻视和重现，聚神的工作，笔下却没有显出预期的效果，形状始终捉摸不定，画家暂时停住笔。

问题在哪里呢？

脸的各个部位都能满足美的要求，它的特点是五官线条特别隐约敏感，一晃眼就会失去它们。在平整的脸面上行走，它们本身就是绘画性的工笔，如柔丝的白描，使脸透露了难得的典雅和细腻，然而，在同一时间，也使它显得单纯无知。

没有故事、历史、生活，连年轻人常会显出的不安、焦虑、强作的孤荒虚无都没有。画家近切又用心地看，越觉得它是一片空白，一无所有。

男子静坐在自己的位置，画家移动着手腕，屋里只有笔索索接触纸的声音。两人各自沉坐在自己的世界，不受打扰，疏离又独立。但是一股力量在他们之间摸索、探试、接触、对话、冲激、倾诉，发生了亲密的关系。整整一个夜晚过去了。

第二天，男子必须回去城市，原来他是位小学的唱游教员。但是肖像只有初形，画家也很想继续，于是男子答应明年放寒假时再来。

画家自然没有把对方的话放在心上，画耽放去了一边，偶然眼过，不觉也会记起男子的好看的模样，有时也会联想起自己少年的时候。

两者有些地方是很像的。

但是不是每个少年都是很像的吗？使每人相像的因素叫作青春，不是吗？

男子第二年如约出现的时候，我们可以说，画家对自己的对人不具信心真是感到惭愧极了。

那是个冬天的黄昏，啊，是的，山林一到冬天总会特别的清爽安静。天空亮起来，一点湿气和云翳也没有。黄昏的时候，红紫的颜色匀称地染过去，树林矗立闪烁着金碧的光辉。画家不意中抬起头，发现他已立在光辉的正中。

他的脱颖的姿容不因第二年而有所改变。坐在他对面他仍是不说话，和他对话是以他的身体，因光来的角度而产生了明和暗，在明面上和他欢谈，在暗面上低语和倾诉。他不是那种美得叫你生畏，叫你错开眼不再看的人；他的美，画家现在看得出，是和谐，不动声色，不着痕迹。如果你不留神，那种隐约的线条浅浅地印在轮廓上，如同下个时辰就要逃逸。

一旦逃逸了，他的脸就会呈现一片空白，什么也没有。

冬天的光线微杳又易逝，在脸上行走得比什么时候都倏忽。白日很短，日去和夜来之间有段时间很仓促，屋里一时暗淡了，画家停下笔。

男子的脸不能见，梦魇如烟气一样飘浮上来变成脸，出现在男子的脸面上，变成了男子的脸。一张接着一张轮流地出现，有时看得出模样，有时又恍惚得像幻影，和他无声地辩论着事情的过程、真相、对和错、罪和罚，他和他们之间的关系，像怨偶一样把很久的事都翻出来，在细节上唠叨个不休。急于防卫自己，一时他僵直起来。

他换了个姿势，设法控制住笔。

有时他们三三两两地前来，有时索性一大群，拥簇在男子的脸上，叠落出好几重脸，沉沉地逼过来，迎面都压在他脸上，气闷极了。他开始喘，脸流的汗一接触冬天的气温就变得冰凉，他的手也从指尖寒起，顺着上来连手臂都硬了。

男子移动了一下位置。真冷，他说，我们生个火吧。

屋子在跳跃的火光里暖和了，男子的脸开始红润润得起来，有一层光泽，你知道那是身体从里面暖上来的缘故。

如果自己也能像这样，一点过去、一点故事都没有，那多好，画家想，开始改变当初对男子持有的成见，倒有些羡慕他。

如果把二十多岁到四十多岁这段又有行动又有成就的生活切割出来，全扔到山谷里去，和面前的男子的年岁接连，再开始，他就可以成为只具有男子的生活，和现在的他的生活的一种人。

但是只要他一坐下，怆恻的众脸就会翻掀在男子的脸上，失去了男子的脸，他不得不放下笔，闭紧了眼睛。

男子以为他画累了，站了起来，我们休息一会吧，他说。

他明白了男子的脸为什么一片空白了，是留着给他去填上自己心里的脸的。

他们摆出战斗的架势，向他嘶喊攻击过来倒也好，他就也可以诉之以暴力，两相残杀一同消灭。但是他们总是不声响地拥上来，苦苦地厮缠，紧紧地跟随在身边，怎么也不放，简直像苦恋的情人，就是不肯让出他和男子之间的空间。

他迎上前，想和他们寒暄、叙怀，甚至自动去握手、拥抱，他们又机灵地退后，闪躲着跳开。他以为每天这么逼迫自己和他们共同生活，让他们知道他也经历着一样的地狱，他们总要原谅他，勉强答应和解的，事实却是，他终究是他们的魔梦，就像他们始终是他的魔梦一样。

其中那张特别苍潦又悴黯的，不用分辨，他知道那是他自己的脸。

是的，他很清楚，只是不想明指，那些脸都是他自己的脸；他一直知道，惛惛惘惘在那里翻来覆去的不是别人，不过就是他自己。别人都已放过他，由他去了；就像所有的失望、遗憾、过失、罪孽，以及所有的丰功、盛迹、伟业，都已放过而退却在记忆里，苦苦纠缠不休的，却是他自己一个人。

烟岚酝酿，从谷里升起，飘过来，弥漫了山谷包围了身体，伸手不见五指。他知道烟岚底下无底的谷里沉着的是什么——是悲哀。

这张人像是画不好的，他心里明白。

男子答应，只要工作继续进行，就会如约前来，画家心里也就不急。冬日共聚时光美好，反而有了宕延的心情，倒是希望它画不成。

他们大部分时间都留在屋里。日光短暂，四五点就消失，每段光都值得珍惜。失光以后他们停止工作。

有时画家会带男子去村里那条唯一的商街上逛逛，在卖槟榔的小店吃碗切仔面，在纸店选一点新的文具，再慢慢走回来。

于是我们看见一位跛腿的长者和一位青年并肩走在公路上。他们走得很慢，有一个夜晚的时间可以慢慢地走，不需要匆忙。前者支持着拐杖，每步都显出辛苦，若有颠簸的模样，后者就会凑近，伸过手。

月光的公路自己就是一道宽宽的蜿蜒的月光，带着两点移动的影子，浮印在银底上。

他们也喜欢同坐在窗边看黄昏和夜在谷前交接，看光在谷中幻变，对饮一杯，那是男子从城里带来酒的时候。

两人都微醺了，男子就穿着衣服躺下，画家有了醉意也还不睡，就坐在男子的身边。月光送来脸上，有一种属于夜晚的明暗，这种明和暗都要比白天的和缓安宁。

有谁说过，画人像在于神交，画家的视觉和画笔的触觉要进得去对方的躯体，眼比真正的手摸索过去还要深入细密，笔描出的又要比眼还要周全体贴，画者和被画者之间进行着的，其实是一种最亲密的肉体活动，建立的是最亲密的身体关系。

现在画家凝视睡中的男子，不用手，是用更能抚爱的眼睛，深深摸索眼前的身体，在什么地方是暖热的，什么地方是柔软的、滋润的，什么地方是隐藏着秘密的。

睡着了的脸平坦又光滑，没有年龄和时间，没有顽强、倔强、固执、矫作、对立，只有因呼吸而微微地均匀地起伏，呼吸是温暖的。

灯终于熄了，山谷也就一同进入规律性的起伏，发出均匀的呼吸。

月光晔晔盈盈充满了谷，白天的荫翳都消失，从谷底这时一路亮堂上来，全体透明晶莹，呈现了它的实相。

说来我们都不相信，这样共同工作他们竟持续了十多年。当天气转冷，日光变得纯净，匀称的蓝色抹过高空，一点风也没有的时候，我们就知道男子快来了。或者，一天你突然见到画家匍匐在菜园里，挑拔形状最好的白菜，由邻居帮着一同追捕最肥的一只洛岛红，那是更明确地告诉你，约会的时刻已到。

黄昏时，炊烟飘了起来，全片山林山谷都洋溢着炖鸡的香味。啊，是的，你要知道，和城市的机械养殖鸡不同，这山中生长的鸡是不同凡响的，全自然的饲料和生活环境使它们的滋味浓厚腴美极了。冬天的黄芽白也特别肥嫩，放点邻居山地人送来的虾干小鱼干等，不加水就用原菜汁，放在炉上细细地烹，不一时屋里就又充满了另一种浓烩的香味。

屋子亮起来，整夜都有灯，黑暗的各地有了光源。

持续的工作中，肖像逐渐现形，逐渐丰整，也到了再画无可画的时候。

看到它的人都说，可真像极了男子呢。莹莹闪着月色的纸上，那种分不出是男人还是女人的精致俊秀的模样，那种比女子还要纯洁温雅柔和的气质，真是再也不能作第二人想了。

但是我们再看下去，却又觉得极不像。

眼眉之间浸浥着的悲哀，是男子脸上一点也没有的。

似乎隐约无形，又弥涌得无法脱身，我们也置身于烟岚之中，如同受到了蛊惑。

我们可以说，画家耿耿于怀一心一意想达到的形似以外的意义、动人心弦的力量，终于在放弃的时候，让他获得了。

两人不见以后的几年后，山中开始流传的，是一个爱情故事。

说是一位女子来到山谷，受感于谷景，爱上了残废的画家，两人毕竟相伴而去。

这是具有想象力的原住民说的故事，都市的我们自然不必相信。事实是，男子在画像完成后，仍做着他的小学唱游老师，还没有找到更好的能发挥音乐才能的工作前，继续教孩子们唱下去。

画家的不知去向，据说则是可能后来下了山，改头换名，为贵人画像发了大财，现在住在某豪华别墅中；也有说他被美术史学者们发掘，荐去某外国基金会，此刻正在做环球展览呢；也有人说他其实重回去了情治工作，再度成为总裁的幕后左右手。熟知他过去的人则认为，如果他被当局以奇异的手段消失，就像他以前屡屡以奇异的手段使别人消失一样，也不足以为奇。

坡上的木房被改建成漂亮的观光酒店，啊，是的，气象万千、气势眩迷的崖谷每年吸引了无数计的观光旅客，崖前铺上了水泥地、停车场，修起了凉亭、座椅，沿着陡直的崖边则拉筑起粗铁链的栏杆，以免走动观赏或拍照时，不慎失脚落下谷中。

那张画被人在角落里发现，就和另几张或送或买的乡土风景等等放在一起，排在大厅通往厕所和电话室的过道的墙上，作补壁之用。旅客们走过，不经意中看见它，总要慢下来，甚或停住步子，在通道的暗淡的光线里，为它的美丽，和它的悲伤气质所动容。

原载《联合报·联合副刊》，

1995 年 8 月 9 日至 11 日

寻找新娘

一

希望能收集到画家魏虚的一张题为新娘的作品，陈女士打电话来画廊，愿意以高价购买。我把手边事物尽快结束，投入了这件工作。

二十世纪画家中，魏虚我并不陌生，甚至也一样感到兴趣。他的与众不同，我们都知道，固然是因为画法突出，更因为行为怪异，而且可以说，不是由于成功，而是由于失败，魏虚为人知。

二

一出现艺术界，魏虚就和别人不一样。

别人画花草风景美女，魏虚画人；别人画外在，魏虚经营层次；别人画政治社会，魏虚画人性心理；别人力求美观合适，魏虚有意暗淡别扭、晦涩；别人避免直露、旁敲侧击，魏虚挖掘曝陈、反思和诉求，沉重极了。

就是这么简单地比下来，也不难发现，凡中国画的通识范围大约魏虚都拒绝了，而他追求的，是一种我们不熟悉的表现方式。是的，一点也不错，魏虚的人物一出现，就受到了攻击，认为他“不属于中国”。

也许是因为生活经验太辛苦吧，中国艺术各方面回避黑暗深沉，不触问题，魏虚这么迎面逼追过来，呈露实情，要求面对和思考，大家都受不了。

更令人不安，或者更特别的，是魏虚还有意以痛苦为主题，追求丑陋，进入了大家不去的禁地。他的人物总是用直视的、自白的、倾诉性的、索求的眼光看着你，再也没有比它更焦虑迫切、更扰乱人心了。

据说那种眼光像两道丝网，隐约细锐，阴阴地向着你来，坚持着，追逼着，跟附着，不顾你的意愿，把你纠缠在无法反视的地步。

不动声色，不露一点情感情绪，据说最可怕的还在它的冷漠，使你隐隐地从心底惧怕上来。

魏虚不能处理文艺社会喜见乐道的题目，自然也就被排除在画展画选基金会等以外。在一个买家们喜欢的是不冒犯的体面东西，学者们找的是好开会做文章的文化时尚，批评家们提倡的是公用画法和流行主题的环境，魏虚不被了解不被重视，甚至连看的人都没有。

创作的高峰，魏虚突然停止工作，从艺术社会退出，消匿行迹，大家都以为他失望了挫败了，放弃了。

很多年没有作品，再拿起笔，魏虚只画一个题目，新娘，年轻美丽温柔的新娘，再也不改变，而且据说总是在完成或接近完成时，自己就把它毁了。

这新娘画成了什么样子，没有人知道。

大家把魏虚的改变看成为挫败退缩，印证了一向强调的脱离了现世就不能创作的论点，就是没有亲眼看到作品，也加以了谴责。无论如何，一个主题曾经这么倔强沉重的画家，突然画起轻松愉快的新娘子，自然要叫人无法理解的。

三

离预料不远，魏虚的黑沉沉人物若不是使人却步，就是没有一个对它有兴趣，不要说据说都毁去了的“新娘”了，就是其他也不见在哪儿存留着。只是我这一番找寻，却收听到了不少有关他的传闻逸事、谣言、嘲讽和毁谤，这方面倒颇有收获。

据说画家有个出身富家的美丽夫人，之能任性工作，全靠她的支持呢。

无法找到作品，我对陈女士真是感到抱歉。在我的顾客中，陈女士不但品味和手底都不凡，而且的确喜欢艺术。这种人一旦爱上一件什么，就像爱上一个人，而得不到它，不会比失恋更舒服。

或者容我继续留意，等得可遇而不可求的机缘吧，这么跟陈女士解说，她倒是谅解了。

我又忙起别件事，奇怪的是，心里却时时想到这件事，一种若有所失的感觉生出，不能专心起来，在我买卖艺术品的业务上，还没遇到过这种情况呢。

再次搁置手上的事，又出发，目的不变，这回更为了自己。

四

城市西区中的一栋小楼房，失修而荒废了，正坐落在发展线上，就要被拆除。

半殖民地式建筑，保存了仿制的特点，青瓦、灰土墙、走廊，还有露台，坍废中仍见体态风姿。

付上红包以后，一位工人老林替我开了门。

新娘可能不可能在这里呢？我打算仔细检查每一个角落。无论如何，这是画家曾住过的地方。

灰尘，除了灰尘还是灰尘，手脚一动，灰尘就扬起，使你不得不用手捂住口鼻。

厅正中的楼梯很是精致，暗红色的上等木料，扶手雕镂，半 S 形旋转上去。

扶着精致的把手，顺着优美的弧形往上走，只是日月太长久，每一步踏下都使梯板发出支持不了的呻吟。

到达梯的顶点，黑暗中摸索到门把，转动，阁楼的门开了。

半个世纪的灰尘底下，覆盖着一个失去的乐园。

框板堆叠在地上，架子斜靠在墙角，散放着瓶瓶罐罐、画笔画刀等，颜料斑剥，笼罩在如纱的蜘蛛网下。

屋顶很低，必须半弯着腰背，梁脊却有天窗一小方块，漏下日光一柱，照亮暗淡的空间。

老林帮忙合手搬移，尺寸小的放上桌，硬重的就靠依着墙。各种物件触到手，落着粉硝一样的东西。

每张都被乱笔遮去毁去。

其中会有新娘吗？我一边翻看，一边希望。

五

计程车司机在路中间停下来，不愿意再往里开。天很黑，路的确也太窄，不合适车行，我下了车。

一段走程以后，黑暗的尽头终于现出修养院的建筑。

里边已经休息了，只有三两位修女模样的人士收理着，预料我可能晚来，替我留了晚饭，夜宿的房间也准备好了。

清晨我便起来，梳洗后，由一位年轻女子领着，前去拜见院长。

艺术家的夫人——西班牙裔的院长说，可早已经出院离开了呢。

一路上想好的，我和魏虚夫人如何是少年好友的故事，现在娓娓地说给她听。用透明的眼珠她和蔼地看着我。早晨的光线从背后的窗子照进来，她的头发遇光，透出很好看的栗红色。

手抚着桌边站起来，脚步有点蹒跚，蹭走到文件柜前，拉开抽屉，翻寻了一会，从里拿出一个黄色的信封。

六

世变时迁，过去了这么久，也许能联络上，也许不能。也许有线索，也许什么都失去；我一个键一个键地按下电话号码。

没有人接。放下话筒，等会再试吧。

不再三四声就搁下，我让铃声持续响下去；她该是一位老妇人了，听觉可能不太好，行动可能不方便。

仍旧没有人接。我翻看手中的记事本，怀疑起号码的可信度。

铃声击在耳膜上，每声持续三四秒，停止，像石子落入无底的深洞，另一声开始，同样的音度和长度，中止，落入洞底。

这么听着一声接一声，我逐渐恍惚，世界变得寂静了。

恍惚到忘记放下话筒，突然，戛然中断，一声兀长的嗡声取代了铃声，似乎那头有人接起又放下。

我决定试试地址。

七

门和窗都关着，布料似乎颇为厚重的窗帘垂挂严密，看不出里边是否住着人。我从墙外凑近一面较低的窗，希望能发现窥伺的缝隙——自然是没用的。

就在这时，窗帘微微地晃动起来，我连忙往后退躲。

帘撩起的空隙，出现了一只猫。

金黄色的虎斑纹，绿色的眼睛，粉红色的鼻子，漂亮又神气。它凑上来窗玻璃，接触日光的瞳仁缩成两条线，在一窗的阳光中眯起眼睛，举起一只脚，舔起那身金光闪闪的毛来。

一只手臂从帘后伸出，抓住它，把它挽进了窗里边。

忍住敲门的冲动，我回来写了一封信，不能再礼貌地提出请见的要求，挂号快递。我希望一个礼拜内可以有回音。

没有任何回应。

八

旧房子的隔音好极了，在城市之中，却听不见城市的声音。

外声一旦都隔离，屋子自己变成发声体，墙的回音，门的吱呀，地板、窗偶然梭动。

天好的时候，阁楼里，视线一片黄蒙蒙的，灰尘在光柱里跳动。渐渐在朦胧的光里，新娘恍惚出现。

就以魏虚喜欢大幅构图和复色来推想，那会是怎样气魄的画面！

她被安排在画面的中央，结构的重点视觉的焦点，穿着白纱衣服，缀着缧丝花边，头纱披着，花冠戴着；或者她更爱中式服饰，于是红缎旗袍喜气洋洋，金银首饰晶晶亮亮，每个新娘都会有的娇美幸福模样。

可是——以上局面都不可能，如果我们牢牢记住魏虚的特点，它呈现的必定是另一种景观的。

晦暗，怪诞，凝重，厚实，神色苍黯，魅影聚会，光就是影，快乐就是悲哀，幸福的另面不过是虚无，正是画家一生诉求的生命主题。

黄蒙蒙的眼前，却不现任何新娘的踪迹。

九

站在门前，迟疑着。

深深吸了口气，举手，按铃。等待。

很长一段时间过去了，没有动静。

第二次按铃，等待。仍旧没有声音。我退下台阶，呆站在那儿，不知过去了多久。

金黄色的猫又出现了，它凑上前身子，往窗缘的木条上搓擦，一会又侧过来身子，用头颈挤蹭着帘布，和布边耍玩得开心，一阵以后，它突然停止动作，挺站在窗前，睁大绿色的眼睛，原来它看见了墙外的我。

十

提起勇气，重新再走回到门前，举起手，又放下。

突然觉得很是无趣，一阵挫折感涌来——这样追索的意义在哪里呢？

回转身就要走的时候，却听见了门吱呀地开了。

抱着那只丰满漂亮的虎斑猫，一位高瘦的妇人，踞偻着腰背，出现在眼前；会是一直站在窗后边，从布帘的缝隙察看外边的我吗？是几天来看见了我对猫的友善，才开了门的吗？

解释来访的原因，说出十分希望见面的名字。

没有等我寒暄完，她转身就往里走，我连忙随身在后，跟着她的白发，和一走便一晃的猫尾巴。

经过前庭，进入屋里，在一间房前停住了脚步——

深垂的窗帘不容许光，白天也像夜一样地闷重，弥漫着湿腐的气味。

空空的房间，除了一个放着画板的架子，搭在什么上的一个桌面、一只木凳外，没有其他。

但是，很多人靠墙站着，很多很多的人，黑黝黝地靠挤在墙上、墙边、墙角。

黑褐的色调设下陷阱还是深渊一般的背景，人众都陷在深渊里。刀锋锐利划过，刮出点线，割出冷凛的空间，于是背景看来也很像监狱或牢笼。

关在里边的形状崎岖又恍惚，头部被变形移位得看不出面容，只见参龇的齿牙和眼睛，扭曲在墙上的，与其说是人形，不如说是兽形，与其说是人物群像，不如说是魅影。

是的，就像传说的，它们逼附过来，你从心底感到了恐惧。

然而在画中某一处的气氛上，似乎看着又和传闻不完全相同。

那是众人的眼睛，还是说，魏虚的眼睛吧，它们并没有想惊吓或震慑你的样子，也不像在穷追不舍如同索求逼胁，像人们讲说的那样阴阴的要捕获到你，要把你定点在某处，叫你动弹不得等。

相反的，几乎不敢直视，又缩缩地躲着似乎宁愿消失，藏在黑暗里闪烁着的，是双双怯懦又无助的眼睛。

秋天的夕阳停滞在窗外，透过深红色的厚布帘，在墙上打映出两大块瘀血似的光块，又在屋里继续沉淀，画面镀出暗金一层，幽幽一室越发抑郁，如同进入古时的窖狱。

这时她突然仰起头，抬起手臂：

“这些都是我的作品。”

我不明白起来。

墙上挂着的，墙角排着的，若说都是出自她的手，似乎也未必不可能，因为，摆在架上有张正在进行，看来跟墙上的几乎一样。

是在我来前，她才停手的吧，因为笔与笔间仍见油迹没干呢。

一样黑褐，一样暗重。

魏虚回来了，走动了，仍旧工作在这间空屋里，这时不过出去一会而已。

他如常地进行着另一张杰作，或者，驱策着它继续成形，无形而残忍的。

挥起手臂的一时，虎斑猫从她的臂下溜了出来，跳到地上，绕着我的脚打圈，就像这几天在窗前搓擦一样，搓擦着我的鞋和腿，嘴里还咕噜噜的。

光线更暗了，余留的已经分不出是室外的回光还是室内的反光，窒闷的空气开始软化。

女子的眉目之间，鼻、唇的形状，下巴线条等，隐约仍有原姿，想必当初局面是不同凡响的。经过了怎样的一种过程，它们的丰美滋润都被抽去了，现在勉强支撑在就要完全消失，终于柔软起来的光里。

十一

夜晚的楼房，没有别人，听觉变成透明。

老鼠在地板上窜梭，壁虎爬上了墙，哪个角落有人在咳嗽还是清喉咙。

衣质搓擦，鞋步窸窣，手脚一移动，关节就咋咋地响。

是的，阁楼的门就让它开在那儿，从早到晚，从日到夜。一柱天光是全楼的光源，暗淡的、匀净的、温和的一柱光，就由它斜长地落在每节梯阶上。

“新娘”必定藏在顶上，我越来越相信。

从墙边拖过来架子，重新支撑开，设想窗光底下曾经站立过的地点，木桌推移到就近，笔罐放到桌上某位置，设想曾经有过的手的方便。

穿过天窗的蛛网，光开始照耀，灰尘底下的颜色一块块显出了原有的鲜彩，枯萎的瓶花复活了。

十二

就像现在，在安静的日光中，某种微侧的角度，曾经年轻美丽的她，坐在优美的姿势上。

浑圆的额头，秀丽的眉眼，挺修的鼻梁，下巴饱满柔和，各处线条走动搭配，身肢优雅支持，全体安然陈列，宁静完美，如同从来不曾移位，不曾改变，不被代换。

隐藏的实相，细腻的心情，能坦白的地方靠公开，秘密的地方靠保护，复杂的地方靠了解同情，以最完全的信任，在包围了阁楼的黑暗和混乱中，被应允另一种视像，另一种存在，另一种世界。

看起来是多么的安详，多么的平和，可是，它是进出风雨的一块基地，还是最安静最狂乱的暴风眼呢？是许诺了安全的庇护所，还是凌迟的中心呢？

画家在阁楼建立的乐园，是否却是被画的人，或至于也是画家自己的地狱呢？

十三

这些框板的底下会有另一种景象吗？可能是新娘吗？

要是把它们搁在一段距离上，眯起眼，在刀笔之间，似乎隐约能在想象中见形象呢。

哎，有谁能比新娘更能原谅饶恕一切，更能重申纯洁时光呢？

十四

离开以前，我想着怎样用合适的方式跟她道谢和道别，她曾经开了门，赐予了我一次不能更难得的会面。

只是我这么又去按铃，她会再让我进去吗？

宠物店老板娘很热情，推荐了好几种猫食，有袋装的，有硬纸盒的、罐装的。

站在门前，仍有举手的冲动；她会不会仍藏在窗帘后边，看着狼狈地捧着一大包罐头的我呢？

十五

楼房就要被拆除了，阁楼和与它有关的种种，就会随扯碎的建材一同被扔进卡车，开去荒郊，全倾去垃圾堆里，其中自然包括了传闻的新娘吧。

我再来楼房，是一个下班后的黄昏，天气难得地清亮。

如同和老友告别，在阁楼逗留长久；或许被我的造访感动，新娘会像魂灵一样地现身吧。

逐渐月光替代日光，从天窗溶溶照下，阁楼的空间无论如何软化了下来，被摧残的画面从灰尘和蛛网底下浮动出一种泽光，如同轻纱淡缈地蒙过。

白天看着凛冽的切刮痕迹，失去颜色的空白，被虫子咬蚀了的坑坑洼洼等，现在都被月光映过和填满，也都暖化而柔和了。

白色和银色晶莹闪烁画里画外，带来庆典的气氛，唤起婚礼的讯息，从阁楼各个黑暗的隐藏的角落，掌声于是毕竟无声地响起。

原载《中国时报·人间副刊》，
1996年7月2日至7日

寻找新娘（二写）

一

秀玲要我为她找寻卫旭的作品，愿意以任何价码收购。

我把手边的生意尽快结束或者整理出段落，准备用心来做这件事。

秀玲和卫旭都是我老同学，美术学校时，我们常在一起。毕业后，秀玲改行做旅行社生意，今天已是成功的企业家；我支持了一段时间，也转营艺术品买卖。只有卫旭不动摇地坚持创作，而且是专业性纯艺术创作。

从一开始起，卫旭就和大家不同。别人画风景花草，他画人；别人画表相，他画内里；别人画活动，他画情感；别人力求美观，他故意别扭、难看；别人点到为止，他直接诉求，坦白呈露，闷重极了。

这么简单地对比下来，也不难发现，卫旭有意不奉承取悦人，凡是正规的标准的，还是所谓正派或主流的、流行的、被接受被捧赞的，卫旭都拒绝了。

说实在，在表现和欣赏两方面，我们的文艺社会都是没有还是不看问题的，赏心悦目现展实销就好，卫旭有意过不去，这样迎面追逼过来，掀露生命实况，要求面对，真有点杀风景。

更令人不安的，是卫旭还有意追求痛苦，以受难为主题，进入了我们最不想去的禁地；他的人物总是用自剖性的、倾诉的，甚至索求的眼光看着你，没有比这样更焦虑更迫切，更扰乱人心的了。

那种目光，像两道锐利的剑光，向着你来，把你钉在无法回看的地步，又像阴阴的魂影似的，追索缠附着，不让你跑，使你打心底虚上来。

既没有批判文化反映时代，又不去表现土地人民，卫旭是多么地不合作。他的笔或画出了人的实相吧，可也真叫大家受不了。是的，一点也不错，他的人像一出现，这么阴沉、执拗、狂妄，难怪要给讽嘲辱骂、排斥了。

在只看时尚和外相的文艺社会，卫旭的处境可想而知。从少年到中年，不但日子过得颇辛苦，笔下也未必如意。但是他从不理会别人说什么，也不求靠人，反而越发沉湎在自己的世界里，不参加社交，连我这老同学也都难谈旧谊了。后来他索性隐居起来，不跟任何人往来。

不是以画作，而是以奇行怪癖，卫旭反而总在我们的谈话中。不是因为成功，而是因为失败，卫旭为人知。

不再出示作品，真不知道他还在画些什么，在完全弃绝我们不知去了哪儿以前，听说他就画一种人物，新娘，倒是有了一些成绩。秀玲拜托我找的，正是这组画。

阴沉沉的手法怎么画漂漂亮亮的新娘，怕不是糟蹋了一个愉快的主题，大家都这么认为。

新娘究竟画出了什么样子，倒是没人说得出，是否留存着，也没人能确定。究竟有没有当然也是个问号，因为，想必是一点共鸣或了解都得不到，挫折极了的缘故吧，卫旭后来每完成一张画，就会自己毁去了它。

画业虽然不如意，有趣的是，卫旭并不缺少爱他的女子；他结过三次婚，第一次是位富家小姐，提供支撑了起始的经济，第二位干练精明，奠定了生活基础，可惜都以离婚结束。第三位成为他的模特儿。

虽然不像前两次一样分手，第三位夫人长久一人住在城市某处，说是被卫旭遗弃了，倒是还实在些。

听说是偶然见到卫旭一张作品，夫人就立下了要见到他，和他共度一生的志愿呢。卫旭的黑沉沉东西居然有人喜欢，也算是情人眼里出西施，还是他那特别怪异的艺术气质终于有了赏识的人吧。据说从此夫人为卫旭挡负一切，全心全意为他活。

内向的卫旭，头发总是乱蓬蓬的，神情忧郁，不爱理会人，随时都在想着什么的模样，可是极聪明，反应极灵敏。和卫旭做朋友很有些兴味，日夜相处恐怕未必容易，每天还得跟那些叫人神经衰弱的图画周旋，我们都很同情她。

既然不被展出，不被收藏，不流通在市场，又常自己弃毁，卫旭的作品很难找，也许只两处才有，我这么猜想，一是他自己收着，一是夫人那儿。

时间过去了那么久，这位和不平凡的卫旭一起生活的女子，现在在哪儿呢？

二

路越来越颠陂，天光也昏暗了，计程车停下，司机不愿再往里开。从车停着的树林这边，好在寺院在望，一位僧人模样的人迎接在门口。

院里做完日课，准备休息了，安安静静的，客房就在走廊底。

我把背包放好，随人过来厨房这边。桌上留给我的晚饭还热着，一天都在路上吃食，现在斋食入口，格外的舒服可口。

每天吃饮的时间，卫旭或者就坐在这厨房的这位子上吧，边吃我边想。

客房有干净的木板床、一张木椅，此外没有其他。共用的盥洗室设在走廊上，对女子的我稍不方便。

夜晚的林籁反不清静，虫子叫得很热闹；卫旭又是怎样在每夜的虫鸣声中入梦的呢。

黑暗中，我的眼前出现新娘的模型，和它有关的细节，卫旭一向喜欢大幅构局和复杂色调，新娘会画成什么样子呢？就像大家说的，他那种沉重手法怎么处理这一种轻快题材呢？它会特别的荒谬或怪诞吗？

鸟声叫醒了我，天还不怎么亮，室外还没有人声动响。昨夜我被告诉，客人是不用早起的，我仍是起来了。

白天房设看来十分简朴，而且到处静悄悄的，没有什么香火往来，和那些哄闹油腻的庙宇很不同。

哎，我想，这和避开世界、追寻自我的原则也一致呢。

院后有小小一间房，和这边以竹篷连着，就是卫旭曾经住用过的，领我过来的少年让我一人留下。

看来更像是储存室似的，拖把水桶等清洁用具就摆在伸手的地方。灰尘和灰尘，到处都是灰尘，几尺的空间，还没走动三两步，就踢起扬起来灰尘，一股蚀腐的气味阴阴地拢上来，忍不住我用手掩住了口鼻。

灰尘下覆盖着的，是卫旭的乐园，也可以说，是他的地狱。

三

框板堆叠在土地上，架子斜靠在墙角，粗木桌的桌面颜料斑剥。屋顶这样低，我下意识地弯着腰低着头，不然似乎就会随时碰到头。

灰尘在门口进来的弱光里跳动，视线黄蒙蒙的，卫旭的癫狂个性，却不能更清楚地展现在四壁的墙上。

很多人贴墙站着，黑黝黝，靠挤在墙上、墙边、墙角，一声不响紧紧靠挤在一起。

背景这么浑暗，与其说是在画背景，不如说是设下了陷阱或深渊。刀锋划过，刮出白痕，分割出牢笼一样的空间。

陷在深渊里的，禁锢在牢笼里的，与其说是人，不如说是不具形的形状，头部被扭变和移位得看不出眼鼻，只现出参龇的齿牙，身体只有崎嶙的架骨；与其说是不成形的形状，又不如说是魅影魍魉，挤蹭着依贴着，飘浮着。

从一对对看来是眼又不是眼的瞳洞，是的，过来一种目光，就像传闻所说的，怔住了你。

是多深沉的对艺术的执着，竟使画家不但把我们，也把自己一并都逼进了地狱呢？

这一种目光，直惘惘地看着，不让你走，的确叫人心烦神扰，很是不自在。可是，被纠缠得似乎脱不了身的时候，奇怪的是，突然你觉得它其实并不可怕，不想吓唬你，没有索求，更没有威胁的意图，像人们所说的，要把你震慑还是捕获在画前，要对画家臣服、五体投地等。

是的，没有，这一类恃强倔傲都没有，相反地，在画景里暗淡闪烁的，是一种怯弱的、无助的，甚至是悲哀的眼睛。

排列在眼前的四壁上，或者说，卫旭呈现的，不是强者狂徒；沉湎的，不是霸气骄情。站在他的画前，是的，你的确会越看越动弹不得，不是因为被它震骇或惊吓住了，而是那一种弥漫的无望感，使你不由得地也悲伤起来。

出没在我们周身的紊乱景象，是不是毕竟由卫旭觉察了呢？他要表现的，是否是我们在生活的路程上，必然会出现的危况，控制不了的失常？我们心底的最隐秘晦暗又虚弱的角落，是不是由他描绘出了形状呢？

由他那锐利透彻的眼光，不能更同情地接触到了的，是不是其实是我们每个自己呢？

日光穿透过林树从门口进来，柔软地落在壁上，我伸手向壁，还没碰到，画面就窸窸落下了一层粉，是颜料也是灰尘。

四

时迁世变，过去了那么久，现在她在哪儿呢？她愿意见人，愿意见我吗？

好在城市并不大，我的职业也颇能提供联络网系，费心一阵后，毕竟有了电话号码和地址。

没有人接，号码可能不对，也可能是不接。空响了好一段时间，我只能放下话筒。三天后我放弃了电话。

菜场旁边找到巷子，转弯进入一条窄小的弄堂，看见油漆斑剥的红门。

这样造访自然十分冒昧，可是我得试一试，免得辜负了秀玲的好意。少年时，我们相互说到未来时，秀玲曾许诺过，如果自己做不成艺术家，发了财可一定要资助艺术家的。想不到她真发了财，我想她是说到做到，老同学的我，现在就算是在帮她圆愿吧。平日秀玲出手颇大气，我推荐的作品，只要能配合她的豪宅的色调，大多考虑。这次若真能帮到卫旭，实在不能更好。

又是一声接一声没人应的铃声，站在门前，看着早该重新油漆的门面，我有点恍惚起来。

属于旧区的这里，似乎被跃升的城市遗忘了，巷容还是半个世纪前的模样，只有几家人户，石灰墙，墙头镶着各种瓶子打碎的防盗玻璃片，从外边看不进里院，抬头能见到的是铺着青瓦的屋顶。茅草在瓦隙间长着，没风也在那里自己点晃着头。

地址对不对呢？会不会像前两地址一样，已经搬走了呢？如果对，现在人又是否在里边呢？

我选择了近菜场的巷口，这里来往人多，有买菜的办事的上下班的、等公车计程车的，久站不会引起好奇和注意，十分理想，只是我得辨认出谁是她。

据说年轻时美极了，美到连卫旭这种人都心软了。

进出巷子有几位女士，高矮胖瘦老幼不等，都不能给人美的感觉；既然是卫旭的妻子兼模特儿，她一定具备特殊的容貌气质，而且应该不会因年龄而改变的。

眼前有一两位，倒也小心地跟随过，看她们从巷子转进弄堂后，入哪家门。可是就不见红门有动静。

不凡的女子或都有不凡的日程吧——我记起了张爱玲的昼伏夜出——白天要是不成功，不如晚上试试看。

五

下雨了，人开始少，巷子几无人进出，防盗玻璃映照出墙后的屋光，细雨中，朦胧闪着碎酒瓶的颜色。天很黑，我开始担心一人站在空巷口的安全，正想离开的时间，一个女子出现，却没有撑伞。

从这边的距离看不见她的脸，瘦瘦的身材似乎穿着旗袍，衣色却已融失在雨色里。走到垃圾箱前，她弯下腰，打开箱盖，像要找寻出什么，又不见在翻掀，只是低头仔细地看着。这样一一像巡视一样地看过几箱垃圾以后，她站直身体，在雨中停留了一会，然后转身回走，消失在雨中的巷底。

也是人静以后才出现，这一晚倒没下雨。她仍旧穿着失色的深色衣服，重复一样的活动，好像检阅仪队一般的检阅了垃圾。极瘦的身子在失修的红门前静静站上好一阵子，才跨进门槛。

六

电话里仍旧是一片寂静，我留下口讯，希望明天可以在某时拜访。

第二天，按照所说的时间站在红门前；希望我的运气不错。

希望她会开门，希望她就是第三位夫人，门前的我心里念念，竟像小学生一样地紧张起来。

深吸一口气，举手按铃。第一次。第二次。

墙头的玻璃片对我眨眼，屋顶上的茅草点头又摇头。

第三次。仍没人应。

提起勇气，在电话里留话，像跟自己说话还是自白似的，我絮絮述说了和卫旭少年时的友谊，现在很想念他，用再也不能更礼貌的语气，表示希望能见一面，然后再一次留下某时间。

准时站在红门前，仍旧像前一天一样地毫无动静，没有希望。

已经转过来身子时，背后响起了门开的声音。

七

我诺诺说着一些客套，掩藏不住拘谨。她微笑听着，十分端庄客气。水壶在厨房哔哔地叫了，她站起来。

这间房子真是老，摆饰也够旧的，每样物件上有一层久用后的磨损了的暗淡色泽，好像时间已经沉淀而不再运行。窗户关着，深垂的布帘隔离开外边世界，不容许光，室内又暗又闷，没有流动的空气。

从厨房她手托茶盘出来，放在座前的茶几上，重新坐在我的对面。

一件件拿出茶壶、茶杯、茶罐时，用了一种奇异的谨慎和执着，慢慢欣赏着每一件东西，重复地拿起放下，握在手中搓摸，好像把玩艺术品一样。日日处理艺术品的我，自然较能理解对艺术的喜爱或耽溺，可是这只是个极普通的茶壶、玻璃杯两只呀。我暗暗不安，嗯，这可比巡视垃圾箱还更糟呢。

这容貌，想必原来是不能再美的，然而和卫旭生活的期间，不知是怎样的情况，经过了如何的过程，或许是因为自身的缘故，还是为了成就卫旭，终至于发生变化，成为了现在这种看着真叫人难过的模样。

是因为常在夜间活动的缘故吧，她的肌肤的色泽，和举止动作，就是在白天，也露显着一种属于夜晚的性质，一种面容和形体上的苍浮虚恍，茫然又脱序的精神状态，不但不符合传闻引起的臆想，还使她更接近——我想起了壁画上的那些魅影，啊，是的，她真像是从壁画上走出来的呢。

在卫旭为自己建筑起来的世界里，眼前所见景象萧条，似乎跟某种战争之后相差也不远。发生在这里的一场战争，艺术家倒是个侵略者法西斯。

努力不动声色，保持着造访的礼节；让陌生者我进来，其实我已非常感谢。她倒安闲自在，似乎忘记身边有人，像一个沉湎在游戏中的孩子。

一段时间过去了，还没能喝到茶，于她我已经不存在，我想。

往前移了移座位，我小心地说：

不知道能不能——如果不是太打扰——还是有没有时间，可以不可以，嗯——看一看作品？

停住手中的活动，她抬起头，回到端庄的仪态，典雅地笑起来，终于为我倒了一杯茶。

八

如果觉得壁画那种幅度强度才有气魄，才值得追求，那么面对了这些作品，就免不了会认为，卫旭真是挫败了，退却了。

头像，半身人物，及腰的坐像。

简单的肖像画，几乎没有背景处理，谈不上构局。线条单纯，体面都很舒坦，颜色敷染得很平整，不追究层次质地。

画中的人物穿着带有丝光的衣服；穿着有扣子的毛线衣；穿着蓝格子衣服；披着织花披肩；穿着旗袍，或者领口镶了花边的衬衫。

有时微侧，有时斜坐，大部分是正坐的姿势，手撑在脸侧、耳边，支着下巴，有时手中拿着什么，有时两手搁在胸前，有时手就放在膝上，神情率然。

有时眼睑低垂，背光，脸面落在自己的影里。

尤其是在这影里，有一种不知从哪儿来的反光，照映上眉目，脸部从内里通体地亮起来，这时候，就会现出某种极优美的安详宁静。

没有激动、怨忿、悲哀、忧郁的情绪，没有虚无苍凉的感触，不给人沉重的讯息，只是一种无言的存在。

夕光直照窗帘，透进来，十分淡弱，画面暗暗生出一层金，人物绕头有一圈发色比较浅，受光亮起来，便带上一圈光环或花冠像新娘一样了。

哎，有谁能比纯洁美丽的新娘，更能提醒美好时光呢？

拒绝了世界的卫旭不但没有放弃工作，看来还格外勤奋，经过了很多自苦自辩，搏斗了半生，毕竟是说服了自己。

她把近手的一张揽入臂中，宝物似的护住它。

“这些都是我的画呢。”她说。

卫旭不知去了哪儿，作品属有权自然是归于她。无论如何，任何一张现在要走出这间屋子，当然也必须获得她的同意的。

不理会我没接话，不管我的迟疑，她自语似的重复，像个沉湎在自己里的孩子，脸上显出了一种高兴的光彩。

不是她，它们不会出现，从这一种角度来看，这么说倒也很合理。

谁能说这些画的作者是卫旭，而不是她呢？

时间已晚，从某个入口毕竟进来的外光，晕黄匀净温暖，如同手掌一般一遍抚过，每张画面都亮起来，还没开灯之前，成为屋中的光源。

栩栩生动，简直还弥漫着蓖麻油的气味呢。

卫旭这家伙，是否在屋里，怎么不出来见见老朋友？

“喜欢吗？”她微笑地说，好似询问意见，把我从沉默中唤回。

说出这句话，她脸红起来，松下了搂着的手臂。

皮肤底下透出一种晕红，使她显得十分细腻精致，纯净秀丽，新娘才有的气貌到底是维持了下来。

九

拜访的事，我决定不跟人提，就当它不曾发生吧。只要不提醒，没人会想起她，追究她的存在，打扰她的。好在我们的艺术社会人人忙着推销自己都来不及，哪还有把时间浪费到别人身上的？

不能完成使命，倒是觉得十分地抱歉，我跟秀玲解释，努力寻找不成后，看来卫旭的新娘恐怕是讹传，没有的，一两张看着似乎像，又损坏得实在不值得买，要是真对卫旭有兴趣，考虑他的其他作品如何？

秀玲自然是宁愿把钱直送给卫旭，也不会去买他那些黑摸摸的东西的，你要她挂在豪华公寓气派公司的哪儿呢。

不过，我跟秀玲说，倒有位不俗但不得意的艺术家，也许更需要赞助支援，现在买下来，一方面能玉成善心美事，另方面也未必不是更好的投资，只待有眼光的人士。

相信秀玲会很高兴地接纳我的建议的。

江行初雪

一

穿行过跑道上飘流着的雾水，缓缓地停下了速度，飞机六点五十分抵达郊区机场。学习美术史的我，第一次来到以古寺闻名的中国浔县。

我从小窗望出去，在逐渐停转的螺旋桨外，初冬的芦花已经落去白絮，一大片光秃而笔直的枝干，矗立在不远处的江边。

各位旅客请稍等，机场人员正在准备扶梯。

梳着两条及肩的辫子，穿着白衬衫蓝裙子的空中服务员，站在走道的尽头，用北京腔的普通话说。

我把安全带解开，深深地嘘了一口气，本应该轻松下来的心情，因为接近了目的地，倒反而紧张起来。

我把装满照相器材的袋子背在肩后，和其他乘客耐心地站在狭窄的走道上，一步步向舱门走去。

从未见过面的表姨，不知道会不会来机场接我。

一阵冷风迎面袭来；我拉紧围巾，扯高大衣的领口，跨上伸展在我眼前的铁梯。

负责接待我的是中国旅行社的老朱，一位年纪不过五十岁的瘦高男子，穿了件袖口起白的蓝色夹里人民装，领口的扣子敞着，露出里边白色的衬衫，说话的时候，前面一排黄牙说出了抽烟过多的习惯。但是他的人很爽快，颇令我想起书上看到过的，忠心耿耿的党书记或是基层干部之类的人物。

我们到达立群饭店时，营业时间还没开始。老朱按了几下侧门的电铃。片刻工夫，一个剪着平头的青年开了门。看见了我们，他三两快步迎上来，从老朱手中接过为我提着的旅行箱。

“县委办公室昨天已经关照过了。”他露着和气而礼貌的笑容。

我们随他从侧门进入。一小片庭园，种植着忍冬、杜鹃，和水松，除了白垩墙下的萱草已经枯黄以外，冬日仍旧保持了不落叶的滋润。穿过梅瓣形的拱门，一长排松树的后面，排列着廊似的客厢，雕花木窗规则地连接着，楠木的色质沉积成郁闷的酱红色。

叫小陈的旅舍服务员用钥匙打开厢底一间房门的时候，我几乎以为紫云纱、檀香几这一类古典小说里的家具会出现在眼前呢。

里面放着的是比意料还要简单的木桌和木床，然而看来以前却必定是某绅宦人家的房邸。

“早晚会有人来灌热水瓶。三餐由食堂供应。有什么意见，请尽管提给我。”老朱爽快地露着黄牙说。

“时间紧凑，我们下午就开始参观，你这会先休息休息。”

站在房门口，他转身重新握住我的手：

“欢迎你回来，多看看，各方面都在进步。”

他在本已有力的手劲中又加上了几分力，好像要我肯定后面一句话的分量。

日程排得果真紧凑。不过三四个小时，竟能一连参观了托儿所、托儿所旁的老人院，还有一个纺织印染厂。大概是希望在三天半的逗留中，尽量使我对浔县有个全面的印象吧。总是先到一个地方，听取了负责干部的简报，再走马似的绕一圈。至于究竟看到了些什么，我也不大清楚了。倒是一切安排都显得秩序井然，老朱似乎处处都流露着胸有成竹的信心。

然而此行我来并非为了老人院或托儿所；在纺织厂飞转的线轴之间，我一直惦记着的，是玄江寺里的那尊菩萨。

放在博物院档案室的抽屉里，放大图片的右上角，这样用精细的小字打着：

观世音菩萨·六世纪？头高三十二公分·水成岩·玄江寺·中国浔县。

标签说明没什么奇特的地方，档案室几百张图片大概都这么记录着，可是当我翻到这一张时，珂罗版的黑白光面纸隐约闪现了一片金光；或许是午后的阳光正好从天窗斜过，照到了它上面吧，然而这一片光却使我禁不住停下了手指。

追随六世纪风格的躯体在肩的部分已经略微浑圆起来。菩萨左手做着施愿印，右手做着施无畏印。素净的佛袍折成均匀而修长的线条，从双肩滑落到膝的周围，变化成上下波动的皱褶，像泉水一样地起伏着，呈托在莲花座的上面。

这行云流水似的身体上，菩萨合着眼，狭长的睫缝里隐现了低垂的目光。鼻线顺眉窝直雕而下，在鼻底掀起珠形的双翼。嘴的造型整洁而柔韧，似笑非笑之间，游走得如同蚕丝一样的轮廓，灵秀地在嘴角扯动了起来。

早期南北朝的肃穆已经软化，盛唐的丰腴还没有进袭，庄严里糅合着人情。十三个世纪的时光像一只温柔的手，把如曾有过的锐角都搓抚了去，让眉目在水成岩的粗朴的质理中，透露着时间的悠长。

揉含着悲伤的微笑，与其说是笑容，不如说是在天上守望着人世间的动静生灭，来去是非，心里发起悲怜，于是不得不脱离本尊诸佛们的寂然世界，降生到凡世，共分众生的困难，超度世间的苦厄，在笑容后面牵动的，其实是悲哀和怜悯的意思。

这样的笑，当天窗那一格阳光斜闪过我手中的图片时，竟也扯动了我心里的什么丝丝络络。

不知怎么的，这慈悲而凄苦的笑容以后就再也拂去不了。

在博物馆收藏着的每尊佛像的脸上，我开始看到玄江菩萨的笑容；从郁暗的展览室回到研究室，每拿起一张图片，迎来的是玄江菩萨；掠起一手水，端起一杯茶，在折波中看见的是玄江菩萨；迎面走来的路人中，车窗玻璃上飞逝的景物中，午夜的黑暗里，都现出了菩萨。

修于宣统三年的《浔江府志》在《庙寺》一则下，我读到了有关菩萨的第一个故事：

浔县郊外的玄江寺，建于东晋咸和年间。由天竺渡来此地的僧人慧能，看到江水，想起了故国的恒河，遂结庵为寺，并以玄江名之。

梁天正年间，文帝亲临江南，路过浔县时，留在京城的宠爱的小公主慈真患上重病，诚奉佛教的文帝在玄江设大斋，向菩萨祈福，慈真在宫中不药而愈。为了感谢菩萨的恩赐，王赐钱百万串，修饰佛寺。玄江寺因而成为江南香火最盛的寺庙之一。此后儿女有疾苦的人家，每年二月十九日，都会斋戒祀祷，结会上山，在菩萨座前点上长明灯油，祈求安康。

明末浔县的地位被扬州取代，市井日渐衰微。万历年间玄江寺陷于兵乱。清太平天国之战几毁于大火，光绪二十二年才又加以修复。

中国的地理环境常和艺术风格有密切的关系。莫不是浔县的山水有什么特别的氤氲，浔县的乡民有什么特别的性情，终于酝孕出菩萨这般慈苦的笑容呢？

我期待着有一天可以亲自去一趟浔县。

年底，博物院为了明春和广州举办现代绘画交换展，要派人去交涉一些事情。对我来说，这真是天降的好机会。

我把中国地图找出来。从广州北上，经过长沙、武汉，去南京的途中如果停下，坐飞机大约要三个小时。坐火车经过衡阳、长沙、鹰潭、南昌，可能要一天的时间。然而无论是从哪条路走，如果把交换展览的事尽快办妥，总应该可以留下几天时间，去一次浔县。

感恩节已过，犹太圣节、圣诞节就要接踵而来。这岁末的时候，整个博物院都松下了节奏，同事们个个都准备着和家人团聚了，去中国的差事也就没有竞争地落在我这寂寞的外乡人的身上。

“明天可以去玄江寺吗？”从纺织厂回来的面包车里，我问老朱。

“明天已经安排了参观百货店和工展。”老朱说。

我听了心里暗吃一惊，是我的信文化部没收到，还是下传到中国旅行社的这节上出了错，于是为我安排了为一般观光客而设的日程?

“我是特别为玄江寺来的。”

老朱不为我明显的焦急所动。“临时改变程序不容易。”他慢条斯理地说:

“不过,如果你专程为玄江寺而来,晚上不妨让我想想办法。”

的确,五点已过。照理说,各个单位都已经下班了。可是明天要重复这一连串我毫无兴趣的参观,听一些无动于衷的解说,一想到这里,就分外疲惫起来。从下飞机到现在,其实都还没真正休息过呢。

吃完晚饭,我一个人漫步走回厢房。

在这旅游的淡季,特为外宾而设的旅店除了三两个外商模样的人,几乎没有其他寄宿的,依着长松的一排客房冷清得叫人不想回去。

黑夜还没有全来,冬日的黄昏也不留余晖。晚霜很快浸袭,穿行在松干间,沉迷在石板铺成的小径上。雕花木窗的上檐,日光灯已经先开亮,在暗淡的暮气里,蒙蒙地闪着笔直一条幽青的光。

这景象真有点悲哀,当我准备早一点上床的时候,小陈推门就进来,委实又令我吃了惊,好在衣服还像样地穿着。早上为了灌热水瓶,他就这样进来过一次。

但是小陈显然不觉得自己有什么唐突的地方,一脚跨进门，提高了嗓音：

“旅行社朱同志来电话请去会客室接。”

我随手掠起外衣披在肩上，跑去前厅，准是改动日程有了眉目。

果然，只是因为时间过于迫近，上午已经不好动，下午的工厂参观却可以取消，如果把时间挪用到别的地方去，玄江寺的访问明天下午午睡以后就可以开始。

我答应到时一定准备妥当。

为了温习资料，我把随身带着的卡片铺了一床。此外又检查了照相机的曝光速度、底片的卷数，擦亮了镜头，再把近距离镜头挂在背带上。

老朱的效率令我佩服，不过一天时间，对他已不得不建立起某种信任和尊敬。原来是在不动声色的时候，认真地想着怎么办好事呢。然而下班以后仍旧能够行事，是应了效率精神，还是其实具有特殊的权力呢？我一边准备一边禁不住揣想着。听说他曾是十五六级的干部。

等到我觉得一切差不多就绪的时候，午时已过。熄灯躺上床，这一阵兴奋使我完全不能睡了。

我起身推开对拘的雕窗。

白色的夜，是霜雾相映而成的白色，月亮不知在哪儿。松影像墨团似的浸在雾水里。某一片不远的树林，有来不及南飞的鸟啾啾地叫着。

我和玄江菩萨近在咫尺，几个时辰过去以后就要会见，我看见她在眼前召唤着。在这肃静的夜心，已经使我领会到她温柔的福赐。

二

早早起身换好衣服，只是为了提防小陈不敲门就进来。小陈年纪比我还小，真是令人尴尬。

既然起得这样早，不如也就早早准备妥当了。我跨出房门，正打算前去食堂吃早饭的时候，看见老朱领着一个妇人，从廊的那头走过来。

一段距离外的她，只到老朱的颈下，矮胖胖的，穿着深色的棉袄、深色的宽布裤，一头晶莹的白发最是触目。

我客气地向她微笑，等老朱开口为我介绍，倒是她先开了口，嚅嚅地说：

“自家人都不认识呢。”

我这才恍然明白了眼前的妇人究竟是谁：

表姨！

在这从来没见过面的长辈面前，我竟也像晚辈一样地红了脸，唤了她一声，便嚅嚅地说不出话来。

典型的中国南方人的脸，看不出和父亲的相似在哪儿，或许年轻时也曾好看过，此时仍很端庄整齐。银色的头发像女中学生一样地齐耳剪短了，全部往后梳，用一支细细的软篦子在脑后一丝不苟地拢起来，愈发衬托出眼前的白净。

参观加进了表姨，路程上老朱和我两人在心理上都轻松了不少。她并不常开口，偶时低声在我耳边补充别人解说的不足，或是指出有名的街道或建筑而已。

她的口音带着南京腔，把“昨天”念成了“嵯天”，“离”又都说成了“泥”，使我想起了父亲的说话。在乡音后面，她有一种持久的平衡和镇定，不因为情绪上有什么激动而产生了音调上的扬抑。随着她的叙述，一种和平的感觉竟从我倦惫得很的心中浮起，倒像回到了家乡呢。

“你看，那不就是鼓楼了？”

她拍拍我的肩，半倾斜着头，指着窗外飞过去的一幢灰色牌楼，好像责备我怎么把它忘了似的。

午后二时我们终于来到玄江寺。汽车在山脚停下。

顺着梳篦般的石阶往上看，昙岚后面，缥缈着“玄江寺”三字飞草。据《桐阴画论》的记载，这匾额还是宋末禅画家玉涧的笔迹呢。

虽然开放了一段时日，冬天并没有什么香客。走在表姨和老朱之间的我，忐忑着朝圣者的心情，一步步踏着石阶往上走。

阳光乍现，令人不免惊喜，然而还没有入晚就偏斜得厉害，一层淡淡的黄色只引起了视觉上的暖意。穿着厚棉袄的表姨渐渐落了后。我站在石阶上等她，看见她额前的发，秋日茅草似的透着亮。

住持惠江和尚是“文革”以后仅存的老人，穿着镶黑色宽边的灰袈裟，站在朱红色的寺门前，看见我们上来，俯身合掌，喃喃念着佛号。

我们跨过四五吋高的门槛，进入郁暗的佛堂。

“既然千里为菩萨而来，就先祈拜菩萨吧。”

惠江说。领我们斜穿过正堂。

我随身低头再跨过一个四五吋高的门槛。正要抬起头时，突然一片金光罩下，不由得使我吃了一惊。我急忙站稳了身——眼前矗立着一尊从头到脚水泄不通的金色菩萨！

是弄错了吧？这哪是水成岩的玄江佛呢？我急忙抽出袋里的图片。

左手齐腰合掌垂下，右手当胸推前，印相是完全相同的。可是，全身披挂着叮当的珠玑缨珞，却是和图上的完全不同，更不用说这一身金了。

当胸就有几串大小长短不整的珠链，齐腰扎了几条莲花图案接成的束带，肩上加出飘带，佛衣滚上红黄蓝三色边，头上还有一顶硕大的高冠，叠镶着各色宝石。

不消说，珠宝金玉都不是真货。无论华丽到哪里去，莫非都是合成材料照形状塑成，再涂上红蓝绿的俗鄙颜色，把图片里的如水似云的风格全数破坏了。

我再近前一步，沿着本该是春蚕吐丝似的衣褶底下，看见滴挂着一排排小粒的漆痕，才明白，这全身金光原是金油漆涂出来的，而且还是颇不薄的油漆呢。

手中搓抚着长珠的惠江，站在我的左侧。在只有我们四人的空堂里，告诉了玄江菩萨的第二个故事：

天上的慈航导者展目天宫，遥望人间，看见众生疾苦挣扎，永无了期，动了慈悲之心，便化作太阳，投入地上兴林国王后伯牙氏的怀中，生成为第三位公主妙善。

妙善公主自小就不沾荤乳，喜爱学佛，长大以后前去白雀寺出家，勤修佛理。

对公主的抉择，妙庄王很不以为是，要白雀寺的僧尼百般刁难，公主却都一一承受了。父王又下令焚烧白雀寺，僧尼俱毁于焰，公主却安然无恙。父王又遣人斩公主，却有白虎前来营救。

公主来到尸多林。有青衣童子引导游历地府。终于太白星化作老人，指引公主前往普陀落迦山，修为正果。

妙庄王重病，公主听知了，剜目断臂救疗父王。父王病愈以后，大彻大悟，带着王后一同去礼谢公主，同为公主济度。

成为正果的公主，观世声音，皆施解脱，于是以观世音名之，就是这眼前奉祀的玄江菩萨。

惠江俯身合掌礼拜：

“观自在的菩萨，至上的尊王，慈悲的神明。”

喃喃的梵语回响在黑郁的寺堂的两壁，好像来自另一个世界。

暗红色砖墙的那一面，传来木鱼的哆哆声。

我这时，若是说被妙善剜目救人的精神感动了，不如承认心里正涌翻出一种相反的感觉：这样庸俗的佛像和其他庙里的又有什么不同呢？岂非是被骗了。

骗我的，当然不是菩萨，不是老朱，不是玄江寺的方丈，他们只不过跟我一齐受骗而已。一千三百年累积下来的文明可以在一刻间就被玩弄得点滴不存！

厚厚的金漆后面，妙善垂着双目，从细长的睫缝里端看着眼前人间的我们。嘴角微扬起的程度已经淹没在徜徉的油漆下，然而柔弱得几乎浮现不出的，仍旧是那不欺的笑容。无论人间怎么翻腾，加诸在她身上的凌侮多么沉重，一手从垂着的五指流出起死回生的生命之水，另一手推射出呵护众生的五色之光，静立在暗淡的室中，承受着人间所有的荒唐，引渡所有的辛苦到诸佛住持的净土。

穿过窄门，经过膳房的时候，墙角似乎什么在动着，我注意地看，不得不又意外了。一个活生生的老妇人蜷坐在壁角，如果不留神，莫不是要把她当作一尊泥塑的供养人了。

她正用手掏着一只碗，嘴里咀嚼着。

“不是已经没有乞丐了呢？”

表姨、老朱、惠江竟都不接腔，便有一段没趣的沉默。

天色在山中黑得早，五时还没到就恍惚成一片。老朱怕汽车不好走，随惠江走了一圈之后便催我下山。

“明天一早再来，还有整整一天的时间。”他说。

“明晚县委请客，顺便为你送行，别忘了，华江饭店，请你表姨一起来。”

回到旅舍的门口，临回宿舍时，老朱提醒了我这一个约会。

然而明天再去不去，我已不甚在乎。一年来的期待，日前的焦虑，都已化作潮水退去，只留下瓦石的空岸。

也许应该提早回去，或是留下一天去南京或上海看看。下次来，不知又是什么时候了。

可是，昨天走得匆忙，寺的建筑和其他佛像都没仔细看，幻灯片拍得也不齐全，再去一天吧，这样草草就回转，实在也不能平衡来时的热望。

面对菩萨的瞬间，因为事情来得突然，又近在眼前，一霎竟失去了反应的能力，现在一节节回想过来，惘然的感觉像庭院的晚雾，开始无着无落地蔓延开来。

窗外庭园里，雾已浸到近眼的地方。披着薄霜的丛木，分不清各自的形状。菱花形的漏窗依傍着一株枫树，落了叶的主干隐没在黑暗里，只有顶端的细枝斜欹在深灰色的天际。

这时我才觉察，从城郊的机场到旅舍到玄江寺，从清早到黄昏到夜里，一层迷蒙的雾，或近或远、似有似无，原来总在周身飘依着，好像悲恋的情人，又像记不清楚的回忆，虚虚实实地呈现着相貌。偶然也有一小点太阳，却是棉纸剪出来的圈圈，给雾水浸得稀透的。

整个浔县是个睁不开眼睛的人，迷茫地走在一个醒不过来的梦里。

既然有表姨相陪，第二天老朱也就跟我告了一天假，忙别的事了。

惠江有事先下山去，留下一位年轻的和尚招呼我们，穿了件式样中和了人民装和马褂的上衣，大概是改良的新式袈裟吧。

寒暄一阵后，年轻的和尚也就走开去，留下我们径自跨入寺堂。

细看的结果，不过增加了昨天的不快印象，这哪像庄严肃穆的宗教场所呢，倒更近于古代的刑堂了。

胁坛左右塑了十八尊罗汉，袒露着肉胸，脸面本应是搜尽人间的诙谐貌的，却阴森地悬坐于壁上，倒像是前来捉拿人犯的判官。

堂底幽幽坐着三尊佛。体上的金箔已经斑驳，露出底层黑黝的铜质。只有眼眶还保存得好，便在暗堂里瞪着三对金色的瞳眼。本尊背后衬托住焰形的光背，流畅的线条，美丽的图案，也都看不见了，唯有焰尖还留下刀锋似的一点光。

金红二色漆的案桌，摆着长明灯，土金色的玻璃罩里，抖着钨丝的豆光。左方摆着一盆大红的塑胶牡丹，右方一盆杏黄的塑胶菊。金上加金，金上又加红加黄，在阴湿的厅堂里油腻又龌龊。明清以后的人，在宗教艺术上表现的贪婪无厌，简直是不可原谅。

简单吃过午饭以后，我们留在膳房休息。

年轻和尚拿来一壶茶，置放在木桌上。

“山后的泉水冲的呢。”他说。

果然沁鼻一阵芳香，我端起漆着“为人民服务”一排小红字的茶碗。喝下静心的茶水，对金佛的耿耿于怀却没有消去。

“什么时候加漆的？”我问表姨。

博物院的图片大约是四九年以前拍的。如果那时还保持着水成岩的面目，加漆一定是四九年以后的事，我这样推想。

熟知浔县的表姨想了想：

“是七五年春吧？”

竟是这么近的事。

“为保护文物吗？”

“不，是县委病愈以后，为了谢菩萨而漆的。”

“说来，这还是为老太太而动的工程。”

我这才注意到，昨日的老妇人原来还蜷坐在黑摸摸的壁角，自颈以下包裹在棉被里，探出一个稀疏着白发的头。

“昨天你问到要饭的，不是没有，是你没看见。”

昨天大家不接腔，原来只是因为老朱在场。

“不过，这老太太可不是要饭的，只是自己要住在寺里，曾是中学教师呢。”

必定有某种有意思的身世吧，可是被金菩萨引起的索然还占着我的心思，打算一问究竟的念头，当时也就没有出现在心里。

听到了人声，她把入定的老眼拉到了这边——

蓦地我惊奇了。起皱的黑脸，似在哪儿见过，是昨日百货店的某个售货员吗？还是今天寺里的一个香客？可是寺里除了方丈以外，一位女性都没遇见，除非是把那尊金菩萨也算上。

正是那尊菩萨，我顿时觉悟，那顺着双眉直下的鼻梁，柔韧的嘴形，略方的下巴，虽然已经覆盖在干皱的皮肤下，和菩萨的相似却是错看不了的。

一壶茶后我们回到前堂。表姨帮我持着闪光镜头，让我拍下了幻灯片，测量了佛像的长宽，仔细看过了建筑；在俗世的手懒得干涉的梁顶和檐角部分，斗拱和藻井倒是保留了南北朝的流利潇洒的线条风格。

车子还没来。我们穿过萧瑟的竹林。已经蜷缩成针筒形的枯叶孤怜地挂在枝上，一走过，就索索折舞在我们四周。

白茫的江雾，看不见江水，却听见水声哗然奔流。

“这是浔县的命脉，它向东北流去，百里外接上长江。浔县的纺织产品都要经过这条水线运送到南京和上海。”

表姨站在岩峭一块平石上，谷底掀起一阵风，她的围巾和白发交舞在一起，蓝布大褂的下摆在风里拍拍地翻打。

溪山缥遥无尽。天水林木都化作了氤氲，变成混沌众世的一部分。在这恒久的混沌里，千亿人生活着，故事进行着。从神话里的兴林国，经过了梁文帝天正年间，经过了一九七五年春，经过了此刻，还要向百里外的长江奔去。

慈悲的女神，至高无上的佛尊，过去现在将来的观察者，心里害怕着的人们看见了您会生起勇气；被屈从的人看见您会重拾起信心，另有一个一千三百年，会洗去您一身的污金。

我从汽车的后窗转回头，默然在心中和菩萨道别。

玄江寺的青瓦在两排榆树的秃干间渐渐后退，隐没在夜落前的满地霜寒里。

三

一进门，小吴从服务室的窗口探出头来：

“今晚县委的请客取消了，办公室刚打过电话来，说县委要去接一个外国访问团。”

这一位浔县第一号人物，替菩萨涂金油漆的人，今天晚上不能见到，颇令人失望。不过临时空出的倒是一个好时间。

留下一起吃个饭吧，我邀请表姨，想对一路陪同略表谢意。

她推辞了一阵才答应。

我请表姨点几道喜欢的特产菜，又请服务员去小卖部拿一瓶竹叶青来。

端起双钩着一丛青竹的白瓷瓶，小心地在两个剔白瓷杯里斟满了酒。

她举起杯，波动的酒光闪过她的脸，那么瞬时即逝的三两折，近老年的瞳仁透露了江南女子的灵秀。

一仰尽了酒，我没料到她有这等豪气，我自己却是不能饮的。

晚饭时间过去以后，只有三两个食客的饭厅更空冷了。

卷边荷花的白瓷长挂灯底下，铺着一张张水青色的台布。

一边饮，一边谈着，我知道了第一次见面的表姨的一些私事。表姨父是“文革”时候过世的，还有一个独生女儿在边区的兰州工作，而她自己在纺织厂也已近退休了。

为了夜里来去的旅客方便，饭厅并不完全打烊，可是服务员也都慢慢离去，留下一个年轻的姑娘，梳着刘海，在柜台前剥着花生吃。

直到椅子都搬上了桌子，荷花都熄了灯，还剩下一盏，在我们的桌上荡下五瓣卷边形的光。

这样一圈荷光下，从表姨的口中，我听到了关于玄江菩萨的第三个故事。

浔县城北近江的地方有一条朝阳街，住着姓岑的一家三口。

“大跃进”的时候，工程师的父亲在一次水堤意外去世，留下母女两人。“文革”时，出身中学教员的母亲因为平日言行小心，没有遭到事故。

七〇年开始军管，派来了新县委。这时女孩已经十五六岁，长得很是秀美。天气好的时候，喜欢依在门口，看县委的轿车队从街口开过去。

长征老干部的县委有颗比谁都大的头，跟人说话的时候，就是努力地维持也不能止住摇晃。家里养着一个已经三十多岁的白痴儿子，平日不让出来，留在后面一间房里，由一个远亲的老妇人照顾。

长久留在屋子里，失去了常人的光泽，白痴的模样可真不好看，只有一颗不输于父亲的大头，稍稍撑起了一点场面。

县委决定给痴子找一名现代的保健护士，说是找护士，其实县委心里要着的，大家都猜想，恐怕是一房媳妇吧。

县委想起了朝阳路上有对剪水眼睛的姑娘。

做母亲的怎能依从要女儿去服侍白痴的要求？可是县委把红旗牌停在门口，亲自下了车。

整条巷子都憋住了气，在木条窗的后面等看着。

直到天变黑，县委才从岑家跨出门，脸上怎么也看不出结果，可是木条窗后的人都明白，无论怎么样，都会如了县委的心愿的。这远近七十方里的第一号人物，有什么做不得的事呢？

不过听说他的确自己许下了日后送女孩上大学的承诺。

此后小汽车一日两回来巷里。女儿早上去，摸黑才回来，却也总是高高兴兴的，母亲也渐放了心。想到这样勉强两三年，能够过江去上学，也不能说不值得。

白痴给女孩带着出来了，拐着两条细腿，像听差一样畏缩地跟在身旁。

女孩子买了什么，就赶紧张开了袋子，好让她扔进去。如果是下雨天，就看见他撑把大伞走在女孩的后头。头上肩上淋湿了雨，一摇一拐的。

有年秋天冷得特别快，十五没过就落霜了。县委得了头疼症。说是一寒下来，百脚虫就不知从哪里钻进了脑壳，在里边慢腾腾地扭起来。

县里有一位从上海来的西医，一直空着没事做，这难得的机会给县委诊测了，说是大约是患上了周期性偏头疼，要他先试试纸袋治疗法。听说在一个纸袋里呼吸十到二十分钟，大多数头疼都能治好呢。

一有空，就见县委就着一个纸袋呼噜呼噜吸着。这么吸了好一阵子，丝毫没有转好的现象，反而疼过了全头。

纸袋医生已经不能信任，县委从江西老家请来了近八十岁的中医。

老大夫给把脉看舌以后，这样对县委说：

有一种脑生来就埋伏着寒邪，到了时机，寒邪蛰动，一发不可收拾，痴癫现象即呈现而出。这种病有时隔代相传，有时代代相承；有时早发，有时迟来，不过都是迟早的事。

“家里——有什么癫痫的先例么？”老先生问出了这样的问题。

听说当时大夫为了说出下面的怵然的治方，虽然身边除了县委以外并没有他人，也尽量压低了声音……

高干家的伙食好，岑家姑娘的脸圆了，手脚结实起来，皮肤底下透着桃红，本来就是好看的孩子，现在人人见着都更喜欢。

浔县山上的鸟往年都是寒露一过就沿江水往南飞，开春再回来的。那年落了几次霜都不见有鸟动的迹象。只见它们一群群栖候在枯黄的竹林里，天一黑就拔着嗓尖叫，叫得奇怪。

恐怕要有事了。年纪大的都这么交头接耳，窃窃私下传说。

一天晚上，白痴在饭桌上喝了杯橘子水就打起瞌睡来。

像往常一样，岑家姑娘准备收拾收拾就回家。

母亲像往常一样等在门口。天黑透了，又去巷口等。那一整夜，女儿都没回来。

那晚，过了午时，浔县的人都听到了一声凄厉的喊叫。

林里的鸟都从梢头惊飞出来，哗哗地扇着翅膀，黑压压一大片，掠过漆黑的朝阳街的上空，向江边飞去。母亲独自一人站在漆黑的巷头。也听到了那声嘶喊。

清冷的曙光里，汽车终于黑点似的出现在街的尽头。母亲等到了没有气息的女儿。说是晚上不知怎么地往后一摔，摔到了八仙桌的锐角，伤了脑，连急救都来不及呢。

后脑结缠着凝血的头发间，果真碎了一小片脑壳。

从那天起，浔县一直都罩在一片雾里。到处是雾，站在这厢的人看不见合院那厢的人。升煤团的时候，看不见炉上的白烟，去河边打衣服，打着了自己的手脚。人人都得恍恍惚惚地摸索着。

百日以后，雾散了些。大家在寺后的乱竹林里，发现了吊着已经臭了的痴子。痴子自己怎么摸上山的，也不清楚，不过有人说，曾经看见由女孩带着到寺里看菩萨，在竹林子里又跑又笑的。

县委显然避过了险头，眼不斜了，头也不疼了。以后反见他硬朗起来，恢复了威严的容貌。大家虽然也都风闻了故事，却不见有人张声说什么。

不久县委传下整修菩萨的命令。

本是打算贴金箔的，一时没这种材料，也找不出懂手艺的老匠人，就决定了拿油漆来涂上。

开合的那天，选了妙善公主二月十九日的生辰。从前一天晚上就有人陆续上山烧夜香了。沿着江边直到玄江寺的门前，一路星火不断，浔县已经几十年没见过这么热闹的光景，十九日天还没亮，菩萨尊前就都是等着的人了。

天光从窗口进来，照亮了菩萨的脸，宁静祥和极了，扰攘着的人都静了下来。可是这五官怎么这样地面熟？大家都忍不住捺着声音猜议，可不是，除了合着的眼皮以外，看来不正是岑家姑娘的脸呢?

从那天起，母亲就再也不肯离开玄江寺，坐在寺房的一角，没日没夜地守着菩萨。佛寺一旦开放，菩萨跟前来往的人多了，又加上外宾参观，县委觉得实在不好看，便特别给老太太在城里划了一间有自己厨厕的房子，无奈老太太怎么也拖不出去，只得抬去了后房。从那时起，就由寺里的方丈照顾着。

白色钩花窗帘的镂空洞眼外，庭园逐渐从昨夜的长梦里醒过来。无论是落叶的还是不落叶的丛木，都蜷伏在凌晨的厚霜下，似真似幻地摸索着自己的轮廓。

竹叶青的酒瓶被持着的手捂得暖和，里边却已没有了酒。

通宵没睡的表姨显得十分苍白。她的脸有一种令人无法推想的娴静，拱围在白发之间，好像寒林中的一片止水。

“——我该回去了。”她从恍然中回转出神态。

“离天亮不过三两个小时，到我房里躺躺吧。”我说。

“还是回去的好，在外头睡总不习惯，年纪大了就只认自己的窝。”

她回复了笑容，把软篦子拿下来，重新箍好了头发。

“让我送你一段路。”从椅背我拿起棉外套。

朦胧的清晨，白垩土的墙，青灰色的瓦，石板路旁有河道，河上有月形的桥，桥旁有夜泊的木船，船尾蹲着生炉火的妇人，正用一把裂开的蕉扇仔细地扇，斜着头，避着炉上的灰烟。

灰烟袅袅地升上天，天上有一弯浸了水的下弦。

画中常见的江南景色，现在就在我的周边，是真实的吗？是第一次来到这儿吗？第一次见到这时正走在我身旁的表姨吗？对这些事情，忽然我都不能十分确知起来。

而玄江菩萨的故事，从水成岩的六世纪到涂金的二十世纪七十年代，究竟是美术史上的一个缠绵恻悱的传说，还是曾经的确发生过，而且还要继续发生下去的事实呢？

那样殷切地召唤我，借助了天窗的一线光，离开浔县的前夕，我终于明白了心意。

飞机本应下午三时起飞，过了午时仍不见雾散去，反见天色愈来愈沉。老朱打电话去机场。

“恐怕要迟了。”他回来我屋里说，“螺旋桨的飞机不好开，一定要等天气有把握。”

两点多仍没有动静，我焦急起来。这里一迟，跟着一连串预定的行程都要改变了。

“到底有没有起飞的希望呢？”我问老朱。

他仰头看窗外的天色，早上本来还能浮动的云，现在已经凝滞成厚厚的一层，铁盔似的压在头上。

“改动行程可以吗？”老朱说。

“接下来的事可真麻烦呢。”

“看样子，飞机来都来不了，恐怕要做旁的打算了。或者坐船上溯南京，从南京再飞广州，怎么样？”

这倒是权宜之计，与其在这里苦等，不如及时动身赶去南京，大城市的退路总是多些。

我同意了。老朱立刻和中国旅行社联络，重新厘定行程，最后决定了从浔县特别开出一艘小汽轮，送我去南京。

一切重新安排妥当以后，也迫近了黄昏，空气愈发湿冷，酝酿着雪意。

刚才一阵急促，只想快点动身，现在事情定了，离别的情绪渐渐不可救药地涌上来。

老朱提着我的箱子打前走，我和表姨跟在他身后，走过了回廊，穿过了水松的庭园。

我们到了江岸时，小汽轮已在等候。天空开始飘起白色的雪絮，静悄悄地落在我们的肩上。

老朱帮我把箱子放好，又叮咛了掌船的，觉得一切妥当无错了，才弯身出来。

回岸前，他伸出手：“有机会常回来看看，总是不同的。”

又在掌里加了几分劲力，要我肯定后半句话里的决心。

我送表姨走到船尾时，雪已渐大。

雪花落在她的白发上，落在她的围巾，落到藏青色棉衣的下摆，绕过她的棉鞋，静静地堆积在舱板上。

她用双手握住我的手，江南女子的细细的灰眼睛消失在索索的雪里。

“再回来。”她说。

马达开动了，船身缓缓掉过头，掠过萧瑟的芦秆，向苍茫的前路开去。

我站在船尾，一直等到表姨矮胖的身影隐失在飞雪里。

江中一片肃静，哒哒的机器声单调地击在水面，雪无声无息地下着，我从舱窗回望，却已看不见浔县，只见一片温柔的白雪下，覆盖着三千年的辛苦和孤寂。

原载《中国时报·人间副刊》，

1983 年 10 月 2 日至 4 日

当海洋接触城市

一

北海岸线，不到七点钟。

日光从具有殖民地余风的扇形的高窗照进来，水溶溶的早光，还没接触到地面便消失。

十二位女子，从候车室的这一边走到那一边，走过他眼前。

不只是一个早晨，他数过去，是的，一共有十二位，光里跳动着的灰尘使她们线条参差颜色恍惚，仿佛像真人。

穿着简单的夏天的衣服，面容饱满朴实，身躯硕壮，小腿劲健有力，愉快地走在天空、沙滩和海水的底景前，洋溢着天然的活力，不是闺秀派的造作呆板能及。

就像在荒草里突然现出建筑，或是幽洞里突然发觉壁画，透露了车站也许有过的繁荣。

是谁，曾经来到这远离的海边，画出了这么一张动人的图画呢？

不过题材的确合宜，你没听见，窗外就是水鸟的叫声，飞鱼从水里摽起，滑翔过空气的声音，以及海水打进岩缝，在缝里欢快地爆裂成碎花的声音。

沙滩接上候车室的泥地，前者浅棕，后者深棕，棕色延续，女子们直接走在候车室的泥地上，为首的现在要带着同伴们推门出去了。

旅客进门逐渐频繁，门框撞击，发出不堪的呻吟，屡屡打断思绪。外边有点冷，候车室有了人众，在他和她们之间杂沓。

所以他七点半就来，七点就来，七点不到就来，不再理会火车抵达时间表。

如果昨天晚上没睡好或者睡不足，他就手肘撑住长椅的铁把手，手掌撑着下巴，让自己在似睡非睡之间浮沉，享受着意识恍然、意志暧昧阑珊、神经松弛的快感。

十二位女子总是使他烦恼暂忘，满心欢喜，使这段早晨成为他的幸福时光。

尤其是走在最后的梳双髻的一位，那么的温和自然、自足和自信，迎面走过来，欢迎，招呼，寒暄，无声地对话，诚恳地交谈。

人开始多，鸡鸭相互践踏，言语嘈聒。不停止地抽烟，烟气上升和凝聚，形成具有垄断性的气层，上下漫淹。十二位穿夏衫的女子不见了。

她从后边门上来车厢，一步一步地走过来，坐下在倒数第二个她惯常的位置，他的斜对面。今天头上包了块围巾，在下巴底下打结，遮住了一些脸颊，看起来有点老气。

总是向着窗外，侧影静止，让天空、晶莹的盐田和海水、沙洲、浅黄色的滩地、绿色的亚麻黄，形成背景闪过。

她收回眼，低下头，从身边的大提袋里拿出一个纸袋，从纸袋里拿出一个小包，打开一层保鲜膜，露出似乎是面包的一角，然后坐回原来的姿势，慢慢地吃。

她的动作秩序安然，形成了一种不动声色的力量。

细细地咀嚼，宁静的一段时间，生活显得和谐而稳定，今天乘客不知为什么这么少。

据说上潮时鸟多退集在近陆的沙堤或空地，落潮时多飞回水滩。于是他想象着水的涨和落，看见她的侧影后边，大批的鸟其实盲目和忙碌地在飞翔。

也想象着，整片鸟群触到埋伏的捕网，全部缠在网上的景象。

她站起身子，用两只手打开窗，骤然空间解放，吹进海盐的气味。把纸袋放出去，倒过来，掸了掸，面包屑一阵飘出；一大群鸟正又飞过，翅膀欢响。

她的围巾蓝底黄花，靠着窗框掀打，发出丝质拍击着木质的声音。苇草呼啸掠过，一大丛一大丛，发出管乐器的声音。

在稳定的节奏里车摇晃前进，窗重新已经关上，车厢恢复宁静。他把头歇在窗框的边缘，视线开始朦胧。

这样盹过去，做了一个梦，梦见梳双髻的女子站在他的座位前。

早，她说。早，他在梦中回答，很高兴能继续见到她。

我就是画那壁画的人，她说。

可不是，他应该早就猜到的，那么自然又自信的姿容，谁还比她更具有资格呢？

似乎明白他的心事，她不再说什么，回到画中，原来的正面姿势，充满了了解的笑意。

车身突然痉挛，停住了，他跌碰到前头的椅背，惊醒了。

车的确是停下了，不知在哪一站。

一小方空空的月台，没有人走动，也许上下车已经结束。他把脸贴上玻璃，希望仍能捕追到她的一个背影，去的方向。

芒草遮住了远望的视线，约七八尺的一大片，顶上一截整齐的芒穗透着棕红色的日光。

车厢重新晃动，渐次加速，回到先前的节奏，她的侧影静止如旧，在如风飞逸的背景前，偶然变化光和影，那是当一朵云、一株树、一柱电杆，滑闪过去的时候。

驶进了隧道，光影都消失，骤然他失去她。扩音器发出警告，请勿开窗，请勿将头手伸出窗外，前者为防隧道崩石，后者防断头断手。黑暗中他耐心等待，坚持，守着原来的视点，绝不移动分毫，对她忠贞无比，如同美人守候着英雄的归来，在心里热切地期待，默默对自己说，黑暗就会过去的，光明就会再来临的。

比思绪更快地她骤然重新出现在他眼前，果然仍据视觉的中心，焦点不曾改变。

水的面积逐渐缩小，水质逐渐沉滞和浑浊，陆地性的树丛从远逼近，唰唰招惹着车身，生存的空间变得紧凑，接近城市了。

她低下头，从提包拿出一个长方形的小盒子，似乎是个化妆盒。

盒盖打开，遮住了她的脸。他想，她可能会开始化妆，诸如描眉毛、刷睫毛、画眼圈、抚腮红、勾出唇线或者涂上唇膏等等。

没有任何以上活动，她只是拿着镜子静静地端详。一段时间后她合上盒盖，重新出现在他眼前。

明朗的线条，柔润的肤色，崭新的人物，原来她是这样地眉目清秀。

然后她解开下巴上的结，稍倾斜了头，从后边仔细撩起来围巾，一片黄花飞扬如遇风，他的心情随之带动。

到达城市了。他有意等她先站起来，走在她的背后，随着她的背身，往前一步跟随一步慢慢地移动。

十字路口的人挤人中，他往前再走一步，保持礼貌的距离，只让发尖轻轻触及自己脸颊的皮肤，痒痒的，隐约他嗅到新洗过的发香。

除了这短暂的从后背的接触，他有意始终保持距离，维持想象。

必须左转了，再跟下去要迟到了，他站在红绿灯的这头，看她的背影逐渐融入街景，发逐渐拉远，成为日光的一部分。

那是一头蓬松柔软丰密、如朝云如芒花的头发。

到了办公室他才明白，今天是双十节庆；方才车厢里为什么人少得多。办公室没开灯，没有人，阴阴暗暗的，倒是难得的清静。咖啡壶里还有昨天没喝完的底，明显的一层油秽。他懒得去清洗它，只有一个人，做一壶新的喝不完也浪费。

据说城里的人都去游行或者去看游行了，所以咖啡店只有他一个人。他叫了一杯，不，不是黑咖啡不加糖，他叫的是杯加双份奶精、双份糖的。

他端起喝了一口，甜得糊住了口。

寻找小妹的所在，以便请她加点热水来。小妹坐在柜台的后边，正用心地看着一面镜子，一手摸索着脸上的痘子。想必寻到了一颗很丰满成熟的。她把镜子放下在桌面，低下头和颈，脸凑近了它，使用了两只大拇指的指甲。

噫，他也感到了挤掏的痛，放弃了要热水的意图；她必定是直接走过来不洗手的。

游行的路线在城市的那一边，人们都在向那儿涌去，留下了这里的街面难得地清静。一株木棉树静立。

一辆洗街车完成任务开回来，经过咖啡店的窗前，一路溜滴着水。公共汽车也送毕人物，跟在后边悠闲地踏着水，便在自己的轮子后边溅出两道宽宽的水渍。

响起引擎声，玻璃窗的左边出现两辆机车，并开过来，在木棉树旁停住，熄火，两位女骑士把车推上人行道，停妥了，一位走到树底下，一位就留坐在自己的坐垫上。他还没开始去想她们要做什么，就又来了另三辆机车和女子。

人行道的空间开始被占据，好在今天是假日。他抬头看了看咖啡室墙上的电钟，九点钟。

现在是五个人，隔着玻璃他看见她们高兴地说着话、爽朗地笑，听不见她们的声音。咖啡室很静，他横过叉子，把半熟的蛋切成两半，蛋黄溶溶地流淌到切开地方的白瓷盘上。

陆续到来，都在同地点参差停住。沿着人行道她们把车身排列得很整齐。从这里看过去，一辆接一辆，雪亮的把手、反光镜、坐垫、排气管、灭音管、轮胎盘，层层叠列着纯钢的灿光，一致闪烁着金属文明的荣耀。

骑士们则都拢聚在木棉的底下或近旁，不过是几分钟的时间，集团逐渐壮观。

她们都穿着颜色鲜明的运动服，长短不等的袜子贴着健壮的小腿如绑腿，看来活泼健康。她们戴着白色的黄色的绿色的球帽、镂花的草帽，红色的蓝色的帽带穿过帽缘在下巴打出蝴蝶结。不戴帽子的梳着直发或鬈发，俏皮的刘海，及耳或不及耳的短发，及肩的长度，再长的扎成神气的马尾巴，或就由它自然飘垂。

他拿起橘子水，从玻璃窗上反写着的中文字和英文字之间试着数一数。

是的，没错，一共是十二位。只是缺了梳双髻的女子。

在十月的丽日和木棉的宽叶底下，她们一边说笑，一边两眼闪耀，两颊飞着红晕，看来神采昂扬前程似锦。

似乎是相约去郊游野餐的模样。这么难得的好天气，她们会去什么地方呢？

一阵风起，树叶翻打，衣与裙掀飘，衣带拍击旋转，她们举起手，按住了帽缘或发角，引起了海洋的联想。

她们会去城市接上海的那片滩地吗？

引擎轰然响起，机车同时启动了，隆隆地面震动起来，木棉整株晃起来，电线摇曳，麻雀从电线上飞起。窗玻璃滋滋骚响，橘子水的杯子在手中颤抖，冷了的咖啡在桌面上晃出圈圈涟漪，不断向杯边扩展，表示与之接触的欲望。

她们跨上机车如跨上战马，为首的女子首先以脚协助车辆滑下人行道，其余默契性地秩序追随，接连成纵队，然后她们开足引擎，一直线驶去窗玻璃的右边，日光照来的方向，如风顿逸。

引擎声完全消失，木棉恢复常态，路面的水渍艾艾闪着墨青色的光。假日早晨的悠闲静静铺陈，不曾发生过任何事。

他把另一个蛋切成两半，享受着蛋黄缓缓在齿舌之间流淌、融化、消失的感觉。

城那边双十节庆的游行开始了，你可以听见遥远传来欢呼声，军乐响起。

二

并肩同行的十二位，由身姿的一个回转或扬抑，眼神的一个顾盼或接应，彼此在无声中提携照顾，形成亲密的连体。她们是这么的相像，之间的关系是什么呢？

是基于同一人物的各种变形，还是不同的人物被一种风格上的一致和谐连贯起来了？都有可能的两者，使她们看来这样地亲爱精诚，同属于脱颖的族类。

什么时代，女子具有这么优秀的姿容呢？什么时代的画家，具有这么出众的手法呢？

他希望可以在隐约的一角发现一个签名、一个日期，或者其他指点的线索。但是画的边角不是斑剥地蚀去了，就是被吃进了墙壁；这种损失可能是时间性的，也可能是人为的。

于是，必须从人物本身的细节寻找暗示。

双髻，遥远又古典的发式，必须把发养得滋滋润润不起毛不分叉，留到不能太长也不能太短，梳得通体溜滑流畅以后，从中间分开成完全对等的左右两部分，各别分出均匀的三绺，仔细编成整齐的辫子，再婉婉转转地盘上去。

一种必须无视于周围的烦躁，保持着心情的安宁，日夜培养着质地，坐下来，慢条斯理心平气和地调理出来的美丽的发式。

“的确，它用去了我不少时间呢。”梳双髻的女子从壁上面对他说。

“别人都不注意，只有你这么留心。”她笑着说。

七点不到的光线还是水白色，从扁平的高窗照进来，经过她的脸。

他设法与它印证瞌睡中见到的女子的面容。梦中女子来去得快速，几乎一晃而过，没能看清楚。

然而，也是梳着美丽的双髻，却是不容置疑的相同。

她的侧脸托印在车窗上，飞闪的背景前，嚣动中的宁静力量，整座车厢以及一天的生活都因它而稳定安全，而正常地驶向目的地。

从提袋里她拿出一本书，翻开伸出有书签的一页，移动了一下坐姿，把背斜靠着窗与椅接触的角落，略倾向这边。

一本不算薄的书，已看到近中间的地方，从这里看不见书名。没有书名，也许包在封纸里。

日光从她背后斜斜地照进来，照在翻开的书页上，书页又把日光反映在她的脸上。她的脸便显出如印象画派的丰润姿容。

但是不像法国女人那样红彤彤的，她的脸，在迎光的面积上，例如眉和睫的连接地带、鼻梁、眼下左右、两颊、上唇、下巴的底端、耳垂，从里透出的是一种匀称而又收敛的棕色的光泽，使每片面积浑圆起来，具有了体积感，如同被风吹得成熟了的沙丘。

她其实很像画上的梳双髻的女子。

翻过一页，她的眼神稍拾起，从上边第一行再读起。

话讲累了的旅客们，不是各自在出神发呆就是在点头打瞌睡，前段时间的嘈杂已经沉伏下去。车轮与轨道持续接触，发出单调的滚动声。和一页书与一页书相隔良久，翻过去的声音。

她把书签换到看到的一页，合上书，小心放回提包，低头再拿出来的这次是把梳子。

她解开头巾的结，就让它半披在肩上，然后她举起拿着梳子的手。

柔软的袖子滑溜下来，露出一截棕色的手臂，什么首饰也没有，然后以被风蚀化了的海石的美姿，与发接触。

仔细地开始梳，一小绺一小绺的，逐渐都顺向一个方向，闪烁出一片棕红的颜色，那是因为火车行走到一个角度，阳光从背后照过来了。

在阴凉的这一边座位上，他享受着手臂的动作，以及自己的头和发仿佛也受到了梳齿的感觉。她的袖子随着手臂的上下而掀动，浅色的衣料透光，如同掀动的羽翼。

车厢摆动，她稳定地坐着，不受动摇，拿稳了手腕，笔直地分出一条中线，分出左右均匀又对称的两边。

他有点兴奋起来，油然从心里升出意义不明的热望，紧张的心情。

沙滩上鸟正在忙碌地飞翔、觅食、追逐、求偶、生产，成就着它们的一生。

倾斜了头，让半边发垂下来，细细地梳，不慌也不忙，梳到滑顺滑顺地绵延成一体。她放下梳子，使用了两只手，十个手指——

突然眼前视像都消失，完全的黑暗，进入隧道了。

悬疑又形成，随着黑暗的持续而凝聚，强化，深入。引擎声和车轨声在隧壁之间回击扩大，轰轰然，鸣震着耳膜，车轮嘎嘎催促。

他才发觉隧道其实长极了，走也走不完，等也等不完。黑暗持续沉积。石壁逐渐缩紧，进逼，压迫过来。她可能会突然变形，变成另外一种模样，面目全非，令人索然。她可能会突然站起来，转入其他一节车厢，换坐去什么地方，离开车辆，不见了，再也不回来。

从希望黑暗快快过去，他变得害怕光明再现，那一刻，故事将以平庸的情节告终。

她会梳出哪一种样式呢?

心跳加快，血液流动加快，体温上升，感到了窒息。他想弄开一点窗，却记起开窗会断头断手的警告，打消了念头。

焦虑地坐着又坐着，把自己按在位子上，汗一点点渗上来。

没有视觉的黑暗，视线努力地移动，搜索、追寻，捕捉倏忽的线索，任何给以告示的征象。甬道无止无尽，充满了威胁。他试着和自己对话，分析情况，用理性来劝服自己。

是的，不要胡思乱想，回来现实并且接受它，学习和其他乘客一样好好地坐下去，乐观起来，对周围感到满意。

那是一段长得可以看完《战争与和平》的时间。

战争冗长，和平的消息杳遥，人们在黑暗中引颈长待，隧道没有过完的趋势。

无论是胜利还是失败，或许达成了协议；尽头闪出了一点光，逐渐扩大和前来，传来终战的消息，带来重生的许诺。

仍旧据于视界的中心，她重新出现，以美丽的双髻发式为报答，示以同等的决心。

一阵喜悦欢快地流过他的身体，来得这么迅速这么丰沛，使他几乎迎接不及。

洒水车拐弯，靠近人行道，把安全岛上的他溅得一身都是水，带来了海洋的气息。

原载《联合报·联合副刊》，
1995年2月13日至14日

八杰公司

楼房和公寓还没有建起来的温州街，拐弯近大街的地方有一座教堂。灰白色的墙，红色的瓦，两层建筑的楼顶还有一间小钟楼，礼拜天早上的钟声清脆又响亮。

教堂旁边有一片田，长着绿油油的稻苗，一旁种了菜花，风吹过起伏成绿色的波涛，翻出金色的浪花。

教堂二楼住着传教士夫人。星期天当钟声敲起，惊醒夜宿阁楼的麻雀，啾喳飞过二楼的窗前，窗子打开，白色的镂花窗帘撩开，她那美丽的脸，就会现出在帘开的中间，带着两朵早起的红晕和微笑，俯望着垂着眼，真像圣堂里的马利亚。

夫人弹得一手好风琴，坐在光亮的琴前，等大家都来了坐齐了，特别具有共鸣性的音乐从指下送出，涤洗我们一个礼拜的烦恼和挫折，从后面看，S形的发髻和S形的腰身，这圣洁的一天重新使我们感到了幸福和平。

平日夫人不常出门，若是出门也坐在背后漆着“自用”的深红色的三轮车里。天好的日子车篷折起来，优雅的身子端坐在洁白的套椅里。闪亮的轴条和轴心接触，车轮发出节奏的得得声。

传教士温州街人叫他牧师先生，是个一样俊美的男人，总带着和气的笑容，黄昏时候喜欢一个人散步，把中间的路让给你，退在一旁礼貌地欠身，用“您”跟你说话。

您放学了。

您吃过饭了。

您气色看起来好极了。

带卷舌音的普通话，对小孩子也礼貌周全。

早，祝您一日和平，主赐福给您。

礼拜天的早晨，穿了极挺的服装在门口迎接你。

教堂后门里边靠墙搭出两间违章建筑，住着门房一家子。兼做杂工和车夫的门房有个雅致的名字叫玄生，一张方脸说明了忠厚的个性，擦得雪亮的三轮车也显示了敬业的精神。被唤着阿银的太太看来比丈夫年轻得多，和七个女儿一个小儿子讲的是鼻音绕袅的闽南语。七女一男，生男的决心自然很坚定。虽说是一连生下这样多的儿女，阿银仍旧精力充沛；踩着木屐提着菜篮水盆扫把，前后跟着小儿子，里里外外进进出出，统理了两家的事务，越做倒是越做出了力量，难怪人说女人活得长。

杂事难不倒阿银，一天工作告成的晚饭后，我们常能见她带着小儿子，悠闲地蹲在后门口的阴沟的石板盖上吃甘蔗。一口口用虎牙撕下来送到儿子的口里，腿底堆起白花花的渣子，露出桃红花的里裤。

这其间，过来和阿银做伴聊天的是教堂隔邻取名为“桃源商店”的老板娘。湖北籍的老板走路不太方便，店就由太太管。精明外露的妇人卖东西绝对不让你占便宜。湖北人最难缠大家都这么说。夫妇俩只有一个独生女儿。

十七八岁的女孩子不知为什么留在家里不上学，猜想恐怕不是父母无知就是女儿有点问题。

除了交易精明，老板娘其实人倒蛮好，关心着大家的福利又得着店面公开观察的便利，等你买完了东西还有时间，各家的活动行踪总能给你讲得一清二楚、节节动听。

太阳照着巷子，如前所述，人人日出而作日入而息，各守本位各具形态，不但支撑了这温暖和祥的世界，还为以下的故事提供人物和背景。

该有的事情一定会有，奶奶说。

如果还没有，是时候还没到。

特别美丽的黄昏，夕阳入巷，一片光的起点出现两位陌生人。你把手放在眉上遮住光线往巷的尽底眺望；逆光在影中向你一步步地走过来。

年长的戴着草帽，穿着一身夏季的灰西服，年轻的穿着白衬衫黑长裤，袖子卷到腕肘。

走到教堂的门前，年长的放下手中的小提箱，从前襟拿出一块白手绢，抹着帽缘底下的额头。

由父亲一路送过来的，原来是教会新派下的见习生。

举手按电铃前，年轻的见习生向这头巷子转过身子，抬起了需要阳光的苍白的脸色。

在黄昏和初夜交接，天边还留有最后一片晚霞的时间，我们开始看到牧师和见习生走在温州街及其附近地区。见习生总是白衬衫黑长裤，袖子天热时卷上来下雨时放下去。

或者他们就从邮局过到对面去，在拐角的西点面包店左转，走上一小段有夜市的街。经过的时间各种烧烤海鲜、刨冰、爱玉冰以及打香肠和麻雀的摊子已在荧荧的电石灯下铺开。

他们折回来，重新走回大街，车辆并不多，在渐夜的天空看见木棉开着斗大的红花，初夏的空气里有一种令人不安的骚动。

他们也会从新生南路这一头出来，沿着瑠公圳，经过蓝瓦白墙的怀恩堂、水泥桥，从小门进入大学。沿着一边是篮球场一边是千层树的过道，经过新建的教室，右转，沿着古老的红砖楼，一小片相思树的旁边，或者就坐在树底的石阶上歇一歇。

他们有时也会直接过街走去水源路的斜坡，走上长长地爬着牵牛的土堤。土堤的尽头有一条通向另一区的石子路，和一家鸟店。

店里沿墙上下叠满了装着鸟的细竹笼子。他们进来时暗角的已经绒球一样闭着眼瞌睡在小棍上，但是灯光里的仍旧很精神，看到人迎客似的跳上跳下，发出各种叽啾声，快活极了。

撩开布帘拿着碗筷老板走出来，给他们一一介绍笼里的鸟，在一双灰身红颈红嘴的前边特别仔细。

雀科，陆栖性鸟类，常筑成杯形巢在灌木丛中，主食为壳果、种子、小昆虫等。

生下来就不分开的对鸟，如果不小心让一只飞出了笼，不要紧，自己又会飞回来的。

从鸟店出来，他们就沿着土堤走。从对面过来和你寒暄问福的时候，见习生总退到牧师的身后，也礼貌地点头致意。

天渐渐晚了，两人在最后的回光里，并肩如魂似影的走着，脸上带着微笑，缓慢而悠闲，听不见脚步的声音。

天完全黑下的时候，他们总能回到教堂的原址，没入门内。

在前述几条路线他们最常走的是土堤的一条。

昏暗的城市零星闪着光，紫色的河水蜿蜒向南方流，就要完全消失的晚霞铺陈在遥远的地平线的边缘，雾使地面湿润并且向上膨胀，准备迎接夜的降临。

从屋外传来歌声。望穿秋水，不见伊人的踪影。

牧师夫人停住了手指的移动。

玄生爱唱的一首歌，站在夫人背后的牧师对站在风琴旁的见习生解释。

三个人，一个坐着两个站着，保持了原来的姿势，静听车夫玄生在窗外唱秋水伊人。

憋住了嗓子显然是在模仿女歌星的腔调，倒更像是小男孩尖尖细细的，听起来怪寂寞的。

歌声没有一会以后，三人才恍然回复过来。

请再弹下去，见习生说。

牧师夫人把手指放回键盘。指甲剪得很干净的一双又长又白的手。牧师先生伸过半身把脸凑近琴谱，帮夫人寻找方才停下的音节，重新开始。见习生站在琴边，双手抱在胸前倾听。

关于安息日礼的各个步骤过程，就先从唱圣诗的部分学起吧。

见习生的生日，牧师夫人要给他一个惊喜，指示阿银做特别的面食，并且请她从古亭市场不要忘记带一把鲜花回来。

晚上的饭桌铺上了桌布，还拿出橱柜里的细致瓷器，窗缘的烛台特别点上两支蜡烛，代表二十岁。

见习生自己今天倒是显得很悒郁，打早上起到现在，情绪都还没有转过来的样子。

祈祷式之后，谢了牧师和夫人。

一人在外是否会感到寂寞呢，饭吃到中间，牧师这样问。

寂寞的感觉，似乎在哪里都一样，见习生回答。

人在节日应该高兴的，反而特别感到寂寞，见习生说。

可不是，牧师说。

这么好的二十岁的生日，为什么要去提寂寞呢，夫人说。

是的是的，牧师爽朗地笑起来，为每人再斟一点酒。

脸颊出现了红晕的时候，年轻的开始说到自己在南部的家庭。母亲是医生，父亲是教师，五个兄弟姊妹中自己排行最小。

医生和牧师经常同时出现在本地人的家庭中，它的根源在哪里？

同源了奉献的愿望，或者说，还遗留了人道或理想主义一类的心情吧。牧师笑着说。

其他儿女已各自进入适当的学科或职业，做教师的父亲向小儿子提出学习神职的期望。

阿银的手艺并不精细，但是烛光、美酒和良夜，三人的兴致都不错，甚至年长的也说出了自己的家世。

京城的世族，先祖辈曾在朝廷任职，有过显赫的日子。战乱频连，生活渐渐坎坷，家业也随之败落，民国以来，已经失去了旧日的光景。

父亲在战争中去世，母亲滞留家乡已十多年没有消息。上边本来还有个哥哥，不见了。

不见了？见习生说。

那是人人都会不见的年代呢，牧师说。

难得谈到这些无非是略有了酒意，微醺中，牧师挪开眼前的碗筷，腾出桌面一小块地方，用剥出了花生的壳子，在空地上开始排列出某种图形。

这是我们的旧居，他说，尽量让壳子连成直线，逐渐拢出四方的形状。

这是院中的一棵老杨树。他把一粒花生安排到方形里的一个角落。

这是父亲的书房，形内再放进另一粒花生；至于这粒我们起居的房间，则离高大的杨树不太远。

到了春天，树开出穗状的花，从窗口可以看见天井飘着满满的白絮。

人间沧桑，自己成了神职人员，少时立下的志愿倒是做一名闻名世界的指挥家的，牧师笑着说，一边把代表杨树和房间的花生都放进了口里。

烛光摇曳，一点风划动了帘上的树影，那则是一棵千层或尤加利。

念神学也不是自己的意愿，但是一向是听父亲的话的，见习生也说出实话。

那么，您也真正想做的，是什么呢？牧师用和善的眼光望着对方。

一名歌手，见习生说，旅行的歌手。

指挥家、歌唱手，或者神职人员，从事的其实都是一样的事，莫非想为人们带来福音罢了，只要您能看到殊途同归的效果，就会对现在的选择和情况感到心安了。牧师以长者的和蔼态度殷殷劝解。

严肃的话题说到这里为止。

生日快乐，来。

三人一同举杯。瓷器发出轻盈的碰击声。

窗外有深蓝色的天空，几朵浮云，尤加利树静立影中倾听。

点点树影摇曳。二楼的窗帘映出两个半身的人影，面对面的姿势。

据说牧师和夫人并不睡在一起，这是杂货店老板娘说的。

两个人白天在一起，到了晚上，一个上二楼，一个回教堂后的小房间。杂货店老板娘说这是阿银说的。

如果各有自己的睡房，那么出现在睡房的窗帘上的另一个人影是谁？牌桌上新起另一共同的话题。

有三种可能：

牧师与牧师夫人；牧师夫人与见习生；见习生与牧师。

各有各的睡房并不表示晚上例如兴致比较好的时候就不在一起。理学教授认为。

兴致不好也不见得不会去在一起。化学教授说。

夫妻分房有时反倒好。商学教授说。

可不是，每天从早看到晚不也真烦。法学教授夫人说。

而且如果真做亏心事，不会这么不小心把影子留在窗帘上。文学教授说。

讨论之后不能在另一个人影的身份上取得协议。读书人不好乱讲话坏人名节的，有待杂货店老板娘继续追踪，提供进一步消息。

阿银去牧师的房间清扫，拿脏衣服出来洗，在床头的椅上捡起牧师的衣服。去隔壁见习生的房间清扫并且也拿脏衣服出来洗，在床尾的椅子捡起见习生的衣服。还没走几步路，兜在手里的衣服就都混在一起了。

牧师和见习生的身材很像，从衣服的大小式样来分实在分不清楚。唯一的不同，是一种由年纪较大的人在穿，另一种是少年人在穿。但是阿银不是那种可以用感觉来辨认出衣服属谁的女士。

初夏的夜晚，当相思树的细密的嫩叶弥漫着细密的水汽，或者土堤上的空气流荡着花蕊的馨香时，年轻的男人的肉体就会发出一种植物性的浓荟的气味。

这一点，牧师夫人倒是清楚的。

衣服该放去谁的衣橱，只要深深一闻就知道。

修长白皙的手指寻觅着，迟疑地接触到彼此。抚摸每一节指节每一条纹路每一寸皮肤。指与指以十字的姿势交合，对贴起掌心，紧紧地缠握在一起。

去杂货店买东西回来，人人怨声载道。老板娘不知去哪儿了，留个白痴女儿看店什么也不知道。要这没有要那没有拿货的时候慢吞吞地爱理不理，找钱一副不情愿的样子，倒像是欠她似的，还用眼角斜看着。长得又不体面。这副德行难道生意不想做了吗？

老板娘去哪儿了？

老板娘看风景去了。

杂货店的后窗正对着教堂的楼房，如果把堆在窗缘的肥皂箱洗衣粉黑松汽水瓶等等推开，或者搬到底下去用肥皂箱来垫脚，就能看进去围墙。如果窗帘没拉紧，看进去看得清清楚楚的。

两人搂在一起。

亲眼看见绝对不是造谣，老板娘宣称。女士们把话传到牌桌上，仍旧无法在人身份上取得协议。不过此话的前半“亲眼看见”相信属实。

直性子的人看到什么就说什么的，老板娘又进一步强调。

但是，如果人身属牧师先生与夫人，这条消息则不具新闻意义。

依照老板娘给予线索，夜晚来时我们都一起努力。是的，留心注视帘上的人影之后，我们都同意它有拥抱的嫌疑。可是如果再耐心地看下去，又觉得两个极接近的人影与其说是在抱着，不如说是在跪着对望着对谈着什么的。

不知是因为白天说人闲话还是因为伸脖子踮脚看风景久了，到夜里老板娘就做了一个梦。

梦在火车上。两个人对坐。服务小妹提着大茶壶过来。

要香片还是要乌龙，小妹问。

白开水就好，老板娘说。

白开水是得付一样的钱的，小妹说。

你以为我会不付钱吗？梦中的老板娘也是很灼灼逼人的。

白开水就好。面目不清楚有点像牧师的男人中止了两人的争论。

小妹把滚水倒进杯子里。

手握着杯子。因为在梦里，所以不觉得烫手。

你的手为什么老是痉挛着呢？因为是在梦里，所以老板娘问出了她一直不好开口问的问题，一边把一块肥皂包好了递给他；现在梦境来到了杂货店。

被注意到手，接过肥皂前，他突然把它们长长地伸到她眼前。

这也是一双又长又白的手呐。

老板娘女儿白天在店里工作累了，晚上也做了一个梦。

堆满了货的储藏室。一双手长长地伸过来。从来没有接触过男人的身体，在货箱之间的阴湿的水泥地上鞭毛虫一样地卷起来。

吓人的喊声，阿银丢下手里的甘蔗，玄生丢下手里的毛巾，齐向大房奔去。

见习生跌坐在厨房的地上。

原是想泡一杯茶，手伸进茶叶罐却抓出一只活蟑螂。

很大的一只蟑螂，油亮的羽翼，两根头须令箭似的，玄生和阿银奔进时，还在地上用前爪慢腾腾地搔理着呢。见习生的手显然没伤到它。

男子汉怕成这个样子，杂货店老板娘说。

蟑螂是真大真大的，阿银说，像便池里那样的。

那么怎么会从便池爬到茶叶罐里去呢？老板娘本来的意思是想借此奚落一番对方治理厨房的能力，后来想起教堂的茶叶由自己的店铺供应，便自动中止了话题。

见习生倒是一句话也没怪谁。晚上因头痛没吃饭甚至没散步，留在自己屋里整夜没出来。

手里抓着一只大蟑螂。握着油腻的虫体。掌心有一样有刺的东西在搔抓。从指缝慢慢地滑挤出来，掀拍着翅膀飞起来。翅尖扫过你的脸你的颊使你骤然嗅到一股反胃的腥臭味。翻扑到你的手臂手背上，跌落到地上。

掌心始终有东西在搔抓的感觉（虽然蟑螂早已不见）。你捏紧手成拳，张开，捏紧，再张开，或者来回摩擦着床的铁架，还是去除不了掌心中的搔抓和挣扎。现在腥味沉沉地压在你的胸上，使你无法完全睡去又无法完全醒来。翻来覆去一再重复前边的手的动作。

天气已经开始燠热了。

脚步声停在门口，迟疑地举起手。叩门。

是谁？里边问。

轻轻的咳声，手握成拳抚在胸口。

门开了。请进。回身掩上门。

并没有给咬到，但是痛得很，不知为什么。

让我看看，牧师先生说。或者擦点红药水贴条绷带吧。

两人一同走向落地灯。牧师先生拿着见习生伸过来的手。看不太清楚。再凑近一点灯光，手托着手，一边用食指轻轻抚摸着痛的地方。

前边提到的窗帘上出现了两个十分接近的人影，是否就是这时呢？

手指轻轻抚摸过去，柔软的感觉，一过某点却会骤地刺痛起来，因此注意力放在寻找这一点上。

看不清楚，似乎没什么，但是的确痛。

集中久了，视线反而变得有些模糊。

唔，像是一小截刺，埋在了肉里。

牧师拿过来手指，放在自己的口里，用舌含着，用前面的牙齿轻轻咬压着有刺的地方。

无非是想用这样的方式把它压出来。

据说蟑螂的脚是有毒的，而人的唾液是可以消毒的。

第二天早晨牧师先生和夫人指示玄生和阿银把房子大清扫一次，先从厨房做起，务必各个角落都要照顾。

见习生怕的不只是蟑螂，还有蜘蛛蚂蚁蚊子蛾子苍蝇壁虎金龟子鼻涕虫毛毛虫血丝虫蚯蚓蚂蟥蜈蚣蛆等。温州街的虫类大约都在这里。

一看到虫，脸比女人擦粉还白，阿银跟老板娘说。脸本来就白。

真胆小，老板娘说。

至于温州街的其他人士，生活光荣地区分为白天和夜晚，白天工作夜晚睡眠完整，倒是绝对不会被蟑螂或其他什么虫类吓倒的。

白天对错两立真理分明，夜，却有点倏忽。我们观察等待教堂动静的时间，杂货店的小门开了，意外地出现了十八岁的女儿，蹑手蹑脚地带上了门。瞧她那副谨慎的模样，哪像个智能低弱的人。

女儿转身向巷头慎重地走去。空空的一条黑巷。连馄饨摊都已撤走。但是如果拉长视线眺望，那头电线杆底下似乎站着一个人。越接近电杆女儿落在巷面的影子越短。碎步声变成碎跑声呼吸变成喘息；拥抱是不能等待的呀。

回到前述的梦中。

人家说我是白痴。我怎么会是呢，真可笑，女儿说。是的，我知道，见习生说。

这些人，几毛钱的东西还要挑来捡去。女儿说。又爱讲别人闲话。

是的，见习生说。

讲你不少闲话呢。

是的，我知道。

因为箱子堆在周围，两人不得不低着头，这样交谈实在费力。

那双手又伸过来，蠕动着鞭毛虫的肉体迎接，但是中间始终隔着一吋左右的距离，使参与者的两方无论怎样尝试和延伸都无法接触到对方，精疲力竭。好在这只是一个梦。

在夜里楼房进行着怎样的情节，我们并不清楚，是从一些风吹树摇月移影动梦回耳语窃谈传说谣言来揣测真相。对于编织杜撰我们倒是兴味昂然孜孜不倦。综合讨论评议总结各种资料各方意见和观点以后，又能归纳出以下六种可能。

牧师先生和见习生产生了兄弟的情感。

牧师夫人和见习生产生了姊弟的情感。

牧师先生、牧师夫人和见习生产生了兄弟姊妹的情感。

牧师先生和见习生发生了不可告人的关系。

牧师夫人和见习生发生了不可告人的关系。

牧师先生、牧师夫人和见习生发生了不可告人的关系。

前三种附和了宗教的博爱精神为我们所赞扬，后三种我们在嘴上说不可能心里却巴望它们发生。尤以最后一种最被期待。

面对了六种可能，我们骤然忙起来，事情多起来，思考能力抖擞起来，精神面貌振作起来，每天时间不够用，从早上一下子就到了晚上。

麻将桌上话多了，单调乏味的日子有活趣了，日子变得紧凑了，真感谢见习生为我们带来了生活的期待和热情。

不过到了第二天，我们重新穿好衣服再具身份，便不得不把舌尖轻触到上颌，用泽泽泽的声音表示惋惜、责任感和严肃立场。

泽泽泽，这么标致的宗教界人士。

你看人人都把垃圾扔在外边，弄得一条巷子都是臭的。这个世界真是每下愈况了。

就是点了两盘蚊香也驱赶不尽，真是躁恼极了。

风扇嘘嘘地吹着，每转过这边，蚊帐就抽搐一阵。

汗流在榻榻米，翻滚搓揉几次，席子就变成黏答答的。

没有风，门关着。墙很高，阿银和老板娘两位无知妇女所知所闻有限，车夫玄生又只知洗车子，我们开始感到焦虑。

据说如果除去杂念集中精神全心全意地思考，保持意识高度清明状态，一段时间后，真实情况就会被召唤到眼前。世界上的预言家或先知所依赖的无非就是这种功夫。

我们可以试试看。

为了达到好效果，要早一点吃晚饭，让食物在胃中充分消化，洗个澡，使身体干净舒爽。然后要拒绝见客听电话看电视不受干扰。闭上眼，以洁净的身心进入聚神状态，通过前庭，从圣堂的边门——那总是因等待而开着——进入。从两边排列整齐的长椅之间往前走。

一个人也没有。马利亚在底端的一柱月光下俯视微笑迎接。

上楼。梯板轻微地叽吱。

举起手指。迟疑。叩门。

半掩的门开了。

是谁，是谁等在那里。

立着透明的身体。

睡衣的扣子解开，左手和右手揭开左襟和右襟，露出胸。闭上眼，让河流流过干渴的土地流过焦灼的肉体。

我们往上看二楼的窗，帘的缝隙之间透映了面对面的影子。

但是，我们突然记起前面说到的关于人的身份的三种可能；如果属第三种可能我们就应该下楼。

重新站在黑暗的堂室，你才发现黑暗原来是这么的纯净，一点杂质也没有。百合。空坛。从不遗弃和辜负你的马利亚的微笑。

马利亚，三个滚动着的半卷舌音，总是令你安心。

单调的夏日，冗长的蝉叫，蚊帐里一点风也没有。如果你不想学习牧师的兄长们为民族而献身，你就得为爱情而献身，不然你就会变成十大模范青年。

那么，就停止理论让手的动作继续下去吧：深闭的眼眶，滑润的面颊，顺着耳后的弧线（啊，这一段最是令人沉醉）到达颈部，浑圆的双肩略撑出骨形，修长的手臂还在茁长。来到光净的胸前，停住，手心贴着肋骨让手温透过以平息起伏。来到腹部，要在柔软芬芳的田野上踌躇，这里孕育着惊喜预测着幸福，充满了期待地引向柔嫩的鼠蹊。来到坚实如青树的臀部和腿部。沿腿侧的长 S 形的线条来到脚踝和脚趾。手掌先拂过脚心，手指再拂过脚趾，一个接着一个，并且要在趾缝之间徘徊蹉跎。

于是经过的地方都一一发出了呻吟。

在戒严的时代，你能做的是热情地投入爱情。或者幻想自己热情地投入了爱情。

坛台前的地板塌陷出一个大口；前边说到的地下室长年积水，终于导致了木板的腐蚀。阿银扫地踩在上边一脚落了空，木板断裂开来吃进了木屐。

差一点连人都掉了进去呢，阿银用手拍着胸脯，惊怕的样子和她前时谈到蟑螂时的勇敢大不同。

关于拆换地板的事其实早已提出，只是到现在仍在信件来往上耽搁着时间，总会的意思是希望能由团契自己负责。但是，传教士先生回信，本区教会属学区虽在信仰上真诚无须依靠发放面粉麦片为皈依的协助，在经济上实非殷实机构。总会则认为诚恳的信心正是无条件奉献的基础。这么一来一往在地板塌陷之时仍未达成最后协议。

就是无法完全翻修，这洞口也得先把它补起来。礼拜日聚会暂停。

脸色苍白神色迷惘，团契一停见习生就像忘记了我们似的，路上遇见时不记得打招呼。头发留得很长，衣着不整齐。是忙着什么呢？还是哪儿不舒服呢？大家在麻将桌上都很关心，怀疑他性方面过度。

只有恋爱中的人的脸才会这么白。众所周知当爱情像地震像台风一样地袭来，人是一点办法也没有的。

潮湿郁闷的夏日，停止在窒息的状态。

一点风也没有。

那只蝉在一个单音上持续鸣叫如精神病患者。

地板必须补好，大家都期待重回教堂。先是找来两个工人估价，都认为如果不全翻新至少塌陷的地方应该拆换，但是价钱都不低；不容易再找到这么好的材料的据说。

商讨了一阵以后决定不请人，玄生自愿承担修补的责任。

找来一块三夹板，切成洞的形状，把周边刨平像衣服补丁一样镶到裂口上，除了踏上去翘来翘去外倒也还能将就，当然要避免走上去。

礼拜天的晨会再开始，见习生再出现我们眼前时，他的脸颊陷下去了。陷下的地方峭出颧骨映出油彩似的红晕，黑眼睛里闪着忧郁又亢奋的光芒，挺立在台上，视线越过我们直望着镶着圣像的窗，以一种我们无法跟上的令人颤抖的完美的高音，唱出神爱世人的消息。

他的歌唱得真是更好了。

什么声音？沉闷的夜，突然传来某种声音。

我们从不同的睡姿里醒过来，不同的床头坐起来。小孩在哭喊狗在吠叫。哪家遭偷失火夫妻吵架，还是空袭警报又开始？啊，是的，必定是得着馄饨摊的报告司令部前来抓人了；我们为哲学教授担心起来。

从压抑着的胸里唱出来，坚持在一个音上。

无着无落的热情；等待着一件无条件地给出去的爱情；绝望的祈祷；自言自语；回潮的榻榻米；胶黏的肉体；郁闷的性欲；撕开胸，让热情从裂口挣扎出来。

汗湿黏黏地流下来。

情节僵滞，没有高潮出现的迹象。把脸贴在纱窗上探试外边有没有风。没有风。仰望钟楼寻找启示的征象，空空的黑洞。没有人。

千层树的叶子往往形成掌形的影子。阁楼的墙是白色的，夜照之下越倾白。黑色的手掌叠印在墙上，是你唯一能看见的。

九月天了还这么热，一点风都没有，站着不动汗也会渗上来。蚊子聚拢在你鼻前的纱窗前，发出翅膀一秒钟振动两千次的频率。伸掌挥赶，纱窗反弹。弄得你一鼻子都是灰。

雷雨接上台风季。风雨过后琉公圳浮起一截烂了的肉体，漂在涨起的水面上，大家停下脚踏车围着岸边张看，讨论是谁家走失了猫狗还是分尸案。

进行调查时间，天气终于凉快下来，天空铺出鳞片云，那种悠闲地迤逦在蓝底上的姿势，使你不再去计较前述一一事情是否都在教堂墙内发生了。

还是一件也没有发生。

穿着一身灰西服，草帽变成呢帽，父亲又出现在巷子。

为儿子提着箱子，站在门槛的这边深深鞠着躬，道谢，然后一前一后走向巷那头。

不知觉间，另一个黄昏又来到温州街。

在巷口停住了脚步，站在给夕阳拉长了的自己的影里，见习生跟来时一样地看过巷子，抬起了仍旧需要阳光的苍白的脸。

前述各条散步路线重新只见牧师一人的身影。有教养的京城子弟仍穿着极整齐的黑西装，极挺地走着。遇到你时，仍极有礼地问福，不由得使你想起了曾经嗫嚅跟在身边的见习生。

终究要等到人不见了还是出了问题，我们才能停止牌桌上的闲言闲语，转而赞美他，说我们是多么地喜欢他。

牧师先生的歌唱，必定是因为受了见习生教导的缘故，现在听起来却大有进步。

阴雨不久便开始，冬天随即到临，中间不留空隙。然后，听说夫人病了。的确，不见夫人你已数到失去了天数。

不但不见人，就是二楼的窗帘也不见拉开，不见了夫人的踪影。

照顾田的农家走了，稻子收割以后不再下新苗。接近大学文化区的土地由地产商看出即将到来的价值并且表示了收购的欲望。

关于夫人的病，你听到了以下的传言，夜里不睡站在卧室里，站在走廊上，站在楼梯口，站在坛台上，站在院子里，站在通风口。

这算是什么病呢?

纱窗后边你放下手中的功课，合上书本，左思右想，到底是故事的哪一个环节出了差池，使这么出色的一位女子失望了呢?

啊是的，你记起来，在他站在巷口，把夕阳带进来温州街的一时，因果种下了。

为了照顾病人，牧师先生倒是搬回了楼上。

地板继续塌陷。木梁也开始斜，究竟是翻修还是完全拆除，以建成像新的怀恩堂那样的猩红色的建筑或者干脆出手卖了，教会一时无法决定；这是可以吸引知识分子的重要教区呢。

考虑商量的期间，田荒废下来。小学生下课拥到空地挖出荸荠，油菜花自己撒种长得比人还高，开着一丛丛金黄色的十字花。

住屋的情况越来越糟，牧师先生和夫人必须迁出；一方面出于医生的忠告，一方面也是因为夫人不明缘由地打破了几面玻璃窗。

夫人生的是什么病，一时查不出，有待进一步的测量化验。但是显然病情加剧而不能掉以轻心。依临床经验，最好的治疗法是迁去一处阳光充足空气干燥流通的所在。是的，夫人此刻最需要的可能就是阳光。充沛的阳光，无所不在，一点影也不留下的阳光。

温州街实在太湿闷了。

玄生已经洗了几天车，空气里浸漫着肥皂味，飘荡着望穿秋水不见伊人踪影的弦律。

夫人由牧师先生扶下楼，因失去血色而失去了轮廓，使你不得不从记忆里找回清晰明丽的原来面容。

闪亮的轴条触着轴心发出节奏性的得得声，直到“自用”二字消失在巷的那头。

怕塌下来，大家的督促，钟被拆卸了。没有钟的阁楼变成一只没有瞳仁的眼睛，一张总是张着的口。麻雀开始聚集和逗留，在里面筑起了窝，黄昏时从城市的各处飞来，黑压压的一群又一群，在暗黄的天空中，绕着屋顶的十字盘旋。

窗没有补上玻璃，现在只留着木框，油漆剥落了。你骑自行车经过往上看，没风的时间帘静静地垂着，白色的缕花固定成静止的图案。有风的时候帘抽打着框发出裂帛的声音，像被窗里一股无形的气体吸进又吐出，一双无形的手扯进又推出。

十字花谢了以后长起了茅草，在你上学放学的不知觉间蔓延和蔓延。

阿玉阿玉，你又忘了把周记本放在书包里了，奶奶呼唤着。

你已经快骑出巷子，一转头，看见茅草长出茸茸的花穗，已经占据了整片田。

风吹过不再像从前掀起柔软的波涛，却在草秆之间呜呜。风大的时候被遗弃了的田就会发出一片长长的呻吟。

取代了琴声钟声和歌声，这草上的呼声成为你常听见的声音，在你半夜醒来的时间，忽高忽低忽起忽落，忽远忽近，如同双重唱中的陪衬唱，悲喜剧中的诵吟，陪伴你走完整个的梦程。

茅草从田的边缘穿过墙底长进了教堂的后院，楼房继续腐蚀，圣堂的前后门都上了锁，以免有人进入发生事情。未成交前的房地产暂时仍由玄生看管，三轮车倒是卖给了隔邻的防务部某主任，仍由玄生充当车夫，保留了自用两字，车身仍旧擦得雪亮。在主任没坐牢前。啊，是的，后来一天黑色的轿车终于来到，本以为给盯踪调查的是哲学系教授，原来其实是防务部主任呢。

杂货店老板半身都不方便了，老板娘照顾丈夫，店就由女儿接管下来。本以为是白痴的女儿把店收理得井井有条货办得样样齐全，生意自然更兴隆。

女儿没结婚，自己一个人，剪着很贴的短发穿着时新的衣服，倒是保持了从眼角斜看你的神情。在甬道上点查货品时，鞋跟铿锵打在拼花塑胶地板上。你回避在甬道的这头，想起很多年以前，走路一点声音都没有的牧师、牧师夫人，和见习生。

故事进行着，麻将牌打着，梦做着的时间，被忘了的阿银的七个女儿长大了。想不到个个出落得有模有样。年长的垫下基础其余的先后跟上，姊妹们互相扶持精打细算，个个手段高强。大楼终于在厘平了的教堂和稻田的原址上建起来的时候，七人和杂货店女儿商量，合伙买下了面对罗斯福路的整段楼面，以为新成立的合资实业的地址。

铺上光洁的大理石地，装上晶亮的落地长窗，楼面高耸，镶上金底金字的招牌，是为八杰公司。

原载《联合报·联合副刊》，1991 年 1 月

夜煦——一个爱情故事

从前有家戏院叫红楼，在城西南边缘接近河的一条街上，平日演的是评剧。你知道，那时候还有地方演评剧还有人看评剧。

一个小男孩住在城的这一头；一天家里来了客人，吃完晚饭以后说是没事就去看戏吧，就一同带着坐上了三轮车，左弯右弯地经过了很多巷子和很多街市来到了红楼前。

多么美丽的建筑呀，青色的屋瓦，金色的檐廊，红色的柱子，晶亮的灯，五彩的画片；穿漂亮衣服的人们拥在门口，正等着进场呢。

牵着手走进了里边，找到了位子，都坐稳当了，小男孩在大人的膝上兴奋地等待着。

灯光终于暗下来了，幕向两边拉开了；华丽的道具和背幕，笛子吹着，胡琴拉着，人穿着锦缎戴着珠簪挂着翎毛令旗在台上团团地走。小男孩看得高兴极了眼睛里都是亮光，看得不知不觉地恍惚起来光点上下飘浮起来眼皮瞌起来了。

像是睡着又像是醒着，耳边响起了一个声音，从遥远的什么地方传过来，细微的女子的唱着的高音，始终婉转不失去在你连续的睡着又醒着的时间，仿佛在你的耳旁一只温暖柔软的手，贴近过来在迷了的黑路上，搓抚着你的发你的额你的颊，带引你回家，使你安心地熟睡了。

进去就睡着了，什么都没看到呢，后来大人说。可不是，记得的呢，小男孩说。

不记得台上有什么只有红的黄的金的颜色，也不记得演了些什么只有颜色不停地闪来转去。可是在昏恍中你听到一个清楚的唱着的声音，唱得这么婉转动听，一直唱进了你接近了梦的心里。

为了治疗焦虑症，医生建议我遵循的事项之一是避免五点左右的下班的人潮。因此每天这时候我常在办公室附近的一个公园逗留一阵再回家。

我经常沿着一个小湖走。天暖时湖上游着灰颈绿翼的野鸭子，天冷湖结成寂寞的镜片，孤立着几枝没有完全没入水里去的枯枝。黄昏到夜来前的一段时间水色最是暗淡，这是因为周围的树林挡住了西去的天光而夜又还没有走到顶上的缘故。然而这时林的背后往往升起一片艳红的颜色，像似整座城都烧燃起来了。

包围在外侧的城市正飞嚣着各种声音，经过树林的过滤传到湖边变成阴沉的隆隆声，似乎某种危机正窥伺着合适的动机。

天色慢慢暗下来，林后流窜着游火似的车灯。我沿着水边的小径，穿过矮树林，掠开挡过来的细枝，数着自己的呼吸。听说呼吸系统和神经系统是相连的；呼吸控制均匀常能带来心的安宁。

当我踏上习惯经过的一座拱桥的时候，从桥的那头，淡青色的新月底下，一个人的半身出现了。在我看到的一瞬时，突然我觉得它是熟悉的。

我在桥的这边停下来。

一步步往上踏出全身的形状；穿着看不出颜色的宽外衣，低着的头和颈肩和似乎是放在口袋内的手臂接连成一个轮廓，移动在夜来的光线里在桥的地面却不投落影子；模糊暧昧的形状与其说是身形不如说是就是影子自己吧。

我停在这一头，努力地在脑里搜索，是哪个时候它曾和我一同经历过生活呢？几分钟以后影子来到了身边，停下来，抬起脸，露出了笑容；啊，可不是，果真是我二十多年不见的一位少年时便认识的好朋友呢。

夜的降临使林内的空间开始完整，亲切地包拢过来。我们坐在长椅上谈着彼此的和熟人们的近况，过去的时光；重见使我们都欢喜极了。

我问起他来这城市的原因。

啊他说，是为了一场演唱会呢。

老远从外地赶来只为了场演唱会，我这位老友对文艺的兴致还真不减当年呢。

在一间中学里举行，不知熟不熟地方他问我。我请他再说一遍校名然后跟他说大约是知道的。

他撩开外衣，从前襟里层的口袋拿出一张折叠着的纸。

这样的光线实在看不出究竟是什么。他把它平铺在膝上，手伸进另个口袋摸索出一个打火机。

小小的火苗在黑暗里点起，摇晃着，照亮了合拢的掌心。

一张剪报，印着一位女子的半身照。这必定是过去的旧照片拿来重印了我想。你知道就是那种五十年代打扮，明星样的笑容，手弯成优美的姿势搁在颊旁，专供签名登报放在照相店橱窗里给人看的艺术照之类的。

火苗摇晃。我侧过头，吃力地在说明了某某名伶复出登台的消息的后边找到了演出地点。没有错，我知道这间学校在哪儿。便告诉他大致的方向，坐公共汽车该哪一线哪一站下，以及如果想乘计程车的话大约是多少钱的路程等。

我的朋友谢了我，熄了打火机，将剪报重新折好放回原先的口袋。

他不急着回旅馆，我也不急着回家，这夜的公园也不急着坐久了就要把你赶出去。重见很难得，有整个的夜可以卷裹起来如温暖的旧毯；我们都不急于起身穿过树林进入城市。你不急着做这做那进入外界投入人群的时间，时间就会停止，行动年龄及时间在这样的时间都会失去意义。你可以把它从不断往前走的时间里剪出来，像一张图片，放在口袋里，随时拿出来看一看。

这样的时间，我的朋友告诉了我关于这位女伶的一个故事。

对于这位女伶，我的朋友说，从小我就有一种莫名的向往，偷偷把她在报上的照片剪下藏起来。我说偷偷你也知道不好好念书去剪什么女戏子（为什么要把人叫作戏子呢？）的照片铁定是要挨骂的。你也许不会相信我说的觉得小孩子哪会有这样的心思，但是的确在我七八岁的对所有其他事物都蒙盹一片的年龄，唯独对这位女伶认真地留意了起来。

我把剪报夹在一本笔记本里，大人不注意的时候就偷偷翻到这一页。从外表是看不出的；你坐在角落看笔记，这么安静又专心，大人还以为你在念书呢。你知道这位女伶年轻时是多么漂亮的人物，何况评剧一上妆——那种头饰那种绚彩那种光华昳丽，真把你带去了另一个世界给了你另一种讯息。上课的时间，做功课的时间，准备考试的时间，或者其他我们现在称之为挫折或不被了解的时间，翻到这一页；你知道她那时是红角，报上常追踪消息，这一页的容颜也常更新，翻到这一页——回想你在生活中自幼稚园起就要参加智能测验唱游表演识字比赛要学拉小提琴弹钢琴跳芭蕾加入市区少年交响乐团绘画组体操队在校表现不得输过某伯伯家的小二赛跑比赛不得落后某阿姨家的张三前三名代表校际辩论团科学天才奖联考第一志愿博士及后博士大奖及小奖十大优秀青年国际级学者行政部主管内外销经理跨国公司总裁家庭与事业兼顾的强人等等种种驱策你做一个好儿子好学生好丈夫好公民的缝隙，翻到这一页，和你母亲你女校长女太太的脸极不一样的脸，这么温柔和气不要你做这做那出人头地百尺竿头再进一步地微笑着，枪林弹雨的冲杀途中突然出现屏障，你赶紧闪躲到后边；至少你可以喘口气了，在没有被再一次掷入战场前。

我把集下的剪报都贴进一本本子里，放在抽屉的最底层，像别人收集三国演义桃太郎无敌铁金刚一样，成为离家出走就必定想着要带着一起走的东西。

随着剪贴本的变厚，时间过去。一年春天的某天，报上登出这位女伶的结婚的消息，并且配上了大半页的照片，正红的她在事业的高峰突然嫁给一位大她三四十岁的过气官僚，退出菊坛，入隐到南部的某城乡，经营果园去了。

我把图片剪出依序排列，想找出这位男子的连贯面目。你知道新闻快照实在显不出什么真相，何况那时的报纸印得也不及现在这么精美还有彩色，一张张只是黑白颗粒颇粗糙的模糊影像罢了。关于他的过去，据说曾经是个统兵治政的豪雄人物，因为派系倾轧卷入政治斗争受人排挤暗算落得不得不退隐宦场大人说。你若仔细地看，倒也能从模糊的眼目之间看出的确并非等闲的气度呢。据说丈夫对她曾经十分地爱慕倾心，郁闷的退隐日子经常便衣微行，在戏院的一个不注意的角落观赏她演出以为唯一的慰藉。直到前一位夫人去世又经过一段苦苦追求打动了她的心，才终能娶到她的呢。

已经算是不错找到这样的归宿三年两载人老珠黄戏子有什么前途大人说。

消息少了下来。除了文艺版一小段报道她如何参加某某慈善义演之类外。艳美的剧照也为家居照所取代。其中在某湖水上划船的一帖，还记得是并肩坐在舟中吧，丈夫的手臂拢过来搭着她的肩呢。

还真新派呢大人说。

笑起来的双下巴使她看着像个家庭主妇，是我以前所不见的。

我想确如众人所说，她已找到了适当的归宿。

时间继续过去，不料退隐生活遽然生变；果园经营失败丈夫被卷进一件票据纠纷里。据说是靠了他的旧关系还是她的旧相识才能免除牢狱之灾；据说真正原因其实是为累积资本预备东山再起不料时机不与仍旧一败涂地但是据说倒也实非单纯仍是政治暗算旧敌见不得造化再次设下陷害圈套务必要再接再厉使其万劫不复没有翻转的余地。

然而岛屿无法提供某种大陆性或寒温带性果实的生长

环境，或者还是因为这是首次试种，还未能掌握陌生的生态条件据说也是一项原因。你知道这类水果在本土生产是要到六十年代末期才试验成功的呢。

没有人知道真相是什么。

她的消息更少了。然而我仍注意着报纸；这是我和她保持联系的唯一的媒介，无法预期不可信任每天让你失望又让你希望。你今天在捡起报纸打开报页一眼看过各条新闻时失望，同时又马上对明天当报纸从墙外扔进前院从水泥地上捡起的那一刻寄满了希望。

消息没有了；消息愈来愈热闹；甚至除主报以外还出现了增刊或号外——

就在这时刻，突然爆发了一件重大的匪谍案，主角竟是久已隐名了的她。

据说是藏伏的特务便衣地下行动人员第三国际间谍网的一部分控制长短波通讯中枢输送密码谍报挑拨离间策反分化煽动适与敌人兵运阴谋配合制造变乱发生动摇以利敌人多年潜伏密藏叵测祸心终于在这胜利在望的时节暴露了卑陋的身份，和另一长期乔装成胡琴师的匪谍畏罪逃亡了。

突然以匪谍的身份再现是多么令人吃惊。你的脑里只有前边这一段报道不断重复出现在你上课的时间下课的时间考试的时间吃便当的时间和人讲话的时间做练习的时间等公共汽车的时间。你一直不断地看到这一段报道像重放的一节电影重复地从眼前走过：

匪谍畏罪逃亡

匪谍畏罪逃亡

吊在公共汽车卖票亭的屋檐的铁丝上的一排的早报晚报新闻杂志和地摊上的一排早报晚报和新闻杂志和书店里排成一排的早报晚报和新闻杂志重复报道。匪谍是獐头鼠目的在脸的正中央用橡皮印打一个“匪”字的人，怎么能和这么好看的女子连在一起呢？

逃亡带来神秘感。这是人常常在突然间就不见了失踪了再也没有回来从世界上消失了的年代。你还记得那位长得很瘦白的夏天爱穿蓝色短袖香港衫口袋里插一支自来水笔的训导处的施（还是石？）先生，你迟到了就叫你快把自行车放去车篷悄悄站去队伍后头别出声，不像教官躲在门后逮你像逮贼一样用两个指节反过来扣你的后脑勺。你还记得那位女体育老师看你害怕跳木马翻单杠就让你在一旁看，不像别的体育老师硬把你逼上去。你还记得那位白发早生的音乐老师上课时带你唱现在才知道原来是抗战救亡歌的例如东北在松花江上等（你也才第一次知道中国人唱的国歌并不是都一样的，以及“起来，不愿做奴隶的人们把我们的血肉筑成我们新的长城”的这样的句子）。

你还记得小黑的叔叔念公立医学院的很会吹口琴的。

你还记得菜头的哥哥去他家常讲故事给你听的，一天晚上和几个朋友聚会由穿土黄色中山装的人敲门搜查带走就再也没有回来。你小时候觉得比较和气的师长和对你比较亲切比较好的人，后来都不见了失踪了再也没有回来从这个世界消失了。

秘密任务是什么呢？代号是什么呢？以怎样的方式来进行工作呢？怎样掩藏呢？果园里是否有一间地下的密室，从密室发出神秘的长短波呼号，在彼岸的某处被接应到？

呼号的内容是什么呢？接应的人是谁呢？那位长期以胡琴师身份出没的是什么样的人物呢？

从哓吱哓吱嗑瓜子的口唇吐出意见纷纷落在牌桌盖过了嗑瓜子的以及洗牌砌牌出牌的声音。你假装有事在麻将桌的周边绕来绕去虽然你是顶恨别人打麻将的。

倾听。

据说是化装成老夫老妇逃出海关先到日本经过韩国转入内地；据说由美国人支持在南部某基地直升机空运；据说买通海岸渔船航至海上趁大雾由那边派军舰接应；不是乘船是藏在货柜还是邮务箱里；不不是藏在邮箱是藏在冰箱你知道就是那种舶来货大冰箱据说可以坐进五六人由接应人员乔装货运工人夹带运走。据说早就是地下党员潜伏在娱乐界红伶身份掩护行动哪是真结婚据说丈夫是那边策反统战对象谁料东窗事发真相走漏不得不临阵逃脱。据说退隐生活寂寞丈夫年高体弱乘虚而入干柴烈火一发不可收拾老夫少妻婚姻的必然下场。各地都设有联络网幽会站呼云唤雨奈何不得然而陈仓暗度并非一时早就关系暧昧呢。

想当年北平百花园搭档演出还记得电气灯下两人并排特写相片多少风流。还是程派嫡传二弦拉得第一把交椅拉到那节骨眼上就说锁麟囊的几段过门吧可也真是如泣如诉柔肠寸断叫你几天都忘不了呢。

这件案子牵涉进不少人，一连被调查约谈质询被捕下狱。城市哗然，岛屿轰动。几乎每个人都是目击者如果不是共犯，因为每人都能提供以上各种不同的细节内幕过程前因和后果。年轻美丽的她的照片重新出现在每种新闻媒体上，盈盈地笑着，迎面而来无论你走到哪儿。连她小时候的照片也都给翻找了出来，一篇篇一张张一页页的报道随谈杂文忆旧告诉了她的身世是怎样地从弃儿变成了首席红伶。重新翻究出来的过去唤醒了填补了我们平日不曾留心的对历史和时代和对她的了解。

然而不加隐瞒地以全身走过眼前，她是在向我告别了。

没有人知道真相是什么。就像我们前边所提到的曾在童年或少年时为我们留下深刻印象的人物，她也失踪了不见了消失了。

很多年过去了。再接上她的消息我已经念完书，在某地工作，成为成人世界的一部分。

无意的心情，偶然的机会，在一个供阅读的地下室，关于她逃亡的事，被世界遗忘了的十数年后的一个被遗忘的角落，突然以现在时态重新轰然地出现在我眼前。

优秀的国剧艺术工作人员向往社会主义新中国认识到祖国英勇的革命过去和现在的光辉成果以无限的热烈的爱国情操和民族自尊心选择了光明大路，奔向祖国，投入自由平等温暖的民族大家庭。两位爱国人士将与英雄的中国人民在一条战线上同心合力贡献于重建中国的光荣任务为祖国开拓出繁荣富强美好的前景。在全世界正义人士的支持下，我们亲爱的祖国正如旭日初升红光万丈朝气勃勃地向着新的胜利的明日奋勇前进。

这是一张一九五五年十月一日的报纸，同日发生的大事还包括了：

首都各界在怀仁堂集会庆祝建国纪念。

北京少年先锋队入队。

上海举行世界和平示威游行。

山西中部碱化土改良成沃野山东潍坊市钢炉生产创纪录大同煤矿向机械化进军。

工农业总产值增长国营合作社营和合营工业在工业总产值中的比重升高。

高等学校增建小学教师物质待遇改进并且实行了公费

医疗和保险。

《中华人民共和国宪法》单行本开始发行新知识出版社出版《国际主义基本知识》及《淮河的改造》。

带着伤口从暗地里站出来，中华人民共和国正在成长。

也许是地下人员对国家做出了牺牲和贡献，也许是投诚在统战宣传上发挥了效用，无论真相是什么，两人似乎不但获得了肯定而且受到了国家的礼遇，一入境就被热烈地欢迎成一分子。

微笑的并肩合照，穿着朴素极了的人民装；这是我第一次看到胡琴师的正容。在逃亡的那一时，两人心中曾相互依恃的某种默契，说它是同志情感也好理想主义也好国际精神也好，或者如报道所说的爱国情操及民族自尊心也好，或者只是一种单纯的男女间的爱情吧，必定在那一霎时打出了灿烂的火花，照亮了他们所共选的将要一同前去的道路。

这种服装里的她对我来说有点儿陌生；我的印象停留在曾经穿着华丽的戏服，扮着靓美的样相，唱着天使般的歌声的许多许多年的以前。在报上总现一次临别的身容的那一时，我已接受了她的告别。

本以为再也见不了面，现在在苍青（一说起“祖国”这样的词汇我们眼前都会出现的颜色吧）的背景中，我看见她举着荣耀的双臂向我挥着；重逢了久失去的老友似的，我生出了遥祝的心情。

从低于地平线的地下室你可以看见窗外山峦随渐远去的距离而叠落成层次渐起伏的绿色线条。似乎有轻烟从地里升起，淡化了山脚的色调。曾经黯淡着私奔事件的传闻谣言附会诽谤中伤，一一飘浮过温暖而宁静的窗前，消失了。

听说红楼后来改建成舞厅又改建成电影院。后来又改建成观光理发院又改建成粤菜馆。

（说到这里我们并没有忘记被遗留在故事前面的丈夫。据说一个人寂寞地生活了下来，去世前的几年皈依了宗教。你若曾看见一位身穿深色大衣踽踽独行在山路上的，或者合着双手静坐在山顶教堂的长椅上的老人，便是他了。）

那西南城边近河的一带，现在还是一片沼泽水田，种植着稻米和油菜。栖度着白色的候鸟么？

等车赶车上班下班每隔两小时喝一杯蒸馏水十点钟及三点钟各一次茶或咖啡（如为后者则加一勺糖及一勺奶精）。每日必要行动包括盥洗、睡眠、化妆、用膳、来往交通等。行有余暇休闲时间则包括看电视电影郊游购物打麻将等。既然成为成人，城市两百万市民的轨道自然也为我所遵循，不出于其外。你知道人可以借参与行动与众人打成一片而满足于起始是多么抗拒的事；而且一旦习惯及满足也就不会再记得曾有过的抗拒，真也不能不算是种幸福呢。

生活往前进行，规律安定又进取，一天过去一天。一天名伶和胡琴师的故事再生变化：身为国家最高文艺工作者的两人突然以“国特”和“名伶”两重罪名受到点名批判，职位马上被剥夺不消说，公审立即进行，经过了一连串批斗以后被送去了北部边疆。

这是大事件丛丛发生在中国的年代。前述消息以普通字体出现在报纸的一角一天便过去；众多资讯中的一条没有造成许多年前岛屿和大陆曾共有过的轰动，也许除了我的注意以外。

报纸看过又放下，一个故事存留在心底。也许是年龄渐长也许是感官退化，我的注意也没有引起能和少年时相比的那样的情绪。你知道你一旦成为社会的一分子众人的一部分便得巩固企业接受体制发挥团队精神掌握主动创造不可三心二意自成个体或感觉；无关的事必须被抛弃或遗忘。你加入时代的巨轮培养知与爱和大家一同进入健康快乐写实正面肯定人性热爱生活的风格，不得荒谬失落孤寂虚无和现代（因为，据一位著名的中国当代作家说，这些都是外国人的东西，中国社会不具备产生这些情绪的条件）才能成为主流的一部分。你理直气壮意气风发力斥异端咄咄迫人以正确而坚定的意识设下最高发展指标成为计划中心主持公司总裁业务总代理预算的总策划诺贝尔文学奖的候选人直到有一天，在电子表闪过午夜三点，你发现自己还在思考前述种种论题，与自己还是某个设想的对象不停地纠缠讨论，中了魔一般时，才明白自己是已经患上了失眠症。

暗里你睁着眼。长方形会议桌排坐着一张张脸；一张张嘴开合。问题还没有谈完方案还没有拟好明天那件事还没有决定最后人选。嘴愈动愈快脸愈转愈多声音愈来愈重复重叠没有抑扬平仄顿挫听不出来源以高成长率为基础设计制造百分比试验倾销拓植开创高领域新境界。没有声音的声音的音量愈来愈提高；知识分子的职责社会的进展文化的传递中国的前途人类的希望世界的未来直到你的头像陀螺抽转，愈转愈快愈紧你回想念学位找工作结婚成家定期检查身体开车小心单行道的方向早晚各跑步一次各吞多种维他命一粒及各刷牙一次（务必记得用防龋剂）不喝生水不吃加工肉类漂白鱼丸污染贝壳类及油炸速食品的原因无非都是希望每天都能活得好好的。要是明天或者就在这样说着的时刻地层因地下水抽用过伤而遽然下陷；核能厂失务失控核气核水外泄人体骤然变形腐烂；高速公路无穷延伸林木倾倒旱涝侵扰水土涵养失调灌溉系统破坏；大量使用肥料及杀虫药使青菜生果都成为含毒品，化学药剂浸染造成生态不平衡出现怪病；毒废料储存造成水污染土污染兰屿和绿岛成为荒岛；重金属沉集海域使水产生物灭种；

滥捕及追杀野生物使鸟兽渐趋消绝；氟氯碳化气体无穷上升使天空出现黑洞；气温层热化使冰河融化水源蒸发世界成为洪国和炙土；人类因贪求无厌滥用资源毁坏资源终于就要被地球遗弃在另一个传染病、大饥荒、洪水及战争及冰河期以后，从旧石器时代重新开始，这一切行动不就都是白费了吗?

你知道核燃废料装在大筒里储存在海底不断阴沉地发出辐射能量几亿年都不会分化消失。有一天等容器被盐分浸烂或者因地层骤变而破裂，这全海底的核废料不就要像噩梦一样地溢出并且飘浮上来吞蚀掉所有人类么?

暗里你睁着眼，一个问题出现导引出下一个问题；一个句子引出一连串句子。你没有声音地精疲力尽地在跟自己还是一个假想对手在进行讨论，愈缠愈深两眼间的肌肉愈抽紧。救护车的警号由远而近鸣放出二次大战纪录片中的盖世太保的警车的声音向这个方向驶来，邻近的一条巷子转弯，进入你的巷子，在门口停下，肃静（鸣声更冽了）——但是你怕什么呢真是的，战争不早已过去了么?这也又不是捉人的警车；这是救护车呐，何况又由近载送一个急病病人而远了。

于是对话重新开始，继续昨天晚上（现在已是凌晨）的话题。嘴围拢过来，钢牙不断地切磋黑洞不断地开合。但是而且实非并非而是仍是所以因为无论反正既然从这样的观点那样的角度事实上换句话说假设主张提出呈现坚持努力争取，直到你完全亢奋从床上翻起对你自己你对谈的对手还是对面的墙壁大声说停止停止快停止！

你试一些别人告诉你的方法，例如泡个蒸汽浴后看点书；书里的故事已经结束却在你的脑里不断继续发展下去。你试着躺在地毯上听一点唱片；音乐跟你站起来到床上仍一直不停地播放最后一个章节。你从晚饭以后开车开到午夜；从你两眼的中间伸出没有尽头的公路向无底的黑茫的前方飞去。

你开始被叫进老板的私人办公室因为业务报告的数字持续出现错误。

你需要不需要一个假期呢？老板退下眼镜，关心地问。

你的太太威胁你执行男人持家的义务例如洗车修车修电器倒垃圾剪草参加公司周末聚餐穿休闲衣和邻居体面交谈等。

别人都做得的事怎么就你做不得呢？

可不是，真是的。你抱歉地说。努力用橡皮筋把垃圾袋扎好提起来走到楼梯一半的时候从底下破出来，秽物弄得一楼梯的。

可是你并不想这么笨手笨脚的，懒，懈怠，反社会，孤僻，大男人主义；只是没有人了解一天接着一天的失眠使你的手和脚都软了下来，摸到东西不觉得摸到了东西；

脚踏在地上像是踏到了海绵或泥淖；别人走在你的身边或者跟你说话的时候弄不清是自己还是别人是幽魂。

阳光也是暗淡的，不属于你的。

寻找治疗的工作也许不得不开始你想。

首先于是从街角的药店买了一种瓶装的上白下黄的成药。你向来不主张使用药物的。你认为一个人尤其是知识分子应该由理性的意志和力量达到掌握及决定自我存在的能力。一个知识分子应该是自己的心灵的主宰经由面对、投入、研究、并置、比较、分析、诠释、结构及解构等步骤来了解并且解决问题。你试了一颗。一点效用都没有。你加倍再试。似乎有那么一小阵恍惚。于是你按照瓶上成人一次服用四至五颗的指示服了五颗。据说一颗可以维持两小时的睡眠；十小时应该够了你想。你展平手臂按照催眠书的指示以最松弛的睡姿躺在床上开始计算每颗应发生的时效——第一个两小时过去，第二个两小时过去，第三个两小时过去，第四个两小时过去，第五个两小时过去，可以称为失眠的昨夜已经过去。

因为食欲不振你去看一个附近的医生，一位带着镜片略绿的金边眼镜的身材较小但是说起话来可能因为手势的缘故特别有权威感的医生，坐在巨硕的红木桌的那边（室内家具全由高级红楠做成）。面对你这边的桌缘放着一块镶在大理石座上的名牌，金光闪闪刻着医生的大名加头衔。

你坐在桌的这一边，倾听神经系统与消化的交互作用。金块闪烁。你不得不侧一点头，颈子弯出近四十五度的角度以避开金光不断射过来。（你必须来一次付清一次医疗费。）

你再去看另一位朋友介绍的神经科名医，在市区的某一条街上。你推门走进等候室觉得安静极了，原来一屋子的人都在聚精会神地看着一架黑白电视机呢。视像和配音因飞机时时低飞过屋顶而中断，转成疾雨似的黑白线条发出连续机关枪似的达达达。连坐的地方都没有你只好站在去厕所的过道上贴着墙，等一位精瘦的护士来叫你的名。后来之所以没有再去，是因为就是连被叫进去的治疗室内也挤满了人。你怎么能在这么多的陌生人的面前谈失眠呢?

不睡的夜你来到一个荒野。

地是黑色的，像军队撤离走后的焦土，一个人也没有。可是你对自己说这很熟悉的，是什么时候来过的呢。你看见远处的地平线上矗立着一幢黑忡忡的建筑；你迟疑地走过去。在较近的距离看出它原来是座戏院呢。你这才发现原来大家都来了呢，包括了你的熟朋友老同学失踪了的施先生音乐老师体育老师历史老师小黑和菜头的哥哥叔叔伯伯以及其他据说都不再回来的人们。原来大家是都聚到了这儿，等待着开场呢。

有时候，那建筑通体亮成艳红的颜色矗立在焦黑的土上。人体密密麻麻扭动像一缸蚂蟥在暗水里钻动。

你有点怕起来。

就是没有救护车和警车的鸣叫你也怕起来。

一点声音都没有。

从心里的某个黏湿的角落爬出来，惶惶然的。

你劝慰自己：怕什么，有什么好怕的，无论这个晚上多么沉重，明天太阳还不是照旧升起。

什么声音？有人走进了屋子？阳台的门没有关好？后门的锁扣扣上了没有？

不不，不是人，没有人，是抽水马桶在漏水；管子一个地方松了，关不紧水源，从上礼拜开始就在漏你忘了？

有什么在啮着屋梁，嘎嘎的声音叫你整个牙床都酸麻起来。接近天花板的地方。你蹑着手脚走到声音的下边，仰起脖子。倾听。

不是，不是在天花板上，倒像是在壁橱里，壁橱的顶端什么地方；你慌起来——

衣服都沾到了老鼠屎可怎么办呐。

你用力敲着橱门，咬啮似乎暂停，可是一停手，嘎嘎声又开始。

你找来一把雨伞，拉开橱门用柄击打着顶。上层的东西翻落在你头上，灰尘落得一鼻一脸的。

慌着什么呢你责备自己；一个人若是具备了学位职业

家庭地产存款股票股份以及前述列举十大优秀青年或好国民的条件还怕什么（包括老鼠在内）呢？

咬啮的声音没有了；一小时前的拍打壁橱的一幕已成过去。现在是五点过五分，天已朦亮，能称之为失眠的时间已经过去。你拿起桌上的昨夜剩下的牛奶，还没喝到口中，拿起的动作已成过去。你放下杯子，站起来，坐在椅上的姿势已成过去。每一时都在这一时成为过去。电话铃突然响起，撕裂凌晨的宁静。（是谁这么早打电话呢？）响到第十二次，十一次已成为过去。（谁这么耐心地等在那一端呢？）

你不断加入行动，每个行动在行动时就已成为过去，多么令人恐惧；你不加入行动，一回头，什么也没做，一片空白，空白接续着空白，也一样叫人恐惧。

人为什么要出生呢？做只没有意识的猫或狗不是比做人要轻松得多么？

你小时候看到大人的种种谈话举止作风气质在心里对你自己说等到你长大了或者你的下一代长大了世界就会改变的。等到你长大了或者你的下一代长大了并且逐渐取代了上一代的位置，而在虚名好利幸灾乐祸说闲话嫉妒虚伪贪婪乡愿等等各方面和上一代人完全一样，你才明白原来世界不是那么容易就能改变的。

医学上关于恐惧症有这样的记载：人遇危险产生心跳

加速血液加快自然反应是为惧怕状态。惧怕着想象的危机例如惧怕开放的空间封闭的空间怕人怕光怕虫等是为恐惧症。恐惧症暴露了隐藏的焦虑以及对某种经验的不愉快反应。诸如食欲不振失眠急躁或懈怠不起劲思想不集中时时想着老鼠蟑螂蝗虫人等均为不愉快经验进入潜意识以后的以另一种形式再发的表象。

医学上关于焦虑症有这样的记载：焦虑为恐惧状态的一种或者焦虑即为恐惧。人遇危机产生自然生理反应但反射机能无法在物理危机和社会危机之间做一区别。因此在工作财务婚姻等方面出现困境例如在电梯内遇到上司或仇敌生理也会做出例如人遇野兽时般的心跳发汗等焦虑反应。反射机能也无法在真实危机和非真实危机之间做一区别。现代生活真实危机和非真实危机俱存并且非真实危机的真实性往往比真实危机的真实性还更具有真实性。因此当真实危机例如因老虎出现又消失而消失时，非真实危机所产生的焦虑却是非过境性的、随时随地生出的、无法解释的，即发的、常发的、持久的、复发的。

关于名伶与胡琴师的被批斗，据说在一次公审正进行时，站在台架上的女伶忽然失去了记忆，无论追问什么都回答不出来，不要说做过的事，就连自己的名字年龄性别都弄不清了。大家以为她装傻，愈是加强了处罚，却愈是觉得她简直回到了几岁小孩子的地步，什么巧刑都使不上了。出人意料的发展使批斗不得不暂缓，倒是保全了一条性命。当胡琴师提出自动遣送到东北边疆的请求时，也就顺利通行了。

关于失忆症医学上有这样的记载：记忆储存在人脑中有长期及短期性质。大人不记得小孩子时候事情却能记得以后或就近新近事情以后不记得就近事情却记得小时候事情。以后有时也有记不得小时候以后或就近新近事情也就是过去这时和以后或将来发生过或者将要发生的事情。发生这样的事情就叫作失忆症。

一律都是黯淡的记载，多么叫人焦虑和恐惧。

只有月亮堂堂地照着，照得你一身透明，融入透明的周围，成为青白的光体。

不眠的夜，天空也是醒着的；从午时的幽盹逐渐通过各种青紫色系而进入其他光色。我们常说黑夜黑暗的夜黑漆漆的黑摸摸的夜伸手不见五指鲦黑的夜黶黑的夜等等，其实说的都不是实情；夜是光亮的。这光亮的夜无非是个被人遗忘了忽视了的极其自然的现象。举个简单的例子，例如我们晚上一关灯什么都看不见，但是稍等一会就慢慢又能看见甚至比白天还更清楚了。不见与见是人眼的适应问题而不是夜的明暗度发生了变化。进一步解释，如果你能牺牲一个晚上的睡眠坐在窗前观察夜的进行，就会发现夜不但不是黑色的，反而因不同的季候与时态而且具有着不同的大致以红色为底的各种色调；夏夜常近缊红，秋夜常近青红，雨后常近绛红，雪霁常近胭脂红。有月的夜则转为蛋青，青中泛红，朦胧中见眩光，桌子椅子杯子盘子发出一圈晕轮；你伸出手臂和手掌，每条白天看不到的掌纹，都怵怵地显示出来了。

失眠是件隐私，的确，当那位名医殷殷追问原因而在众人围观之下无法答复的时际，我才明白这道理。设想在一个社交场合，大家都在手执饮料谈笑风生的时刻你突然不知怎地冒出了“我失眠”这样一句话，猜想一霎时全场都会肃静下来，大家必定礼貌地收敛起笑容搁下轻松的话题放下饮料（或者拿低一些），换上严肃的表情说，啊啊是这样的么？然后以关怀的眼色和同情的口吻询问你原因是什么呢？我能帮点小忙么？你环顾四周才发觉自己说了多么不识相的话。你要是愚蠢到真的开始滔滔说起昨夜纠缠着你的心思救护车的鸣叫马桶的水滴以及那只老鼠，那么全派对的欢快气氛就要被你扼杀尽了。

于是我离开众人，穿过市区，经过一条黑暗的甬道（多么暗的甬道呀）。空气糟透了；弥漫的碳气简直要叫人窒息。水浸在壁上蚀出黄绿色的走痕像荒古的洞壁，为了闪躲过来的车辆不得不靠着时，弄得一手黏答答的。车打高灯迎面奔驰，照得你眼花，喇叭按得你心惶（关于这城市市民的驾驶问题，不必多说你也知道，虽然交通处长部长市议员省议员都孜孜督嘱但是不但无法减速反而开得更快更抢了。当然，我们也都了解这个城市正以百分之七十五之GNP在成长核电厂已从五厂增至七厂还有三厂在考虑中。为了更美好的明天我们都必须抢夺时间争取时效付出代价）。

于是你尽量不扰乱来往的交通，紧扶着墙，留心泥泞里的步子，可别滑倒了，兢兢业业地走完甬道（多么长的甬道呀），来到乡野般的所在，按照一张字条（报纸的一角剪来的）和一张地图，找到了灰白色的房子。

从夹竹桃的径路往前走，经过种着月季玫瑰凤仙茑萝金线菊以及勿忘草的花园（盛开的夏花使你记起打着花阳伞的、吆喝着爱玉冰的，太阳下去以前都不曾停止过蝉叫的故乡的夏日——那里太阳几乎要到九点以后才下去）。

你走过这样的花园，踏上青花石板的台阶，站在门前。

因为你先打过电话，预料你会来，门自己开了。妇人正等着你呢。

端雅的年长的妇人，穿着浅绿底上有黄色小碎花的长衫裙，请你坐在洁净的客厅里。阳光落在你脚前的擦得很干净的金黄色的地板上，浅浅的尘埃在光里浮动。为你端来一杯热茶以后，坐在对面的椅子上。

据说是极有智慧的人，且有某种洞察灵视的能力，能够明晰过去现在和未来。

不管有关的传闻是什么，报道得真不真，反正已经不敢再去名医的诊所（那些眼睛总是跟着你），此外也有好一段时候没到乡下跑跑，吸吸新鲜空气了。何况这么和气的不催促的笑容，也是好多年没再见到了；简直要叫你记起小时候呢。

瓷杯上飘着白气，松软的椅垫印着热带的花卉，光亮却不燥热的太阳，缕纱窗帘轻轻拂着窗缘，波斯菊伸长颈子在窗外的院子里摇晃；这一切的以外，如果你眯起眼睛继续看下去，在浅黄色的土地的边缘，青烟似的抖动着的一宽条，便是海了。

这样每天看着海，不寂寞么，我问。

你学着看，便能看了，妇人说。

倒没有畅谈过去现在与未来，焦虑恐惧与失忆，只不过这样从客室的窗子望着海，在一种酣美的安静里，甚至有点儿酩酊，度过了一个愉快的下午。

不眠的夜，天空也是醒着的，同情的双臂俯瞰怀抱，伴随又支持，和你共守夜的时序。这是凶狠贪婪的人类沉睡的时间，生灵在一日的淫威后苏醒，摸索着复活的生机。你的指尖触到了它们，和它们并生出柔弱的共有的光晔。

你是不是向往着一座皇宫呢？另一次造访的谈话中，妇人曾经这样问。

当时有点奇怪，不知说的是什么。想了一会以后说没有，没有吧。

我在你的眼睛里看见了呢，妇人说。

但是，那是什么样的一种建筑呢？现在你一边问自己，一边让眼前一一走过每座曾在报纸上照片上教课书里图画书里旅游小册子里电影电视里或者亲身眼见过的皇宫，凡尔赛宫罗浮宫枫丹白露宫厄尔克沙宫敖罕布拉宫卢森堡宫费里帕夫那宫梅思金宫泰姬玛宫布达佩斯宫布达拉宫紫禁城北京和台北的故宫，并且思索着自己与这些辉煌的人类的建筑的关系。

皎静的夜，梦在诞生和延续；这是亲近又遥远，熟悉又奇异，这世和来世，人与神与幽灵相遇的时间。从幽冥里解放，每种物体都在一层蒙光中欢欣地庆祝着彼此的重生，相亲相爱。

这时你突然听见了一个声音，从遥远的某处，经过辽阔的苍穹与土地，向你的方向寻觅过来。

你仔细地听，这样的熟悉，从彼岸传来，如同寻人的呼唤还是回应寻人的呼唤。

曾经什么时候，这声音和你一起经历过生活呢？你问自己，打开过去，试着一节一节往后退在昏昕的记忆，以便定点它的来处；从成人退回少年退回童年以及其他无论是政治社会文化民族阶级或性别行动都无法界范的过去。你重新计数你的快乐和悲伤，成功与失败，荣誉与挫折，欣奋和颓落，期待与失望，爱你的和不爱你的人，对你好的或者欺负过你的朋友，喜欢与不喜欢做的事，甜蜜的时光伤感的时光温馨的时光。贴着米字纸条的窗。一排排的桌椅。从口中喷出水来洒在地上。下课的铃声。便当盒里的虱目鱼。福利社的漂着几点葱花和麻油的鱼丸汤，朝会上唱升旗歌。和毕业歌。操场后边驻扎着的军营吹起了小喇叭。小雨落在跑道上，跑道的水滩里。和篮球架上。二楼窗外的天线停憩着麻雀。开得像豆荚一样的红花从窗口伸进来。

你多么希望有一天，当所有世俗的职责都已尽成，你能和你的爱人一同回到故乡的海边，离海岸一段距离的地方住一间简单的房屋，在那儿完成你最想写的几篇小说。

你的记忆随时间的往前走而往后退；从午夜经过丑寅二时，抵达天明前的卯时而变得最为清明（据说这也是万物孳长的时间）。

在一片沼地的前边矗立着一座戏院，金色的屋顶，金色的屋瓦，金色的屋檐，檐角拘出金色的螺花。

每天晚上当太阳还没有完全下去月亮还没有完全上来的时候，檐下的一排电灯就会点燃，打在彩色的海报和玻璃柜里的剧照上，全身光辉美丽地等待着从不远的城市坐着车子来的客人们。一出好戏就要上场。

遥远的戏园子里，暗中的半睡半醒；在渺茫的曾有过的经历中，你退到这一节，停止了搜索。

钢牙缩进去了，黑洞一样的嘴不见了，人群往后退，焦土变成液体在起伏，沼地闪烁着隐约的水光，某种谷类的长穗轻轻地轻轻地挲拂着你的眼睑，几乎要使你眼湿了，因为你一直睁着的干涩的眼皮终于可以合起来了。

下雨的时候，雨水在玻璃上溅打或者流涮成蜿蜒的线条。下雪的时候，雪在窗底绵绵叠积或者在窗缘结成耀目的晶体；现代化的建筑无论什么季候都是温暖而明亮的。

北地荒原是在怎样的情况里让生活持续下去呢？

胡琴师所选择前去的偏远的小城，据说与西伯利亚只有一水之隔，面对着黑龙江，背依着小兴安岭。前者流到这段并不结冻，黑水翻滚出白色的淘浪，向海的方向奔流去。后者的苍郁的林木则多是落叶松、樟子松、白桦和兴安柞。夏天气候比较湿，千山万壑总被雾所笼罩，而且昼长夜短，太阳在初夏的九时以后才下山，凌晨二时却又迫不及待地再升起。早霜一旦出现便是秋天了。冬天来得很意外，十月的某夜突然满天星斗，第二天清早下起了当地人称为“清雪”的小雪，冬天就已到临。从十月至四月气温持续在零下十度左右，终日下着雪，总要到傍晚才能停。这时候，最奇异的，是往往从西方的天际送过来一片美丽的北极光，照亮了每处地方。

据说两人在林边矿区的角落住了下来，开始了前后约十年的放逐生活。黑白两色的世界，木屋子的泥地上除了粗简的用具以外，只有从缝隙透进来的门外的光，白天也是暗淡的。然而到了夜晚，因为前边我们所谈到的地理原因，这光并不消失，反倒晶莹了起来。

一天的苦工做完，简单的饭食吃完，都收理妥当以后，在白色的夜里，据说胡琴师就会把一只小板凳搬到白痴一样的爱人的面前，坐在她的跟前，对她唱起一首歌。

每夜这样唱着的一首歌，十年的时间，终于唤回了爱人的记忆。

是在这里，我的朋友结束了名伶的故事。一段很长的沉默来到我们之间，彼此没入各自的冥想。我试着在眼前召回昨夜从剪报上得来的影像，小小的火点底下的年轻美丽的笑容，然而天已明亮，林后的城市已经出现今天的光景。

你愿意跟我一起去么？我的朋友转过头来问我。

场地前我们依约再一次见面。这是中学的一间剧场，供学生试验剧演出用的吧，五六百位子的地方倒是相当地新颖整洁。

观众陆续入内以后，室里开始热闹起来。来到六七成时我才觉出这进来的可都是些老年人呢，如果不是真正年纪大也是那种打扮得颇老气的人物。本以为是过去了的已经属于少数的一种族类，骤然整体出现在眼前，着实叫人吃一惊。

预定时间过去十多分钟仍没有开演的迹象。嘈杂得很，小孩大人不止地走动，隔着几排位子打招呼。猜想是四壁的音响装置建得好，什么声音都捡得起来。

不得已似的幕向两边拉动了，露出灰底上贴着的膏药似的红纸，上面粘着用金纸剪出的复出登台公演热烈欢迎等的字块。舞台正前放着两个花篮。一个男人从幕边拖出扩音器。电线和铁杆缠在一起碰着地板轰隆隆作响。调弄角度和音量时又轰隆隆地作响，发出刺耳的长啸。各种噪音混声中男人开始了司仪的工作。

不知名的票友一一唱过去时间，观众对谈得高兴。清喉咙的声音，咳嗽，似乎把痰吐在哪儿，小孩子闹着要出去，椅垫拍打着椅背，开门和关门，门外长长一条光线探照灯一样扫射过走道和人头。中国人的场合总是热热闹闹的从不会叫你冷场的。

中间休息了十多分钟幕再拉开。花篮的后边现在摆出了两把椅子。灯光渐渐全部地暗了时，椅子周围倒显出一圈光晕，迟缓地亮起来。人声渐平，甚至有了肃静的倾向。全场等待着；故事里的名伶和胡琴师，经过四十年的昨夜的盼望，终于要亲自出场了。

从幕的左边出现两位老人，蹒跚向台的中央步过来。掌声如潮水响起，很多人以至于全场都站了起来。像是突然从哪儿照进了光源，曾经荒瘠疲倦的面孔一张张都现出了精神。

很瘦的老人，清癯的颧骨，发线已经退到后脑，有点大的铁灰色西装罩在驼着的身子上。妇人也是一身灰西装，圆胖的脸上青春是在不知多少年前已过去，据说曾在批斗中被剃光了的头发倒是梳得很体贴，全往后拢的齐耳的长度。

什么声音都没有了，人人仰着期待的脸，几近庄严的神态这样地与前时不同，倒像是突然换进了一批新观众似的。

两人坐下来。老人把胡琴放在膝头，提起弓，弯背侧着颈，脸颊贴依到琴弦上。弓和弦接触发出淙淙的单音。闭着几乎蚀化了的眼再贴近一点，像是听不清楚弦的声音，琮琮琤琤地拨弹着。

这些时间妇人都低着头，双手合握在胸前，几乎是祈祷的姿势。

弦连接起来。一个低音上持旋，拉长了尾音，逐渐有一点摇曳；干枯的手指摸索着往弦长的地方寻觅去。萦绕和飘游和上升；荒原逐渐后退，现出了山谷和草地，潺流着河水和溪泉，温暖的风，摇曳的林木，日光和月光同时照耀；那能起死回生的，是怎样的一首曲子呢？

很轻微地歌声开始了。细密的心思犹豫的爱情，迟迟不敢启口。慢慢地清楚了确实了自信了，试探着，进入复杂而艰难的音域。高峰开始出现并且蜿蜒叠进；你不由得清醒过来，坐直身子，由它带领，全心全意追随一刻也不能放弃，从阴沉晦暗的焦土，进入繁花甜雨的世界。

你简直不能相信这样柔美的少女的声音，是出自一位老妇人的口中。

弦始终在陪伴着，几个地方若即若离，几个地方趋近，几个地方完全分开一段时光又在某处相遇，相附又相依，低回熨帖厮磨缠连，再也不分离。

奇异的气氛弥漫在剧场里，连我也感染到了。似乎是每个人，至少在我能看见的周围，都显出了福赐的笑容。很苍白的我的朋友的脸上出现孩子一样的快乐的神情，眼里闪烁着舞台的光。

那是怎样的一首能起死回生的曲子呢？

因是去不同的方向，我们就在学校门口道别，紧紧握住手，相约下一次再见面。再一次像影子一样他的背身消失在街的那头。

我沿着人行道往前走，还有不少人在夜深的街上，情人还是好友模样地拢着肩和手，正从什么温暖热闹的室内出来，往另一个温暖热闹的室内赶去。午夜前的空气深深吸入肺里，寒爽的感觉使你想起今年的第一次雪也许就要来临。

我拉紧衣领，匆匆经过几个街口，走入车站的建筑。

暖和的大厅几乎没有人，除了几位夜渡的流浪者。失去白天的人潮，你可以听见自己的脚步落在光滑的浅红色的花岗石地上，看见了高耸的拱圆形的厅顶用电灯嵌镶出来的众星座，垂挂下来的水晶灯，和四壁画着的神话故事。

从某个方向传来悠扬的音乐使我寻着走过去。糕饼店的橱窗前有三个印第安人模样的，站在那儿正吹奏着某种民歌似的曲子呢。两个年长的弹着四弦琴，一个黑发黑眉的少年身上挂着一只长鼓，上面用鲜丽的原色画出山水日月的景致。他一手拿着鼓槌另手拿着一支奇怪的乐器，有六个孔的竖笛往一边横排去二十支长度依次渐短的细管，能够发出接近中国丝竹器类的声音。

一边击鼓一边吹奏，和身旁两个大人的四弦配出悠扬的合乐。一个节落上他停下来，扬起头，唱起了歌。

稚亮的童腔，近西班牙语的滚舌音听起来很温柔。猜想是首情歌吧。

我揣想歌的内容从少年的表情。这样听着想着的时间，突然一首诗进入我的脑里，甚至立刻清楚地排现出它的句子。

奇怪，从哪儿来的诗呢？

过去生活再度被召唤前来，从不辜负盛意；是个夏日吧，是坐在屋的脊顶吧，树荫里念到的谁的诗行，是联考过后吧。

闷热寂静的午后，一只蝉在某个枝头嗞鸣，树荫覆盖下的瓷瓦却很凉。从坐着的角度你可以看见婉曲的温州街，花色的晒衣，栉比在阳光下的屋脊，木棉的梢顶，和青绵绵的观音山。联考还没有放榜，未来是未知和令人遐思的世界。

一个动听的声音在心底
呼唤着你的名
又是叹息又是泪又是渴望
用最美好的感情颂扬
只是为了你
我写下这美丽的诗句
你眼里闪烁的光芒
将导引我从善向上
使我走向荣耀的生活
不在俗尘里浮沉流浪
如自然赐予生命
给予我无限的希望和欢畅
也赐予寒冬以春野

暗夜以明光

和我激动的心以移动群星的力量

原以为早丢弃了的句子，竟是这样灿焕地走过眼前。

少年唱完最后一行歌词，高兴地笑起来，重新吹起了笛子打起了鼓。

我随几人走前两步，把口袋里的零钱都扔进地上的旧帽子里。大钟敲打十二时，沉重地回响在神话的四壁；水晶灯颤晃，星斗转移，光芒纷纷散落，天使合拢双翼下降，一霎时，已经逝去的少年的苦涩和甜蜜齐声欢唱如圣堂的颂鸣。

完稿于 1989 年 12 月

夜琴

曾经有一阵雾。缸盖布满细密的水珠。水蛭留下弯曲的走痕。瓜树落下掌形的叶影，在仰起的脸上。

水和喉骨一齐咕噜噜上下。

用毛巾擦去嘴角的牙膏沫，身后吱呀地篱笆门开了。

进来端秀的妇人。北方人。除了宽白的脸庞八月也晒不黑，已经没有北方的影子。

穿着米底碎花的短褂、深蓝色的长裤，拿着水红色石竹的双手，腾出一只，带上后门，弯身道早。

早。微笑边擦去脸侧的水，从窗外探头望圣堂里的挂钟也还早，不急换衣服。

缸盖上的盥洗东西都拢到手里，臂上搭着毛巾，木屐挪紧了脚趾，从垫阶小心走下来。

扫把簸箕刷子抹布都从竹栅里找出来。一样从缸里舀出水，先提到墙脚，石榴和长青浇到盆的边缘，再提到房门口的石板路边。

移开书，打开抽屉，掀开被单和枕头，竟找到了两天都没找到的黑框眼镜。拿起几上的报纸。

这边提着桶也跟进了房。手掌浸进清凉的水里，手指之间沾满晶亮的水珠。在身侧前后地撩动，地面出现了点点的水珠。

小板凳搬到木瓜树的叶影下，眼镜戴好，再把报纸打开，平摊在膝头。

弯下腿，一手扶着床缘，先把一双黑皮鞋和一双长筒黑胶鞋从床底拿出来，再把扫把伸到最边角。

红色的头发蓬翻在叶影里的晨光里。从爱尔兰来，也是一种北方。

枕头拿起来，用力一抖，从喇叭花的心里掉出一绺红色的鬈发。

木瓜开着成串的花，从来不结瓜。航空版的英文报纸特别薄，油墨都浸过来这边。看不清楚。再凑前一点。一股油墨味。十一二天的旧报纸了，还能沾着一手黑。

总要重新洗好手，在衣侧把掌纹里的水痕都抹净，才敢掀开烫金字的书面。

他们在路上必得饮食，在一切净光的高处必有食物，不饥不渴，炎热和烈日必不伤害他们，因为怜恤他们的，必引导他们，领他们到水泉旁。

周边起黄的书页发出木的陈香。轻手合上，这才觉得自己从六天半的油腻里脱身，一寸寸地爽快起来。

再看眼挂钟的时间，眼镜这回仔细放回口袋，报纸折回原先的形状，从圆凳站起来。

她让出房间，转到圣堂这边，推开一排木窗的下半。风开始吹进，吹起了圣像上的灰尘。

旧花拿出去，新花置放在新水瓶中。新水也加在进门的水盘里。

等她坐在坛台上的风琴前，太阳已经从塑胶防雨板照进来，青光柔软地落在琴盖上。

她用一块干净的毛巾来回擦抹琴盖，吹去慢慢飘起的细尘。黑漆木上出现了自己的脸庞。

四十余岁的妇人，眉目收拾得很整齐。黑色的漆底，看不见皱纹。

把琴盖掀开，用食指包着布，依序抹亮黑键和白键。

站起身，擦去刻纹里的积尘，那是风琴后头的雕花屏风。楠木开始出现一周一次的茶褐色的光辉面目。

屏风的后边，庞然一件东西罩在暗绿色的布幕下，占去了整面墙角。

不能碰的一座东西，第一天就这样给关照过。就让它留在那里，别清理它别动它。

她依了嘱咐，离它远远的，把它当作圣坛的一部分，和十字、圣像、圣杯、圣烛一体。

神父换上黑色的法衣和镂花的白罩衫，腋下夹着烫金字的厚书，拉开大门，亲自迎进第一位教友。

她把清扫用具一一放回竹棚，拍了拍襟前的尘土，拢了拢头发，把松下来的挪到耳后，走去最粗的木瓜树后。

晨光柔软现在移到了顶头。神父慢慢举起手，在雪白的镂花罩衫前画圣号。

在雪白的帝特龙衬衫前画圣号，一排排伏身跪到膝前的矮垫，低下一律是乌青色的头。我们的天父，愿您的名受显扬，愿您的旨意奉行在人间，愿您的国来临。

风从木窗的下半再一次降临，掀动了早祷的书页。

绿色的窗框，绿色的墙。从塑胶防雨板照下来，太阳现在比较亮。神父转过身，在绿色的光影中举起高脚杯。

棕红的头发。爱尔兰的田野。白色镂花桌布拍打一个角。木瓜树的叶子搔撩着一边脸。

点燃长链底下的手摇炉，烟雾开始弥散在坛台的周围，模糊着过道上的身影。

祷语向这边飘来，她嗅到檀木的香味。一个女孩子的嗓声特别嘹亮。

大家再站起来，秩序地从排椅间走出。在廊道上屈膝画十字。在门口的水盘里撩水点额。在奉献箱里放钱。在风琴的持续不间断的陪伴声中一个个出去。

神父闩上门，要她下一次不妨进来一起，坐在后边的角落也好。

把一本小书放在她手里，在她犹豫着的时候。

浅蓝色的封面，印着一支点着的烛，书面大小正好握进掌心。

听道理的时间是礼拜六的下午五点，一个小时。

挺忙的呢，她抱歉地解释。

那么参加礼拜天弥撒过后的一班也成，神父又提议。

礼拜天清闲，晚点开店或者也不碍事，她想。只是心里仍旧有点怯。

经过菜场的地摊，她给自己买了双过膝的新袜子，鼓足勇气。

神父又要她把小凳子往前拉一点，跟大家坐成一个圆圈。她低着头，在左右和善的目光下照话做了。自己的脚现在和漂亮圆润的凉鞋们排在一起了。

一共五个人，附近大学的女学生，一个总是迟到，涨红了脸进来。可是神父的声音从不急促；世界上，所有的人都是一样的，在神的恩宠前。她把脚缩在凳底下，专心地听，小声地念和回答，轮到自己时。

说是开店前的准备时间不太够，怕是老板也不太喜欢自己这样做，她又退却了。

她把蓝封皮的小书放进上衣里边的口袋，带上篱笆门。阳光懒散地照着巷子。天气开始有点热。

第一颗纽扣松解开，用两只手臂端起锅。温开水倒进白面粉中。礼拜天下午的客人比较少，老板把店全交给她，自己和太太留在阁楼上打麻将。

两手握紧了一支长木匙，用力地和，把疙瘩在锅边压平，试着面的劲度。书的边角随着一来一回的动作触着前胸的肋骨。当信的道理给我们带来生活的安慰，神父说。愈和就愈不容易和，额头出现了汗珠。

然后她用一块湿布盖在面团上，捡起脸盆和青菜。

泼在门口的菜水不一会就给吸进了碎石面。她扶着门框，就着湿手指，把落到前额的细发抚到后边，挺了挺有点酸麻的腰身。

九月的水源路，从路的尽头汩汩飘来源底的凉意。

没有行人，阳光缓慢从巷口移近。仍是简单寂寞的偏街。前一阵铺了柏油，填平了车辆辗出的两条轨道。鞋底不再拐拐扭扭，甚至从底下蹦跳出小石子。

跨过门槛，手里的菜盆放去橱台的架子，弯腰打开炉门。

不一会水就开。她弄小了火，让它细细冒着白沫，用腕背抹去额头的汗珠。

花椒八角和牛肉的香味逐渐弥漫在狭窄的空间。

几张方桌，几张木凳子。她拧干一块抹布，尽量把桌面再擦一遍，手肘放在上边不让它黏答答的。虽然只有几个老主顾。

那是几个宿舍里不回家的男学生，带着女儿来买外卖的中年教授，都工作的一对年轻夫妇。

汤锅里的肉让它再翻一次面；教授喜欢白切的肉腱。

都是体面的客人，说话都加请字。

加碟水饺吧，先生。来碟干丝吧，先生。

她细声询问，把葱花撒在面上，浇一勺滚着的汤，抹去碗边的渍迹，微笑端过去。

如果自己曾经多念点书有多好，她想。

日光缓慢来到门前，从长形的门框投入长形的亮光，在水汽里跳动；在男学生的茸茸的毛衣的肩上跳动；在他面前的汤雾里跳动。把眼镜拿下来，放在桌跟前。轻声吹着面，索索地，吸进嘴里；在他侧脸的细毛上跳动。翻过去一页书。楼上传来洗牌的声音。

她给自己倒了杯白开水。长光已经倾斜，要在那边的桌脚消失。公路局车扬进来一些尘土，在光里徘徊迟疑，沉落逐渐暗下的地面。

有点凉。她端起杯子，喝一口水，站起来，扭开顶灯；夜晚骤然降临。

经过十面窗，十四张苦像，穿过绿色的厅堂；视线落在木瓜树的后方。神父决定特别开一班夜间的道理课。

只有她一个人来。打烊以后走出还有点沾脚的柏油路，经过两排新立起的镁光路灯，空荡荡的公共汽车停车台，橱窗里甜笑着女学生的照相馆，从斜坡进入温州街。

黝黯的巷子，隐约的牌声在墙后继续，伴着自己的脚步，窸窣在碎石上。

拐了一个弯，两排屋檐的尽头，一盏灯在竹篱的缝隙间忽明忽灭。她加快步子，塑胶底的鞋子开始发出啾虫的声音。

翻到第二十页，在灯光底下。不离弃自己的终向，不失落超性的生命，不隐瞒自己的存在，不背弃自己的过去。

四十五度的灯光，逐渐模糊了的自语，低垂着的红色的睫毛。第一次坐得这样近，她看见他假牙后边的钢丝。

清水杯里养着两朵短茎的石竹，瓣影落在他移动的指间。隐隐约约，似乎传来一种去虫丸还是陈木的沉香，从黑罩衫的袖口里边。

停住了颂语，铅笔压到书页里，拿下眼镜，抬起眼睫，露出透明的栗色的瞳仁。

请等一等，他对她微笑，站起身。

室内很静。时钟嘀嗒在走。

石竹逐渐艳红，在郁黄的灯光中。她直背坐在桌侧，任由花的鲜色迎面席卷。豌豆花苗在白色的枕套上滋长，伸出卷曲的长须，爬出了枕套，爬上了床垫，爬下了床垫，爬上了桌面。她从桌边收回十个指头，贴住掌心握住。

香味愈来愈浓烈。她往前移了移座椅的位置，让前胸的肋骨抵着桌边。

神父微笑出现在房门口，向她伸出一只手。

来，他说，推大一点通往厨房的门，让她跨过门槛。

方桌上放着两只瓷杯，已经盛着黑色的饮料。

神父要她坐下。打开一个小瓶，拿近自己的鼻底深嗅了一次，在两杯各点了几滴；室内顿时弥散了酒的香气。

从墙角的小冰箱他再取出一个开了的罐头。拿起一支匙，反过来。倾斜了罐头，特别慢地从匙背倒入杯中。

黑色的水面浮起了白色的奶层。

把瓷杯连盘轻手推到她的面前。

犹豫了一会，在鼓励和期待的微笑里，她拿起杯子，才明白前一时的奇异的香味是从那里来。

然后神父双手用食指和中指轻轻揭开桌中央的红格子布。沾着很多白粉的圆面包露出来了。

她越发记住当信的道理。一边绞着白菜肉馅，一边默背着上个礼拜的新句子。

就可以领洗了，也许圣诞节，神父鼓励她，给她再切一小片里边有葡萄干的面包。

她倒不急，领洗以后就不能再来。

她已经学会怎样用有锯齿的长刀切一块厚度均匀的面包，怎样把奶油适量地倒在水上而不散开，怎样从冰凉的奶油底下喝到加酒的热咖啡，第一次明白了安定感是什么。

雨夜的时候，她撑一把很大的伞，踩着黑暗的水泡。雨丝落在她的伞上，落在漆黑的斜伸出来的屋檐上。竹篱后的灯光明明灭灭。

神父穿上黑皮鞋，晴天的时候，骑一辆二手菲力浦；穿上高筒黑胶鞋，雨天的时候，撑一把花点的女用伞。去耕莘文教院拿信和包裹和杂志，和从祖国来的航空版。每个礼拜一次。

给她一起拿回来一串淡蓝色的有十字架的链珠，念完七件圣事的一晚，月亮特别大。神父扭熄了桌上的灯，只留着床几一盏照明的小光。

来，他又说。

低头随袍的木香跨出门。水样的月光。她的心跳起来。

空寂的庭院。没有人。没有猫窜过。没有私语。

脚步声。他们的脚步，细碎踩着石板的过径。她尽量放轻步子。只有一个人的脚步声了。有点冷。

看不清楚。金属在搜索的指间窸窣。她伸过来一只臂，抱着自己的另一只，让开一点身，让月光经过自己胸前，落在匙上。

抽出一把长形的，端详了一会，放进匙洞。金属掺擦转动的声音。

陈花的气味。木质长椅排列在青色的弱光里。

他撩起衣角，跨上台坛，打开墙上烛形的灯。

走到屏风的旁边，两只手臂整个兜住侧角，把它抬起来，推到了一边。回过来，弯下腰，再把琴凳也搬了过去。

郑重地在矮凳上平摊好衣服的皱褶，高举起双手，祝福的姿势，慢慢拉启暗绿色的布幕。

她怔住在那里。

弧形的木框闪烁着光辉，一条条长弦排列如银的翼羽。

夜光穿过屋顶的塑胶板，正落在竖琴的上边。

侧身背着她，红色的鬈发蓬飞起来，白衬底的宽袖飘扬起来。狂泉打在弦上，水珠在指间迸裂，琤琤琮琮。

时间中止。泉水开始溅在她的头颈、她的胸背，她的心飘浮起。

北方的风跨入夜的堂室，回荡如幽灵。烛形的灯光摇曳迎接，摇曳烛形的暗影。

琤琤琮琮，这是序曲，指法的练习。一首曲调轻婉的小歌，倒是比较爱弹的。

四月的晴朗天，一条大船航过爱尔维斯多，阿里阿里欧。

祖母爱唱的，他说。

她设法想象祖母是什么样子，在祖母一样的温和而又沙嘎的嗓音中。

棕红的头发，棕红的脸庞，透明的眼珠，圆厚的颧骨和下巴，个子矮矮胖胖的。

她努力地、专心地想。一条大船航过遥远的河港。遥远的人在岸上挥手。阿里阿里欧。

合照一样出现在塑胶板底的朦胧的青光里，并肩坐着，父亲、母亲、妹妹，和丈夫。她暗自吃了一惊。

父亲没有再回来，丈夫又是不见了的。

自己还没有长大，父亲就没再回来；父亲从没见过自己丈夫的。

圆脸戴着金丝边的圆眼镜，坐在遥远的书房里，窗子的格框投影在桌前脚底的地上，一格比一格长。

穿上藏青色的长褂，戴上黑色的呢帽，撩起长衣的一角，露出下摆内面的米黄色的毡毛。跨上车板的那一时，回转头，眼光落在檐下她们的身上。

骡子仰颈嘶叫，车轮吱呀地开始动摇。雪地印出纷乱的半圆形的凹迹。妇人扶着车把，随前移动。轮迹旁边印出一串改良脚的足印。

直到铃声消失在巷外某个拐角。

天已经暖和，薄雪的脚印一下就从底下汪出黑色的泥水。

这是她最后一次看见父亲。

手指停住，重复拨一根弦。侧耳倾听，重复拨同一根弦，室内回响同一个音。神父站起来，整个胸腔覆抱到琴架上，转动顶头一个钮。

她用手背揉了揉眼睛。

举手按住呢帽的边缘，从缘底回看她们。毡毛大褂蹒跚爬上车，褂角拖在车板外。矮胖的身子一下就陷进垫里不见了。

去北平了。去南京了。去上海了。去汉口了。

母亲关上沉重的大门，一个人走回厨房。薄雪的庭院留下去来两串脚印。

铃声在灰蒙的巷中远去，逐渐不见了呢帽的背影。

青光中的重现，坐在母亲的身边，面对她微笑示意，仍是和气的圆脸。

重新蹒跚地坐下，阿里阿里，侧耳倾听，阿里欧。这样的音才对，嘘出一口气。哪样的音都对，她想。

无阻地大船再一次启航，在青光中，从黑暗的厅堂。

她看见自己穿着男生制服去上学，战争已经开始。

青色的天空，黑色的飞机，划过来。她帮忙把棉被在两株椿树之间摊开。妹妹在被缝里躲猫猫，探出一个头。

飞机翻过一点身，斜成银色的十字远去。灰蒙的阳光仍旧刺眼。用掌心遮住眼，三人站在院中。骡车走后雪就快化完，现在屋脊的瓦缝已经长出了一撮一撮的青草了。

晴朗的四月天。南墙侧的李花首先要开放，接下就是斜对面的玉兰和巷头的杏子。然后是河岸一排粗干的碧桃，一团团樱红色的重瓣。早晨的雾逐渐稀薄，在花和无叶的枝间飘游。从雾的散开处他向她走来，微笑举起手。读书人都是靠不住的，母亲说。可是第一次见他她就喜欢他。河雾底下看不见水。没有水声。四周很静。你可以听到一队人和车走来，穿着土黄色军装，从眼前经过。腿绑得像粗木桩。堤岸很窄，往这边侧一点身让他们过去。桃花静静在开。第一次见他她就喜欢他。

一株接一株花树盛放。战争接着战争不再中止。

穿着男装，和同学们挤上火车。晒棉被的天井在车尾摇晃，飞动起来，奔跑起来。穿驶过灰苍的野地，零落的矮树，干枯的山脉。天暗时在桥桩前停住，嘶嘶冒着烟气。所有的灯火都熄灭了，人声都肃静了，吐着鼻息在黑暗中等待。

用手按着前胸，里边的口袋给缝进了钱。不敢把头伸出车厢。漆黑的夜。天井已在车尾不见。

远火在燃烧，军机低低飞过。壅塞的道路。壅塞的车厢。沉默的惊惧的人脸。母亲局促着改良脚在天井奔走。骡子驱动前腿。车夫举起鞭，重重抖在半空。

轮痕脚痕愈印愈慌乱了。

小说里描写战争总是多么的奋勇、多么的英雄，自动要报名上前线，敌人来一个杀一个，来两个杀一双。从战壕里跳出，突破重围。胜利的号角响了。

不是的，不是的，战争不是这样的。

火车无声地驶过寒凉的河面，驶过去夜光的荒原；妹妹、母亲、瓦房、天井、骡车，花树的河岸。打绑腿的一队士兵在浑茫的雾里不见。

还有年龄、青春、学业、爱情等等，当你突然明白这些是什么的时候。

战争、战争，但是战争好在是要过去的。总算是过去了，她以为。

她下了船，来到一排日式木屋的宿舍。他已先到，在榕树底下向她微笑招手。

她知道他会回来的。

他总是把事情照顾得很好。

箱子暂时搁放在脚旁的泥地上，掌心揉着一团湿软的手绢。很潮的天气，站着也会流汗。榕树的气根挂在无风的空中。他撩开气根，迎面走过来，抹去额头的汗迹，向她伸出手。

从附近的菜场她买回来一个白土做的小炉，周边箍着三圈光亮的铜条，很好看的。

草丛里找来两块红砖，就把炉子架在门前的泥地上。

旧报纸拧成麻花的形状，放进炉底的小门，划亮一支火柴。用折扇轻轻地左右地扇。烟从三十六个洞眼里冒出来。她往后退了一两步，用手捂住鼻子；还是第一次引煤球。

乘烧透的时间，她在公用水龙头底下淘干净了米，加一点红豆，然后把锅坐在小炉上，让它慢慢地煮。下课的铃声不久就要吹哨似的响起。

报纸变成弯弯曲曲的灰条，花絮一样地飞升上天空。

他就会穿过黄昏的斜光，撩开榕树的气根，向她微笑招手走来。

好在爱情还可以等待。

她用一支木勺，把饭粒搅了搅，让红豆均匀分布在开始黏的汤中，准备等会就起锅，进门就炒菜。

这时她又听见了枪声。

起先她还以为哪家放爆竹，噼噼地在远处庆祝。可是一辆挂满树枝的卡车从眼前开过。她赶紧回屋走，手里还拿着勺。

巷子太窄，车身搔刮着门前的矮树，枝叶纷纷折落。车后架着机关枪，围站了穿宪兵制服的人。匆匆一眨在他们脸上她又看到熟悉的面目；战争并没有结束。

不要出去。他终于回来，比平日晚一些，回身关紧前门。不要出去。

黑暗里，在卧室的床上，她听见子弹穿越远处的天空。

她掀开被，光脚触到水泥地面，一阵寒凉随蜷曲的趾头爬上来。她沿墙再检查一遍锁扣。探照灯在窗顶扫过来扫过去，屋里一下亮一下暗。脚拇指踩到一小块硬东西，卡在指缝里。她扶着椅背，抬起一只脚，把它弄出。

回来时她看见他蜷在床边，似乎仍旧在睡。她尽量放轻动作。现在子弹迸裂在巷面。

嘘，他转过头说。

有人开始对这排宿舍扔石子。开始屯集一点面粉、一点盐和糖，把它们分装成方便携带的小口袋。

节日似的炮声，不曾间断，巷子偶然有军事演习，小学已经暂时关闭。

他从外边回来，沉默着，带回很多报纸，一个人坐在饭桌的灯下看。

白石灰炉搬到后檐，离公用水龙头比较远。从菜场匆匆回来她留意路旁的防空洞。都是不行的。两头通气的这种土壕，只能给小学生们放学玩官兵捉强盗的。

石头打中某家一面窗，刺破耳膜地裂了。

六年级的一个女老师，台湾人，要他们到她淡水河边的母亲家躲一躲。

她收拾了一点衣物，第二天，在戒严令颁下前，由女老师带着，绕过铁丝网和沙包，穿过市区，来到近河的两层楼房。最里头的一间寝室，窗闩好，门关好。

黑暗的白天和夜晚一样寒，每个角落都湿漉漉的，摸在两个指间一层水，霉雨的天气。

静听尖锐的哨声，沉闷的炮声，沉重地压过去路面的车轮声。爆竹似的枪声变成清脆的嗒嗒嗒。

有时候，这些声音都没有，她们就听见楼上女老师和母亲或者其他人的讲话声，鼻音很重的台语。

以及脚底踩在木板和木板叽吱的声音，从某一头慢慢传过来，在门口停下。叩门。暂停呼吸。

不是请愿团，不是工作队，不是宪兵队。

那是女老师的母亲请他们去阳台透透气。很夜了。

黑暗的街，游魂的人，一群过来一群过去。木板架成篝火在不远的地方燃烧。有一队暗影向这边移动。看不见人的脸，但是你听见踏步的声音。像阅兵的队伍经过阳台，整齐地进入雾茫的那头。篝火静静烧，众人再回来。爬上电杆。电线像蜘蛛网一样飘落。消火栓拔起来，没有水花。卡车开过来，人捡收起地上的东西，爬进后车，开走了。人影又蜂拥过来。拆散的大门、木板、招牌，扔到火头上，重新燃烧燃烧。

她只知道榕树前边的宿舍；这一带她还没来过。

女老师搬回家住，给他们带来今天和昨天的报纸。

不采取轻视任何人的原则，报上这样说。

一日二日三日，六日七日八日，篝火继续烧。

他们把报纸在桌上按日期排好，等待下一张，失去了时间感，朦胧的凸花玻璃后边，探照灯扫过去天空，从左窗框到右窗框，每隔三十秒亮一次。

脚底索索搓擦在头顶，搓擦在木板地上，从廊的某端传过来，轻轻叩门，他们才知道，吃饭的时间或者夜已到。

炮弹在空中爆裂成烟花，流星似的火点，照亮了石灰做的水门。他们看不见河水，从他的身体传来似有似无的温暖，抚抱了自己。

时间漫长，从黑暗的水门背后逐渐现出了天光，一层层明亮。四周变得晕红而暖热了。梅雨后的第一次日出。

多好看的天色，他说。他们再多看些，然后走下重回暗室。

三月十日，社会版的下角，一对情侣感到前途无望，在河口自杀，期待潮水将自己冲去大海，但是潮涨时两具人体在港口迟疑，和其他尸身缠抱在一起。

水色愈来愈浑，鞭打着人体。

鞭打着区分不出白天和夜晚的梦。啊，啊，在梦里惊呼。她半侧起身，用力摇他。

沉重地醒过来，从被里伸出一只手，抓紧了她。

往一条狭巷里跑。后面有人追赶。跑，跑。迎面阻来一片墙，要自己飞过去，飞过去。飞不过去。变成一只鸟，飞了过去。追赶的人声没有了，火光没有了，重新变回来。在一条街上走，两边排列了没有窗子的房子。踩到一条黑色的皮带，蹲下捡起它。变成一条蛇，缠住自己脚。飞起来快飞起来。努力掀动着翅膀。没有了翅膀。啊啊真可怕。梦像蛇像泥沼要把你吸进去吸进去。

你一脸都是汗。她说。

从泥沼里醒过来这样又一次。

这回他梦见了父亲，捆在三床棉被里，像粽子一样，在环抱的港口漂荡。鞭打着黑色的岸壁。鞭打着湿冷的脚底。包围过来包围过来黑色的水。真可怕。

他说，用被蒙住自己的脸。

她闭紧眼睛，努力地期望。有一天，等战争过去了。一切都要重新开始重新开始。

水门后边出现这一天的天色，多么好看。她站在他身边。从他肩头传来温暖的人体的气味。花树静静在开。他们继续沿着堤岸走，等人和车过去以后。逐渐进入这一头的雾里。

逐渐变小变弱街火一天熄灭了。人群不再围上来。他们从阳台走下到屋子里，打开窗户，让外边的空气换进。

收拾好简单的行李，把屋里整理干净，向女老师的母亲道谢。回来这一排日式木房。

战争总算是结束，她以为。重新把炉子搬去前门的红砖上。

经过菜场地摊她想买块窗帘布；后边茅草地上现在有一排军营，有人向这边张望。

摊开一块蓝花的和一块橘红色团花的，犹豫着，不知选哪块好，价钱是同样的。

或者他喜欢比较亮一点的。

可是，他没有回来。一天出了门，像父亲一样，没有回转来。

她依框站在门口，夜从巷底缓慢向这边移近。她把饭从炉上拿进屋子，用一块布绕锅包好，菜用纱罩罩好。

屋里逐渐看不清，她扭开顶上没有罩的灯泡，把折成棍形的晚报平铺开。灯光散漫。一对情人穿上最好看的衣服，携手走过渐暗的山路，来到林间水泉旁的旅社，对服下农药。

她合上报，抬眼望了望时间，从抽屉拿出一件毛衣。

一间接一间空寂的教室。没有念书的声音。黑板上没有字。没有灯。教员休息室前有一盏灯。

黑暗的长室，桌面隔着过道整齐排列。沿这边的桌角列着一折一折白底黑字的名卡。

他的名字排在靠窗的自己面前，只隔着一层玻璃。

弯起指节，轻轻敲窗，没有人。她沿廊道走到前边的门。敲门，也没有人。榕树底下站着穿暗色外套的人，两手放在口袋里。

但是她迫切地想坐到那名卡的后边。

穿暗色外套的人向她走来。

或许因为那桌的抽屉里留有给你的字条，来不及回家告诉。应该坐到那名卡的后边。

用力敲门。暗色外套向这边走来。

沿着廊壁往后退，经过他的名字，开始跑。

愈跑愈快，气根在脸上撩，枝叶在脸上刮，黑暗的树林。他或许已经先回家，坐在饭桌的光晕底下，摊开还没看完的报，在等待。

山泉流经旅社。巴拉松倾倒在榻榻米上。烧坏了一大片席子呐，老板娘说。

她应该早注意他平日的言行和交往的，在饭桌上和他说点话。在还没睡的晚上，刚醒起来的早晨，和他聊聊学校的事。或者去野外玩玩——或者生个小孩。已经有这样的打算，总以为还有时间呢。

战争，战争，中国为什么有那么多的战争。

战争轰然进行，她和他和父亲母亲妹妹若不是常在分离，就是从这一地转到另一地。低语，收拾，沉默地急走，奔跑，躲藏。连好好说几句话的时间都没有。炸弹在洞壁外爆炸，她闭眼靠着冰凉而战栗的壁石。有一天，等战争过去了，一切都要重新开始重新开始。

连续出现两个土黄色中山装，问她很多关于他的事，问到后边军营悠悠吹起了熄灯号。

听着听着她就走了神，心里在两个问题上打转：是回去了呢还是抓去了呢？

对方穿着宽脚的长裤、黑色的皮鞋。放在另一个膝头上的腿一颠一颠，露出黑色有金线的尼龙袜，和裤管之间长着灰白色汗毛的腿踝。

最近有什么特别的事吗？灰汗毛说。

她端正地坐在桌旁，低头在脑里努力地搜找线索。

从墙角的霉痕伸出一条裂缝。沿着底边走。往上斜着走。消失在椅的背后。

霉缝在烟里逐渐恍惚。她努力地寻找，特别的，特别的，特别的事。

列车的车轮，向前驶，没有声音；草原的声音，河水的声音，车队的声音。静止的水面，黑黝的车厢，混浊的鼻息吹在脸上。低飞的军机。突然闪下一线强光，她惊醒过来——

其实，她是一点都不知道他的。

一个好人，在小学做六年级的级任老师，从不打学生，下课就回家，睡前喜欢喝一碗加白糖的红豆稀饭，就这样了。

想想看，想想看。灰白汗毛在裤管的边缘探头。灰白色的报絮烧成灰，飞扬起来，小卷小卷的。

她咳了一声，用手背遮住唇角。

为什么人人都要去不见呢？

有一天她去街上走，中饭和晚饭都没吃，天黑了还没回来。有一天她一直哭一直哭，哭到用抹布擦眼睛，辣子擦进了眼皮。她用水一直冲，忘记了为什么哭。

教务处的张先生坐在墙缝前，说等宿舍的人可真不少。婉转地拉长句子的瞬间，她恍然觉悟，原来自己一无所有。

她在水源路的底端找到一间小房间，主要是离店近。由朋友的同乡介绍的这工作一直不是自己要的。如果多念点书有多好，她想。

老板娘教她怎样节用水。先洗菜，再洗肉，以后还可以用来洗碗。碗底摸到手里油一点不碍事。

又教她用刀背把韭菜拢齐了。先切去硬梗，曲起左手的五个指节，一节节退下来切，又快又细又安全。

把切碎的韭菜、油渣一齐拢到肉馅里，铝锅抱紧在胸前，用双长筷用力搅。

不做这些事的时候，她就换上一件没有油味的干净衣服，乘上罗斯福路的公共汽车，在延平北路下。

顺着水门笔直的墙影往前走。壁石很厚，壁脚长着一撮一撮的茅草。另一边水在击打。声音有点遥远。

原来日光中的楼房是很好看的。灰净净的水泥墙，茶红色的屋瓦，墨绿色的大门。门顶还伸出来半株合欢树，开着毛茸茸的红球花。

然后她抬起头，看到了那二楼的阳台。

一件事接一件事做下来，从不休手。老板觉得她牢靠，都交给她照料，自己上楼去。

一大早她就到店里，打开两扇对并的木板，用一根铁棍撑起遮阳的油布，穿上灰蓝色的围裙，拿出长筷长勺和漏斗。有一天，自己要开个比这好的店她想。

稀薄的早光在炉烟里翻抖。她看见很会做面食的母亲，独自坐在大方桌旁。流苏罩里的灯光照着一半黄脸，和放在桌面的一只黄手膀。灯光愈来愈暗，自己慢慢睡着了。第二天再看见，又已经梳好头，用一支铁杆从炉门灰里拨出面引子，拿在两指间，还是烫手的呢。轻轻吹了吹，炭灰和雾气飞扬在脸侧的斜光里。

呢帽的背影早就不见。

骡车的铃声在某个不见的街底回响。

他坐起来，出汗的额角抵着床柱，跟她说起了自己的父亲。那是第二次的噩梦以后。

挺高壮的军医，战争中得了伤寒症，身上扎着三条棉被给放在木板车上运回来。两只脚太长，伸在木板外边，骡车一动脚就一悠的。又这样悠着送出去，这回是头兜在外边，全部包在军用口袋里。

黑白放大照就放在菜篮中，带来带去。搁在厨房的木架上。吃饭的时候在篮里对他们笑。

曾经捡回来一条小黄狗，迷失在军医所旁边的，让他养了一阵。后来掉进了四合院的水井。邻居把一大包明矾撒在井里，整个水面都是泡泡，嘶嘶地冒了好几天。

也说起了常在一起的朋友、常做的事。镇上的糖丸店、瓜果店。桥底的锯木店、土砖厂。

他干脆坐直了上半身，不再回去睡，用被头缠紧了两只手，一边说。

她听着听着。

弯背的男子坐在书房，窗影一格比一格遥长。和妇人坐在很大的方桌旁。流苏灯罩染黄了两人各一半的脸，各自搁在桌面的一只手膀。

两人说着话，听不见声音，偶然动一下郁黄的手膀。

灯光拧小了，房里更暗了。光点飘动起来，萤火来到自己和妹妹的帐前。撩开半面帐，温热的鼻息吹到脸上。

棉被在两棵椿树之间摊开，妹妹在被缝里躲迷藏。快出来，快出来，遥远的母亲在呼唤，再不出来就打了。被面翻动，牡丹盛开。

呢帽回转头，举起祝福的手。金丝眼镜在帽的边缘在初融的雪光里折闪。灰白的报烬飘上青瓦。三十六个煤孔吐出更多烟。灰白汗毛的小腿一颠一颠。

十天前她什么都不知道，十天后她知道了他小时候的事。可是，现在跟这灰毛腿去说父亲、说小黄狗，不会太奇怪了么，人家要说你神经病的。

有什么用，交代了童年就走了。都是一样的，无论是怎样的走法。走了就是走了，走了还有什么用。人家不会因为你走了就如何如何的。

毡毛大褂的一角拖在车板外，情侣缠着的脚挂在榻榻米的纸门外，口袋里的父亲的头悠荡在木板车外。

晴朗的四月以后的第四句歌词已经忘记。母亲和妹妹留在北方。祖母在港岸呼唤，百多岁的人了。

从事神职是祖母的期望，而自己，原先倒是想做一名酒店的竖琴手的。

阿里阿里欧，大船再一次扬帆航过港口，航过去黝黯寒凉的河面。向她微笑招手，在青光中。航过去银羽的琴弦。

她知道他会回来的，她早就知道的。

她以为窗帘弄好以后就去买个桌子，几把好用的椅子。面对军营的小房可以做成书房。篝火就会熄，人群就会散，建立温馨的家园是首要的责任。

她还以为他跟她想得差不多呢。

她也许会反对，也许要犹豫一阵。可是，如果他开口，她终究会同意，会跟着去的。这点他是知道的。

她还以为战争过去了就好了，谁知道战争一过去原来什么都一起过去。

反倒是战争把他们两个人拉在一起；她倒怀念起战争来了。

墙外火在烧，人声忽远忽近，河水鞭打着水门，周围是等待中的黑暗。

他摸索着，握住她的腰，把她拥过来，对她特别温柔。空气很湿闷。从他的颈际她嗅到一种熟悉的树木的气味，在压抑着的喘息声中。

过后他把被在她颈的周围重新掖好，握住她被里的手，另一只从头顶绕过来，用手背的部分搓着她的颊。

炮火在毛花玻璃上朦胧地爆裂、朦胧地闪烁。每隔三十秒钟他们对见一次面。

其实他开口了。

其实他开口了；在十个不曾相离的日夜，在河水拍打着床脚的暗室，在手掌搓抚着脸颊的安静时间，所有的询问，所有的暗示，所有的考虑，所有的挣扎——都在痛苦而绝望地进行着。

然后，他做下了决定。都是为她好。

琴声潺湲，从前时的激昂变成这时的低咽。除了微亮的长方形的空坛，其余都是黑暗的，沉隐在不可挽救的时间里。

细泉落在圣堂的木顶，落在二楼的瓦顶，落在庭院，落在井面。小黄狗湿淋淋给捞上来，没有人哭。大家都散了。锯木厂和砖头厂都拆了。木板车吱呀吱呀地远去了。

嗓子有点哑，不再往下唱。很远有一种回声来迎接。

那是小学上课了。学生从邻近的巷子拥来。纠察队队员们已经先到训导处。别上红底黑字的臂章，从柜后拿出长木棍，雄赳赳地站去街中央。一根根接好，别动，行人车辆都得在棍后停住。十字路口大家排好队，跨开步子，一二、一二。

哨声尖响，从温州街的瓦顶向前迈进，带着未唱完的歌，带去漂荡着父亲拥抱着情人的海港，带去祖母家。

十个没有日夜的日夜。北方的某个边城。晒着冬衣的庭院。棉被上盛开着的牡丹。白垩土的墙壁。瓦上的茅草。白嘴灰身的鸽子停在父亲的手背。一个圆短的指头压住下唇，长哨直入天际。

爱尔兰，多么遥远的地方。

看过去她的炉火，沸水中翻滚的面条。卷起指节，一片片切落下的肉片。

客人走尽才会恍惚起来，眼眶周围浮出一层水汽，像个初恋的人；一个爱情故事还没讲完哪。

门推开，穿着藏青色外套的男子走进来。独自一个人，坐下在角落的桌旁。缩着肩，从嘴里呼出一口暖气，搓着手掌心。

她用漏勺量了一份面，伸进冒着细沫的汤锅。

从小柜里的瓷碟拨出一点葱花，撒在整齐排列的肉片上，热腾腾地放到桌面。

他抬起头，微笑接过碗，移到自己跟前。把椅子往前挪了挪，从竹筒捡出一双筷子。

已经没有车辆经过门外，只有筷子偶然碰到碗边，和索索吃面的声音。半条尾的一只小壁虎，从柜后溜出来，静静趴在墙的边缘。

侧面倒是有点像呢。

这样突然回来，假装客人似的叫碗面，慢慢地吃，让自己慢慢地发现，给自己一个惊喜，也未必是不可能的。

轻轻吹着面上的雾气。从口袋拿出一方白手绢，擦着鼻的两翼。

从早春的雾气里现出眉目，向她微笑走来。

她拿起铝盖，盖上汤锅。雾气不见了。现在壁虎斜趴在天花板顶了。

擦干净了手和脸，站起身穿上外套。

一阵冷风吹灌进来，当他开门离去的时候。

每个桌子重新擦一次。椅子反过面，倒扣在桌上。

把装着剩面的铝锅暂时放在地上，从外边再加一层锁。金属在寂巷里咔嚓地碰响。她用力往前拉一次，确定是扣好了，再让锁沉重地落回木板门面。

镁光的路灯有层红晕，全身都给浸在红染料里，一柱走过一柱的时候。两只手小心兜着锅的把柄，汤水可别滴到了鞋子。

我给你拿吧——

一个熟悉的声音说。

一个肩开始温暖地擦着这一边肩。

她知道他会回来的。

迟疑着，让他接过锅。手碰到自己的，一阵温热。

这几年都好，他说。

她低下头，嗯了一声，算是回答，心里还是有点气。

腾出一只手，伸过来，摸索到她的腰。她一阵羞，在黑暗里红起了脸。

那是十多年前的事了。

她停下步子，回转过头。空寂的街道静静铺在自己的身后，浸在红色的灯光中。除了灯柱投下的细长而规则的影子，除了自己什么人也没有。

她把锅柄卡在腰际，伸手掠了掠头发，换过这边来，再拿稳了。塑胶的鞋底重新啾虫似的响起。

黑暗的水源路，从底端吹来水的凉意。听说在十多年以前，那原是枪毙人的地方。

原载《中国时报·人间副刊》，

1986 年 1 月 5 日至 7 日

菩提树

图书馆后门旁边，有一棵菩提树。

阿玉给父亲送便当，常常走过树荫底下。

叶子比别的树都要绿，心的形状，叶尖拖着很长的尾巴。夏风吹进茂密的枝叶，朔朔抖擞着一树流浪的心，声音也比别树都要响。

阿玉提着便当盒，按紧了盒盖，从正路弯到图书馆这边，沿着青苔的墙角，走去树的底下。

满地的树影也比什么树都要荫，不见自己的影。抬起头，也不见八月的日阳。

在家写不一样清静？母亲说。

太热，父亲说。

那么回来吃饭，下午睡个觉再去。

一来一回，时间就过去了。开学就要交卷了，父亲说。研究费不容易申请，总要留个好记录。

十点钟有堂课，给理工学院的补习，不如就留在研究室里赶一赶。

夏天过得最快。一个月、两个月、三个月，就过去了。父亲说。

你连床都搬去，不更好。

不要说，有人真住研究室呢。

虽是这样讲，饭盒提在手中总是沉甸甸的。

先把最下的一层在铁架上搭牢。漂着葱花的汤倒进去，中间一层放上榨菜炒肉丝，薄薄的牛肉片，加几筷青菜。热腾的白饭铺在最上层。卤蛋在砧板上切成两半，对眼似的摆在饭中央，蛋黄里再浇一点卤汁。盖上盖子，三层都扣紧。

好好走，看着走。过街小心车子。别把汤弄泼了。母亲把宝塔般的一叠盒子放进了蓝布口袋。

阿玉过街，过水沟，特别小心地按着盒盖。把整袋轻手直搁在地上，再弯腰去捡落下的树叶。夹在两个手指头里转，叶尖一来一回撩着下巴和嘴角。咬在齿间，有一点苦涩的味道。

还是这样绿的，就落了。

阿玉再提起饭盒，重回到柏油路，经过了水塘，从车棚旁边进楼来。

学生都走尽了，悄悄的一条长走廊。左边是没人的教室，右边是一窗接着一窗的午阳。水蓝色的墙壁叫人觉得很清凉。

扶着空寂的大理石楼梯往上走，父亲的研究室在二楼。

用两只手提高，放在上课用的长桌上，阿玉小心拆下第一层，让两只黄眼睁在一边，再把菜和汤一排放好在桌前。

嗯，真饿了。父亲说。

得了父亲的同意，阿玉推开书柜的玻璃门，抽出一本书，坐到长桌的那端。

挪近一点身子，长长嘘了一口气，拿起筷子。

总要把蛋留在最后吃，捡光了铝盒底的饭粒。从蛋白开始，一口一口地咬，整圈都吃完了，再把半个蛋黄全搁进嘴里。

来，阿玉，父亲在桌那头叫，用一支筷子插进蛋里。

吃半个，父亲说。

阿玉不饿，吃饱来的。可是，卤蛋总是叫人无法抗拒。

拿着一支筷，像父亲一样地吃。从外圈的蛋白开始，咬一口，就前边两颗门牙的印子。

想吃冰淇淋么？等阿玉收拾好饭盒，重新套回口袋，父亲问。

福利社在办公楼的后边，门口有两棵很老的橄榄树，落了一地的青橄榄。

外边买不到的，农学院自己做的，父亲说。自己叫了一瓶橘子汁。

看着阿玉把纸撕开一点头，用舌尖尝了尝中间的香草冰淇淋。咬一口上边的巧克力饼干，咬一口下边的。侧转过来，可别让冰淇淋滴出来。

慢慢吃，父亲说。

吧——哒，吧——哒，窗外落着青色的橄榄，一地的。

或是吃了饭，就留在研究室里，去系办公室倒点热水，泡杯茶。推过来一张椅子，脚放上去，说是饭后休息休息，帮助消化。

一会就打盹了，阿玉知道。先是头一颤一颤，然后就会忽地歪向一边，像个断线的布人。

龙井的香气从杯面冉冉飘起，在父亲的鼻前萦绕着，试探着，没有反应，睡着了。

飘上宽大的旧木桌，桌上撕成细条的纸片压在书页间。摊开的页上画着红线红圈。烟灰磕到了书旁玻璃盘的外边。

从书桌飘下来地面，地面上零散着捏皱的纸团，飘上灰尘的书架，一排一排逗留回看，飘过商周史，宋元思想，清末经济简编，鸦片战争与民族主义，义和团，辛亥革命，从敞开的窗户茶的水汽飘出去了。

阿玉把手里的书放回柜里，轻轻拉上玻璃门。

学校的建筑都不高，日据时代的红砖楼，肃穆的青灰瓦。从窗口的左边顺着正路，能看到尽底的木栅门。窗的右边排着一列长方形的球场。穿白背心的男子对着单墙在击球。眼前边，先是从墙底斜伸出枝角挂着毛毛球的相思树，细窄的水泥过道那边是块方糖似的暖房，太阳朦胧照在玻璃的矮屋顶上。然后就是一片茅草向前延，延到竹丛水田和绵亘的矮山的边缘。

金黄色有一块在水田中间很是耀眼，遥远召引着阿玉的视线。是菜花田吧，阿玉想。

天底停着两朵云。

男生用拍子对墙重复迎球，听不见球击的声音。

一撮青苔从墙缝悄悄爬到手掌旁。

寂寞的夏日的午后啊。

只有那株菩提树，亭立在斑驳的红砖墙旁，舒展着茂密的心的枝叶。看见阿玉望过来这边，轻轻摇曳起来，向阿玉招迎起一树丰饶的身姿。

常常在这个时候，从隔壁的研究室，传来吹口琴的声音，在三个低沉的音符上重复，一种很忧伤的调子。

谁住在研究室？母亲问。

陈森阳，本来念医的，你忘了？

学校准么？

晚上在长椅上睡，白天被一卷，看不出，暑假又没人。

又没炉子。

宿舍吃，小摊吃，一个人总有法子。

不卫生。

味道不错呢，那种白切肉，沾点蒜很多的甜酱油——

想必你是跟着去了，教授跟着学生吃摊子，什么样子。

斜依着研究室的窗缘，或者搬一张椅子到走廊靠窗的地方，坐在阴凉里，用一块布擦抹着琴上的簧片。手的来回擦出烁烁的光芒，倏忽一两折，闪迸阿玉坐着的屋里。

皮肤比较黑，眉下的颧颊有点高。然后就看不太清楚，这样专心地低着头。

台湾小摊最不卫生，带他回来一起吃。母亲说。

台湾人老实，肯用功。外省来的，个个油腔滑调。父亲说。

擦亮的口琴放在唇底，稍微抬起头，一手拿着琴的这端，一手半掩着那边孔，试吹了一次节奏缓慢的八阶音。

妇人身边跟着年轻的小姐，手里提着团花布包，窸窣讲着话，经过研究室的门口。找门号的模样。

是这里了，小姐轻声说，进去了隔壁。

墙很厚，听不见低低的交谈，偶然间隔了女孩子的笑声。

是随在身后一起走出了研究室，好一会以后。

母亲和妹妹呢。给父亲介绍的时候说。从南部坐火车上来。

妇人挽着提包，双手放在身前，弯下腰，给父亲行了很深的礼。

好，好。父亲弯身答礼。进来坐坐，这远的路。

哎——妇人微笑，迟疑着下边的话。仍旧和女儿局促地站在门边的走廊上。

还得赶回去呢，儿子解释。普通话不太会说呢。

妇人歉赧地笑着。

哎——阿森——小孩子。请先生——多多照顾。一句话，这样勉强说完，又跟父亲弯腰行礼。

哦哼，父亲脸红起来，提起手臂，扶了扶眼镜。

好学生，哦哼，又清了一下喉咙，真晓得念书呢。

梳着光净的发髻，穿着整洁的素花旗袍，有点矮胖的身子由儿子和女儿伴随，慢慢走去了长廊的那头。

父亲坐回自己的桌子。咳哼，咳哼，还在清喉咙，人家已经下楼了。

从杜鹃的矮丛上边，阿玉看见三个半身的背影。女儿给母亲撑着花洋伞，经过水塘，左拐向校门的方向走去。直到洋伞消失在树丛以外。

也许送完母亲到车站，还会沿着原路走回来。

可是树丛以外，阿玉踮起脚，红砖的楼房静静排列在椰树的道路旁。叶间不见风，阳光不落影子，自己等待着的半身，独自伫立在树顶后边无人的这一面窗前。

父亲把一包东西拿进厨房，打开外层的报纸，是一盒肉脯和两对乌鱼子。

陈森阳说他吃不完。

请他到家里，随意吃个饭吧，不好意思。

不要呢，叫了好几次，很内向的人。父亲说。

平锅煎出鱼子浓烩的香气。六时的温州街，日光已经过去，黄昏的长影投落在穿廊的边缘。

医学院考上还不念，真是。坐在廊缘藤椅上的母亲说。

不喜欢。父亲说。

这年头，知道医生能赚多少？

你就是算计这些，人有不喜欢的，总不能强着去。

没我每天算计着，就由你去喜欢的。

谁稀罕医生，人家医生世家呢。父亲叭叭吹起了烟斗。

蚊子真多，母亲用扇子啪啪打着脚踝。

夜来前的榻榻米的房间有一阵闷热。光着脚趾把蚊香踢到书桌的底下。返校日不就几天了，阿玉盘算。香烟从桌后和墙壁之间的空隙蜿蜒飘迎到桌面。数学是要和同学一起赶的，读书报告的两本也翻过，英文生字、大小楷等都差不多。只有一样，那是日记本，空出了一些页。

当初才放假，写着暑期计划，说是要把所有的抽屉壁橱都清了，把相片本贴好，把标本整理出来，看完《战争与和平》。立志的题目写起来总是不加思索的流畅。

而今太阳一日接一日地照耀，蝉一树接一树地嘶鸣。天气很潮湿，汗水要到黄昏以后才终止，一身黏答答的。

惛懵的时光里，倒有一件事在萌芽滋长。是什么，阿玉不想探个究竟，不如让它原原本本，水藻一株荡漾在海底，漂撩着夏日的沉闷和孤寂。

这样的事，却是无须写在日记本上，让级任老师知道的。

母亲准备便当的时间，阿玉开始催促。

站在研究室的门口，一阵踌躇。正在里边跟父亲说话呢。

看见阿玉出现在门口，结束了话题，友善地微笑算是招呼，从身侧出来。阿玉低头把饭盒放在长桌上。

手肘扶着窗缘的砖块，阿玉眯起眼。尽头的水田在遥远的夏风里翻掀。

时有时无的口琴声，在隔壁吹起，如所期待地。

阿玉回转头，看见父亲双脚放在另张椅上，已经睡着了。

就在口琴声中，沿着玻璃花房，经过茅草的野地，一同进入那片菜花田吧。

梗子长得比人还高，开着单瓣的十字形的小花，一丛一丛垒聚在对生的软枝上，金穗似的掺摩摇动。阳光照耀，在很蓝的空中。

一群白色的蝴蝶在菜花上飞舞。

阿玉凑近自己的脸颊，柔嫩的花瓣触着有点痒。

假若喜欢这样的油菜花田，我们乡下一大片一大片，他说，从秋天撒籽，一直开到第二年春天呢。田里扎着稻草人，稻作收成的时候，停在稻草人的肩上——

他抬起了头。

蝴蝶吗？阿玉说。

不，海鸥，红嘴红脚的海鸥。从寒冷的地方来此过冬，第二年天暖再飞回去。油菜开花的时候，正是海鸥栖留的时候。

阿玉像他一样抬起头，看见蝴蝶骤地变成了白色的水鸟，撑长翅膀，呱呱地鸣叫，低掠过南部的天空，向温暖的海的方向飞去。

马尾草丛生在低地，亚麻黄给风吹去了一边倾。

灰白的沙土蔓延。沙尽的所在，海水镶着花边在边缘迎接。

水里漂游着一簇簇的花斑鱼。鱼背上闪烁着金屑似的日光。

沉落到最低，随着流波在摇荡，呀，不正是那株水藻。

修长的藻叶像无数手臂，节奏而温柔地卷绕抚搓，解放了焦虑的肢体。

阿玉，父亲的叫唤声，先回家去吧，不早了。

匆匆从窗缘的海底转回，阿玉拿起了饭盒的布口袋。

有片美丽的菜花田，对着黑夜的窗玻璃，阿玉在空白的纸页上写下第一句。

常看见的，倒是他独自走向水源路的底端的背影。

还是替系里给父亲送东西，让母亲留下了。

家常菜，多吃点，母亲说。用汤匙舀起一满勺肉丝。

就跟自己家一样，别客气。父亲说。

喏喏扶着碗答应。

有喜欢的学生在身旁，父亲提议喝点酒。

说是不会喝，婉拒了。

陪老师喝点吧，难得。母亲说，起身去拿酒。

不，不，胃不好呢。脸红起来抱歉地说。

是么，父亲说，要母亲只拿一个杯子，那跟我一样。不过，我已经慢慢好了，人老了。

胃病的种类很多的，是怎样的一种呢？父亲一边给自己倒了半杯酒。

治胃病的方法，因为是过来人，倒是了解一些的。

胃的问题，主要都是虚寒的缘故。调理的方法，不外是使脾胃暖起来。中药里的黄芪的作用很好，加上红糖，红枣煮，早晚饮下。

但是主胃的，其实是脑，能够不焦虑不想事，才是治本的原则。

平常不要老是窝在研究室里，出外走走，多运动，多锻炼腹肌，很有直接的关系。

当然，如果这些都不成，还可试试另一种，就是鲁迅写的，找张破旧的鼓皮来煮了吃，以毒攻毒，以治腹疾的疗法了。

老师和学生都笑起来。父亲自己举起了杯子。

别尽听你老师的，母亲说，他那胃都是半夜一个人起来喝闷酒喝出来的。

狭小的饭厅并不因黑夜的到来而凉却。四人弯身围桌吃着饭，空气混浊而潮湿。电扇在背脊上嗡嗡地掠过来掠过去。

父亲没接话。

过了一会，他举起筷子，捡了一块排骨，放到学生的碗里。

来，多吃点肉，总是好的。

阿玉帮母亲收拾盘碗，拿到厨房的槽里。母亲在炉上坐了一壶水。

抽烟斗的东西都从书房拿过来，轻轻在桌边扣了两三下，烟灰剔到小盘里，放进去一撮新丝。

治近代史上的问题——

面前只有学生，父亲上课一样地说起来。

阿玉等水开，站在厨房一个不见自己的地方，透过暗绿色的纱窗，第一次和最后一次，仔细地看了他。

虽说能够不顾忌地久看，却仍得不住清楚的轮廓。不知觉中，黑夜已经浸爬到屋里的各个角落。为了省电的缘故，只有饭桌上头开着一盏灯，投下苍黄的一圈光。而他的脸，瘦怯地，退落在光圈以外的晕暗里。

头发留得很长地覆盖在眉的上边。因为低着头，双眼以下都落在自己的影里，还是两颊略高的地方反映了一些黄色的灯光。

水的声音，刷子搓擦盘碗的声音，父亲萤嗡讲着近代史上的几个问题。偶然也会提起腔调，为了加重某个论点。这时候，他就会稍微抬起头，在缄默中，似有似无地微笑起来，表示了意见。

这样郁悒的眉颜，在二十余的年岁，阿玉有点不明白——倒像是摆脱了稚瘦的肢体，独自预先老成起来。

为什么呢？

黑暗中的她，突然想从纱窗的这边，伸出援助的手。

当一个月以后，阿玉知道自己再不会——或者至少要十年以后，才能再见他的时候，这从湿闷而又昏暗的厨房，透过灰尘的细铁格子看过去的淡绿色的脸，就会不停止地出现在眼前，如同不愿告别的影子。

壶水警铃似的鸣叫起来。

确如父亲所说，夏天过得特别快；一个月，两个月，黄昏就吹起了风。电石灯在他身的两侧渔火似的摇引，当他吃完了面，付了钱，站起来，独自走向水源路的底端时。

十一点多，父亲开了门。

今天可早啊，母亲说。

没有接话，默声在折椅上脱了鞋，换上拖鞋。踽踽走进自己的书房。

还要做饭给送去呢。也不先讲声。母亲在厨房扬声说。

仍旧没有回答。

母亲从炉边拿起抹布，擦着两手，跟进去书房。

出事了，陈森阳。父亲低声说。

阿玉的心哺地跳上来。

什么事？母亲显然也吃了一惊。

给带走了。

阿玉把正在搅拌的猫食放在桌上，走到冰箱的旁侧，父亲压抑得很低的声音从窗罅传出来。

昨晚——说是穿着便衣——只让拿一件外套——

几个研究室都给开了门，我的也进来——

有碍眼的么？母亲的声音很紧张。

大约只是看看，不在研究室。在水源路什么地方。都搜了拿走。

有碍眼的，快快给扔了。要不就拿回来。

一共五个人，院里倒出了两个。

真是——

太突然了，太突然了。父亲喃喃地说。

真是——怎也不通知一声。母亲说。

什么时候通知过？父亲的声音突然粗起来。什么时候来通知你过？似乎拿起一本书，用力掷到桌面上。

母亲没有接下去。阿玉听见颓然坐落到椅里的声音。

憩一会，就吃饭了。手里还拿着抹布，母亲走出了书房。

温雅多礼的妇女出现在家中，是两天后的下午。

阿玉从外头回来，把脚踏车推去后院的屋檐，经过客厅的窗口时看见。

阿玉放轻手脚，拉开后边的门，从穿廊上来。

远远端坐在窗前的一张椅中，梳着整齐的发髻，穿着体贴的旗袍。女儿坐在近旁，用一种低微的声音，在跟父亲说着话：

现在放在新店——

——

不久就要换地方。

转去外岛——也是可能。

父亲沉默着。

间歇的空间，女儿时有一句时无一句地在说。四个人虽然面对面坐成对话的位置，挺直着背，却像互不相关地沉去了自己的思索。妇人两手放在膝头，偶然扬起臂，用一块白色的手绢，轻轻按擦着眉额的部位。

不知该怎样——

女儿又说。

妈妈是想——

是的——是的。父亲低声回答。

黄昏的闷热开始氲聚，没有流动的空气。独白迟疑着，断碎了，一句句，飘浮在逐渐徘徊的晚光里。

遥远的巷底敲起馄饨的梆子。托，托。木棍单调地击着。托，托。从墙外堕入四人寂坐的空间。

黑暗从四角侵爬过来，蠕动身躯，吞蚀了客室。

喝点茶吧。暗中的母亲像是突然挣扎出来。

都反应似的趋身向前，从矮桌上拿起杯子。

陆续再放下时，杯底零落碰击到桌面，发出叮叮的脆碎的声音。

没有人开灯。妇人的身廓已经朦胧。衬托了室外的回照，一张静肃的半身像，强调背光的缘故，失去了身前所有可以触摸的细节。

篱墙上的茑萝攀爬在郁黄的背景里，蕊心倒特别地红艳出来。有一群麻雀嘈咶飞过天空。

这时候，妇人突然站起，双手紧抓皮包，往前走了两步，在父亲的跟前跪下了。

女儿朔地也立直了身子。

父亲显然给吓住，没有预料这样的事，有一刻只是怔怔呆坐在那里。然后也站起身，怆惚中，膝头碰上近旁的小几，茶杯在几面一阵摇晃。父亲伸出一只手，连忙扶住杯子，另手按住椅的把手，平衡着往后倾去的身体。

这样的姿态，三人僵置在晕暗的屋中。

只有母亲向前一步走到跪下的身影旁，双手扦扶住肩腋的部位。

快起来，快起来，嘎声说，老师一定有办法的。

沉默持续下去，不知是谁的咳声，落单在凝窒的黑暗里；仍是由母亲想起了灯。

清脆的开关声，客室亮了。妇人像转醒过来，用一直捏在掌中的手绢按了按额际，恢复了原先的端雅。

吃了饭再走吧。母亲说。

路很远，就现在赶回，怕也不要夜深呢。

婉谢了邀请，鞠着很深的躬，一直退到大门口。一高一矮的身影渐远。窄暗的温州街的底端，已经提前进入夜里。

经过父亲的门口，在门外走廊上向父亲弯身行着很深的礼，浅浅微笑，向廊的尽头慢慢走去。

女儿替母亲撑着浅绿色的洋伞。水塘闪动日影跃映在伞上。

时光邈远。杜鹃、椰子、水泥路、钟楼，兀立在无影的日阳下，逐渐淡化而消失。

只有那株菩提树，静立在斑驳的墙边，一身丰翠舒展在俊硕的枝上摇曳，悲怜着怆秃的视境。

父亲决定去阳明山的研究所，探望许久不见的自己的老师。

光是上下山，怕不要用去半天的时间。父亲说，一边扣好烫挺的白衬衫。

要包点吃的带着？母亲说。

不了，大约会招呼在所里吃。

老师退休上山的初期，曾去看过一次。

多少年前了？母亲说。

想了想，怕不有六七年了吧，父亲叹了一口气，今日却为着这样的事——

坐在玄关的折椅上，穿上昨晚擦亮的皮鞋，戴上草帽，拿着一把黑伞，父亲郑重地启程了。

公共汽车总要等一会，不过〇南是很快的。五十分钟应该到火车站。换坐公路局班车，开上天桥。从中山北路直走到底，转过动物园，然后——然后怎样走，阿玉茫然了。

冰箱上的时钟已过十二点，从出发到现在，已去了四五个钟头。无论走哪条路，总该是到了吧。

研究所又是怎样的建筑呢？大概像学校的土灰水泥楼，上下开着两排平行的窗。门口的小房间里坐着守卫的吧。

父亲见到了老师，必定也像自己见到了老师，或是像妇人见到了父亲，尊敬地行着礼。

好，好，这久都没来？老师把眼镜取下，高兴地拍着父亲的肩。要父亲到自己的房间去谈。要办公室送两杯茶进来。

老师的头发已经全白了，可是身腰还硬直。山上空气好，饮食滋养又清淡的缘故吧。父亲笑着问起老师的近况。礼貌地说谢谢，小工拿茶来的时候。

老师关怀起父亲的研究工作。

好，好。频频点着头，端起了茶杯。

山上的水，质地比较纯。

这次上山来看老师，为了一件特别的事——父亲终于迟疑地说出了来因。

是这样的——

又用窗后压抑着的声音，父亲开始一句一句说起了。

白发皑皑，神情很严肃，尊敬的长者垂目倾听；阿玉建立了一些信心，忧结的心情得着了一些纾解。

花猫出现在墙头。阿玉推开厨房的纱窗门，把猫食拿到院子里。

猫三两步跳过了院子，竖直尾巴，喉里呼噜噜的，绕转着阿玉的脚踝。

阿玉蹲下来，用筷子挑捡出里边的鱼杂碎。顺着脊骨梳通花猫的背毛。隔邻的主人出门又忘了留下猫食呢。

经过这样的历史，仍能维持完整，是存在着一种“民族主义”的缘故。父亲口鼻之间吐逸出蓝色的烟雾，飘绕在纱窗的那边。

而中国民族性里最伟大的，父亲接着说，莫非就是这“民族主义”了。

他抬起了暗中的脸。

可是，国民性里的骄妄愚昧无理，也正来自这“民族主义”呢。

缠结在袅袅的蓝烟中，这是那晚他开始不同意父亲而说的一句话。

花猫吃完鱼骨，用舌板刺刺舔起阿玉忘记收回的食指。阿玉卷起了手。

午后真滞静。隔邻的收音机播放着一支老歌。

望穿秋水，不见伊人的踪影。

尖细着嗓子的女声，阿玉听着听着又愁起来。父亲的踪影，现在是在旅程的哪一段，父亲的任务，现在又完成到哪一节了呢？

过来厨房洗干净了手。一抬眼，冰箱上的时钟已经过五点。走前跟母亲说要回来吃晚饭的，那么是应该在回程中了吧。

老师或许会亲自送到坡角的公路站，殷殷叮嘱再来。当然，那件最重要的事，一定会尽力去想法子。事在人为——望着山坡修葺的矮树，老师没有再说下去。

墙底的日影长了。阿玉回到自己房里，拿起一本书，读了几页。

不过，他却又说，中国知识分子继承着的，无论是实证主义还是浪漫主义，的确都是一种民族意识，和对民族命运的关怀，是不可分的。

我们这种时代，具有这种意识，却有点不合时宜，要做烈士呢。父亲说，一边轻轻笑起来，独自喝了一口酒，吐出更多的烟雾，把自己和学生笼罩在不见面目的氤氲里。

一站站过去，惛恍中，终于抵达灯火通明的台北了。

五十分钟或者一个小时以后，父亲就会到家，坐在门口的折椅上脱鞋。

唉，总算办成一件这样不寻常的事，父亲会放下重担地嘘出一口气，穿上拖鞋。洗了手脸以后，在晚饭摆上桌以前，先到穿廊的边缘站一会，让羊齿的晚香换进肺里。

可是，预计和加延的时间内，父亲都没回来。阿玉和母亲默默吃完冷了的饭。

邻居又打开收音机，广播剧开始了。一个女人呜咽说着什么。过一会，换上广播员口齿标准而又情感洋溢的叙述。女声接着和一个男声又说什么，一遍又一遍呜咽重复——门上响起钥匙放进洞眼的声音。

黑暗的前庭出现了父亲。

坐错了车，下山的时候。嗒然坐在椅边，显然是疲倦了。

把重热好的饭菜放在桌上，泡两杯茶，面对面坐下。怎么说，母亲问。

没有回答，沉默中父亲拿起筷子，一声不响地吃起了饭。

按摩的哨笛并不间断，只是愈吹愈细幽。阿玉惊觉；自己还坐在书桌前的椅中，早该是去睡了的呢。

可是那边卧房的门缝，也还亮出线似的光。

一点希望都没有？母亲的声音。

总是要试的，尽力而为。只是已经关了进去——

不是以前很能说话的？

退休了。多少年下来，关系也老了。

——

况且又是这样的事——

这些小孩，也怪自己不安分。母亲说。

年纪轻，想不通。父亲说。要是这样干能成事，世界早就不一样了。

你这做导师的，平日怎看不出？

看出来就好了。平日多说两句，给我听出来，就好了，也许还拉得回来，就好了。父亲埋怨着自己似的——很优秀的学生呐。

好好的前途都给毁了。母亲同意。

一代一代这样干，希望在哪里？父亲说。

——

矜持的人，终也安身不得——

怎对他妈交代，母亲说。

两人同时叹了气，沉默下来。纸扇索索摇着，偶然拍打一两声腿臂。

郁闷的夜，也许应该下场雨。

你还记得我一个表弟？父亲又低低地开了口。

哪个？

那个念杭州艺专的。

常来找你聊天，劝你也念美术的那个？

唔——

怎不记得？后来失踪了的。

说是给亲眼看到，父亲说，当街按在墙上，一排子弹。

可也有人说逃了，给救了。

总之，是不见了。父亲说。

还给我画过一张速写，母亲说。挺传神的，不知放去哪了。

父亲说这几天还都得上山，就不再有连续的对话，以至于完全无声了。

可是自己换好睡衣，仍坐在书桌前。夜的空气已经从半开的木窗细致而持续地进来，屋里流动起凉意。阿玉关上灯，原以为会即时投进一块长方形的月光，世界却是骤然乌黑了。阿玉的眼睛一时间没能适应，竟连自己的处身也失去了所在。

眨着眼，睁大了眼眶，努力地搜寻，过了一些时候，分辨出书桌的边缘，和窗前台灯的侧影。

院落是黑的，三边围墙烘托出肃穆的气氛，等待生灵像角色一样地降临。

浓密地掩映在夜影中，果然静静来到窗前。

我要向你告别了，菩提树说。

为什么呢，阿玉不明白。

我这样的，原不属于世间的种类，有不乐意见我的人，要除去我了。树说。

阿玉心中一阵难过，不知怎么说才好。

我虽不愿意去，生存的权力却无从由我决定。树垂低了头。

是这样——没有希望么?

不能回答阿玉的问题，修柔的枝叶无言地拂撩着窗缘。

站在研究室的窗边，那是第二天。阿玉踮起脚，柏油路的远头给太阳晒出蜃影似的黑光。

一辆卡车出现在木栅门后。

警卫从小屋里走出，打开了整扇门。

卡车顺着直路浮驰在黑光上面，整个车身战悚在午后的热气里。

阿玉感到不可阻止的梦魇正在逼近前来，从逐渐可以听见的呃呃的引擎声里。

吐出污灰的尾烟，在图书馆后门的旁边停火。

似因犹疑而不生动静——

或是因为想在树荫底下休息休息吧，阿玉努力期望。

从车身跳出几个穿短衫的人，嘈声说着话，走去后头敞开的木板厢，翻弄了一阵，拿出长长短短的工具。

一伙走到树的底下，抬起了头，挥动着手臂又说了一阵，像是要决定什么。一个十分年轻的人上前伸出手，探摸着树干，敲了敲，回头和其他人似再商量了一阵。然后他从腰间的挂袋抽出一样长柄的东西，往后举起了手臂。

突——突——突——

单调的击声锤进午后的沉闷，一声一声落入阳光无法照进的深底。

这样与你告别，以后不复再有见面的机会，是何等地不合理。昨夜树说。

年轻人回身从地上拿起一匝绳索，其他人围上来，帮忙在腰际系紧了。踏上一只脚，虫似的攀爬起树干。随着重复的突突声，蠕动进叶丛，隐失了身子。

开始传来缓慢而迟钝的锯扯的声音。

那一时，在不愿告别的窗前，阿玉突然觉得，无论过去曾经发生过什么事，未来仍是要由自己决定的。

我跟你一起去，她说，去一个安静孤独的地方，过一种不给人干扰的生活。

树笑了起来；可是，世间是没有这种地方，而人是不可能不动心的呀。况且，我将被送去的所在，也不是你，或而甚至于我自己，所能承受的呢。

锯声刹住。有一刻十分寂静。世间的叫卖停止了呼唤，橄榄停止了掉落，蝉和麻雀停止了鸣唧，海鸥停止了飞翔，午眠停止了呼吸，夜梦停止了悸动。

曾经努力过的期望停止了希望。

细微的一阵战栗，向一边倾去，无声地半悬在空中，然后慢慢下落下落，边叶刮着砖墙，触地时掀起尘土如溅起水花。

这只是最顶层的一截。

阿玉吃到眼里，经过了喉肠，再一截一截吞到心里。

工人合力把树堆上车板，倒转车身，任由枝叶吊垂在后头，拖擦着粗糙的路面，从原路摇摆去了。

十五年。父亲说。

十五年！什么事要十五年！

——

人有几个十五年！母亲说。

——

出来的时候，或许是我的岁数了。

父亲自语似的。

说是不甚饿，草草吃了半碗就放下，自己一人去了穿廊。

这时是应该走到丝瓜架的前边的，数一数架上的黄花，几朵正在开，几朵已经落瓣。弯身检查花托的大小。或许能吃到一两个自种的瓜了呢，查完会满意地说。或许坐到藤椅中，轻轻嘘出一口气，拿起烟斗，嘴里咬着柄，双手围拢斗的部分，灯笼似的在指间亮起了火苗。暮色里，邻居扭开了屋后檐下的一盏夜灯。

然而灯光愀然地衬托着只是始终静坐的身影。佝偻的颈背是阿玉以前不曾留意的。

哦——把茶杯端过来的时候，像是从遥远转醒回身，抚抹着眼角，闭眼用手掌用力擦揉着脸庞。

是在流泪吧，杯子放在身侧的小凳上，阿玉心里猜想。

夏日即将过去。凉意已化为雾水，贴依着穿廊的木椽。

树又来到窗前，一个萧寂的夜晚。

你去了哪？阿玉惊喜极了，原以为再不能见面。

垂着燋黑的枝叶，树说：

他们把我搬上板车，一路开到荒地，倾倒在一间小屋里，便锁上了门。

那是一间没有窗户没有光的屋子，我被堆放在阴霉的角落，虫子从湿地爬上来，不停止地咬啮我。一片片一块块，我就要在黑暗中消蚀。

才高兴起来的阿玉，顿时又哽住不能说，自己是这样无能为力。

除了虫子的咬啮声，在彻底的黑暗里，树说，倒有另一种声音从不远的地方传来。

是什么呢？阿玉问。

哦，是海，海的声音呢。

阿玉用手拢住耳轮，努力地听。在漆黑的庭院的围墙外，果然起伏着海水的声音。

孤寂的生活，也就略略有了些安慰。树说。

把你一个人关在黑屋子里，可以让你做什么呢？阿玉问。

哦，是的，正要告诉你呢，树说。我的口琴吹好起来了。

虽是不准拿任何东西，这口琴却是随时放在衣袋中的。

树低下头，在口袋里摸索，找出了那支口琴。

旁依了窗的木框，用掌心轻轻擦抚着琴的簧片，直到两面都闪烁出青色的光芒。

你听听看。

他说。双手拿起口琴，放在唇的中间。

阿玉把身子往窗前移近一些，两臂合围住弯曲的膝，微仰起头，准备好了。

左手拿着这端，另手遮住一半琴孔。先试了一次八个连续的单音。

拢贴了手腕，右边轻轻一开一合，试了微颤着的和声。

然后缓慢地，在三个低沉的音符上重复，吹起那支忧伤的调子。

月亮出来了，经过舒落的东方星次，上升到簧片的上面。腕的轻颤引震出莹莹熠窣的光辉。

手肘撑扶住映月的脸颊，向窗缘斜靠去头肩，听着听着，阿玉终于放心了。

完稿于 1985 年 6 月 10 日

朵云

阿玉曾经十六岁。那时候，天比较蓝，太阳比较亮，风比较暖和。

父亲拿到专任教授的聘书，一家人特别高兴，坐了三轮车，从信义路的违章建筑，经过罗斯福路盛开的木棉花，来到宿舍区温州街。

灰旧的日式木房，屋檐低低覆盖在防盗木条上。矮冬青长得很密，一棵棵连成了围墙。没有大门，碎石和水泥压成的门桩分立在左右，算是到了进口。

两三尺宽的通道，已经泱泱掩过来茅草，窸窸撩着阿玉的脚。

阿玉抱着装满碗盘的篮筐，抬起头，看见檐角伸着很长的涡花，棕榈的流苏叶，正轻轻拂弄着青灰色的屋瓦。

黄昏落在瓦上。

父亲把腋下的书包放在台阶旁，弯起修长的手指，细细抚摸着门框。

上好的楠木呢，父亲说。

拉开木门，从黝黯的玄关拢来阴湿的霉味，脚下的瓷砖已经踩出了水泥底。阿玉把碗篮搁在脚旁，解开球鞋的带子。

榻榻米的绿布边已经有几段碎裂，席面湿唧唧的，弄潮了袜子。

窄长的穿廊倒是光亮，滑净的木板地，长排的纸门。

廊缘底下斜伸出一丛羊齿，翠绿的细叶对生整齐，叶尖弯弯垂到了地面。

阿玉把篮子放到厨房的木桌上，再去看别的房间。

一下进了里屋看不见，阿玉摸着墙，一间走过另一间。

走到后头的一间，面对阿玉迎来一扇小窗。黄昏已经过来窗前，小猫似的落到了阿玉的脚旁。

窗缘上边镶着随梁，五六寸宽的横木，镂空刻了几笔山还是水的线条。黄昏又从那里摸进来，落在阿玉脚旁的席面上，就留下了一排郁金色的山水画。

可是山水到墙边就不见了；这只是半间房：本是从前什么人家的一整幢房子，都在中间用石灰板隔开，分成了两半。

阿玉走到窗前，踮起脚，看见竹篱笆那边的后院，摆着一盆绿底红边的宽叶海棠。

考上第一志愿还真不容易，父亲说，这间面对后院的小房间，就全给了阿玉用。

刚洗过的榻榻米还散着草席香。阿玉把被往上拉，盖住下巴。还是搬来的第一个礼拜天。

谁家鸽子排在屋檐，咕噜噜咕噜噜挤来挤去，搓揍着脖子。

有几只飞远去。

一朵云，轻轻飘过礼拜天的蓝天。

躺到十点多，阿玉才想起父亲嘱咐的窗帘还没买。

从巷子出去，往右拐，一直往前走，看着小学校旁摆出地摊，就快到菜市场了，母亲说。给了阿玉二十块钱。

阿玉穿上绿衬衫黑裙子，拉开木板门，跨出脚，看见矮冬青的那边门前，站着一个妇人，手里拿着一个小包，用报纸卷成了三角形。

妇人把钥匙放进洞眼，正要开门，看见阿玉从这边出来，就转过头，和气地朝阿玉笑了笑。

妇人的头发梳得真水亮。

布店就在鱼摊旁。阿玉买了两码绿色的格子布；父亲的书房有两扇对开的木窗。

有点知识分子味呢，父亲说。

阿玉捧着针线盒，把小凳子搬到后院，垂着齐耳的短发，就着斜斜的阳光，穿过一根绿色线。

啄，啄，啄，竹篱笆那边传来轻轻的叫唤。

阿玉斜过头，从篱缝看过去，一个小老头，仰头站在屋檐下。

顶上的头发都朝后翻，透着茅草般的光亮。

从手里的小三角包，抓出一把谷子。

吃呀，吃呀，仰头对着一个笼子，小老头低声说。

阿玉缝完了窗帘，给父亲挂好，回来自己的房间，爬上书桌。

屋檐底下挂着乌黑的笼子，一对通体金黄的鸟，尾羽闪着墨紫色的光泽，啾嗞嗞地在叫。

第一回看到夏教授，还以为是个老头子，其实跟父亲差不多的年纪。

母亲拿回来一只大竹笼，还有两把干稻草，说是用一支旧台灯，跟前巷养鸡人家换来的。

过几天，又拿回一只黑母鸡，和二十几个鸡蛋。

黑母鸡孵出了十只芦花、十只洛岛红。毛茸茸的小鸡摇摇摆摆抖开来，一堆堆绒线球似的。

就在我的窗前，不能放远点，父亲说。

这太阳多，天也快凉，母亲说，

一天父亲叫过来阿玉。要是看到什么秧秧，给我挖几棵回来，父亲说。

还有丈把远，阿玉就看中了那棵丝瓜秧。跳下脚踏车，从书包找出一把化学尺，撩起裙子的一角，跨过水沟。已经抽出了好几片大叶呢。

父亲把丝瓜种在廊脚，请巷口杂货店的大儿子过来帮忙，沿着廊柱，搭起了竹架。

夏天还有一阵热，丝瓜抽出茸茸的菱角叶，爬呀爬的，爬上了竹架，遮住了那笼母鸡和小鸡。

吐着棉絮的沙发抬出去，又换回来两只旧藤椅。

父亲把小凳放在藤椅旁，凳上搁着抽烟斗的件件东西。

父亲坐下藤椅，轻轻吐出一口气。侧身从小凳上拿起烟斗，把一根白色的细绒丝放进柄里，抽了几下。打开小皮夹，拿出一撮透黄的烟丝，放进斗里。用支小铁柄按紧，划亮了火柴。

送给自己的礼物，还是从西门町买回来，庆祝拿到聘书。

叭叭试吹了几口，才满意地靠去椅背。

白烟袅袅升上的天空，已经出现了几颗星子。

知道老夏的事么，父亲说。

哗啦的水声里，阿玉听不见母亲说什么。

一个人住，倒也是寂寞。父亲接着说。

妇人用日文叫夏教授“神涩”，额头梳得滑净滑净的，每根头发都拢到了后面，圆髻整齐地兜在网子里，还斜插了一串月弯似的茉莉。

里外都是花香；父亲带回一把玫瑰，说是农学院自己培养的。在厨房四处找，不知道放到了哪里，那只用报纸跟卖酒矸换来的洋酒瓶。

我过生日，你怎不记得买点花。母亲说，嗞嗞刮着鱼鳞。

中国人不作兴这套，父亲说，就着刮鱼的水槽装满五分水，拿着剪刀去客厅。

洋红色的玫瑰剪得一般齐，浸在墨绿色的长瓶里。

今年玫瑰开得久，入秋了，还是紧紧的苞，父亲说。

轻轻哼起一首歌。

厨房传来煎鱼的声音。

楠木房子透明地亮起，羊齿展开轮生的细叶。

妇人膝上放着一张绿叶，端坐在后院，半举起浑圆的白臂膀，拆开支支发夹，揭开发网，一倾头，抖散了发。

流泉似的披下来，在早上八九点的阳光里，一头一肩一背都是。

拿起一把琥珀色的篦子，沿着脸线，往后微倾着头，一片片篦到了腰际。

再把篦尖点在泡着刨木花的瓷碗里，掠起一点水，拂在每一片发上，通体梳得水光光。

放下了篦子，十个指尖撩着卷着，流泉变成了幽涧。

绕过来肩头，嘴里咬着一截红头绳，把辫尖扎紧了，夹在两个指节间，绞呀绞，绞成了乌溜溜的圆髻；用一支银簪穿过去，贴贴地别在脑后。

从膝头碧绿的芋叶里，然后拿出一串新月形的茉莉。

只是先生的发，无论在一天的什么时候，都萧瑟得像秋日的干草。

教堂的钟声响起，沉重而缓慢地扩散在青瓦上。

夏教授在路中央停住了脚，向钟声的方向微仰起头。

阿玉放学，从夏教授的身旁骑过，看见他合上眼，进入了恍惚。黄昏的天色反映在他两小片圆镜片里；有一朵云，无着无落地飘过。

钟声回荡着回荡着远去，从一排排篦梳般的青瓦间。

当年的才子，学运的领袖呢，父亲说。点上了烟。

白烟袅袅穿过瓜叶，升去近夜的天。

可是——那时候，谁又不是左派，谁又不是革命志士哩。洗碗水声间，父亲径自低声说。啾溜溜地，全身金黄的鸟，开始叫晚食。

隐约的咳嗽声，黄鸟的啾吱声，还有窸窸窣窣的缝衣机声。

妇人一边给人家做裁缝。

为了做条体育课的黑裤，阿玉还是第一次进来这边。

和家里的格局真是像，只是一入门，就用作了书房。临窗放着一张旧木桌，墙上排满了书。书架镂空的角落，斜撑着一个镜框。起黄的黑白照里，一对年轻的夫妇，男的穿着小翻领西装，女的梳着鬈鬈刘海，并排靠肩坐着，中间有个小女孩。三个人，都浅浅地在笑。

阿玉跟在妇人的身后。穿廊旁边的泥地上，有一株桂花开着米黄色的小花。

妇人的房间就是隔壁自己的那间；放书桌的地方放了一架旧缝衣机。墙角棉被折得方方正正。紫红底上开着几朵大红的牡丹。

虽然不喜欢宽肥的灯笼裤，可是母亲说要做这样的也没办法。

班上的同学都穿紧腿的短裤了。

量好了尺寸，从里头出来，阿玉在鸟笼前停下脚，用指甲轻轻叩了叩笼子的细木条。两只小鸟吓得挤去了边旁，一声不响，黑珠子似的眼睛，动也不动地瞅住阿玉。

是斑文鸟呢，妇人说，从乡下特别给先生带来。

阿玉走到门口，不知怎样说谢谢。

先生叫我欧巴桑，妇人浅浅笑着说。

台湾人喜欢用日文，母亲说，端出两杯热茶。

老夏给日本人关过，在牢房里，给灌辣椒水，父亲说。

已经快胜利了，说是做地下工作。从鼻子。

伤了肺了，母亲说，在另只藤椅上吹着茶面。

还记得沙坪坝那几年？

怀里塞几个馒头，透早出去，洞里就是一天。

是啊，是啊，怎不记得。

炸弹隔着洞壁扔下来，那么薄薄一层。

一头一脸的沙，出洞连自己都不认得了。

战争在瓜架底下进行，黄昏惶惶地不安起来，后墙那边人家的窗口，有一盏没有罩子的电灯，大概才被人手拧开，还兀自轻轻在摇晃。

鸽子都回家。静悄悄的青瓦上面，横过去三两条寂寞的电线。天色红绛绛地落下。

阿玉从榻榻米上直起腰，轻轻掩上门，把战争关在门外，从桌上拿起书，翻开来。

还是夏教授星期天给的这本。

那天下午下起雨，早上没带雨衣，骑到杂货店也快湿透了。

夏教授撑着大黑伞，正从那头过来。

下来吧，小妹。

阿玉刹住了车。

夏教授把书夹到腋下，把伞换过一只手，移过来伞面。

书包背这边，别弄湿了，夏教授说。

学校喜欢吗。

阿玉低头嗯着，算是回应。

数理喜欢吗。

什么都能考得好的阿玉想了想，一时也答不上来。

史地呢？

英文学得好？

一句没一句，夏教授一边走，一边和气地问。

阿玉看着眼前伞缘挂着水；几步路的巷子，竟走了这样久。

小妹，小妹。礼拜天的早晨，夏教授从墙那边叫她，要她过来一趟，说是在学校附近的书摊，看到这本泰戈尔。

青色的底面，画了几笔水纹，标题下面飞着一只白色的鸟。

阿玉打开书。黄昏从她肩后悄悄过来，温暖地落在书页上。

放学遇到夏教授的时候并不多。

下课以后，夏教授经常要在研究室待一会，等偌大的文学院静下来。

抚着冰凉的扶手，一步步走下台阶，绕过前厅黝黯的石柱，沿着上灰下蓝的墙壁，经过空无一人的教室。

后门水塘旁，那株春日早开的芙蓉已经结子。

若是郁闷地传来咳嗽声，就是到家了。

然而无论在不在家，黄昏一过，隔墙就缄默起来。

只有这有一声没一声的咳声，像低吹着的箫管，寂寞地提醒还有人在。

都知道这回事，父亲轻声说。

什么事？母亲花拉拉收着碗筷。

和下女的事。

也真是，堂堂一个教授——

父亲没接话，低头清理着烟柄，换上一斗新丝，划亮了火柴，嘶嘶点上了烟。

从瓜架的空隙，有一朵远云飘过。

一个人住，可也真寂寞，父亲说。

送裤子过来时，欧巴桑还带了一小包刨木花，要送给母亲。说是丈夫从乡下新刨来，选了杉木，特别刨得细，还留着香气呐。

阿玉把灯笼裤扔进壁橱，爬到书桌上。那边院子的泥地边，蹲着一个穿卡其短裤的男人。把鸟笼放在跟前，眯着眼，正看得专心。

虽然黑黑瘦瘦，倒是个清秀的男人。

除了种田以外，还养了几笼鸟，欧巴桑说。

先生养的这对，就是自己孵出来的呐。

可是男人不好意思留在房里，先生一回来，就退到院子去。先生要他一块来吃饭，只是在院子里点头，始终不肯进来。

要他留一晚也不要，说是会吵了先生，况且鸟也得自己喂才放心。

吃过了饭就要走，先生给了几件裤子衣服，都是好料子，先生自己都还舍不得穿呐。

天也黑得真快。

挽着一只紫底飞着白鹤的布包，欧巴桑跟在男人身后，一前一后出了巷口。

送到了〇南站，给他买了票，把布包交到他手里，看他上了公共汽车。

下次再来，还是自己回去，怕要等过年了。

黄花落下，露出拇指大的蒂。

吃不到瓜的，天黑得早，父亲说，捡起地上的花。

可是喜欢绕院咯咯跑的黑母鸡，每早都在窝里留下一个白晃晃的蛋。

阿玉，去借几条葱来，母亲在厨房叫。

家里来了助教小王和理学院的张老，说是要打几圈。

阿玉按铃按了好几下，没人出来应。阿玉又扬声叫了一次。

前庭落了一地的棕榈叶，木板门是闩上的。

防盗木静悄悄立在窗前，沐染着郁黄的晚光。

阿玉撩起裙角，拨开冬青的短枝，把脸挂在木条间，却沾到一眼睑的蜘蛛丝。

隔着朦胧的玻璃，努力看进去。

从木的间隔，斜斜落进一条条郁暗的阳光，灰尘金粉似的在跳动。

桌上有壶茶，细细冒着白气。

梳着刘海的少妇在镜框里，静静地对阿玉浅笑。

可是，屋里没有人。

阿玉挑开忍冬，沿了屋侧，小心往后头走去。

通廊上也没人，一条过道浸在黄昏里，撒了一地米色的小花。

阿玉绕过廊缘；海棠在院中径自舒展着宽叶。

看见阿玉突然出现在眼前，吱溜的双鸟一下噤了声，缩挤到笼那边，斜瞅着阿玉。

阿玉把脸藏在鸟笼后面。

窗前摊着一块蓝底的花布。暮色已经进来，把缝衣机的影子长长投在榻榻米上。

机影斜入晕暗的墙角。

在墙角，阿玉看见，蓬松着一丛秋草似的头，正陷睡在枕中。没戴眼镜的眼睛，消失在迷蒙的眼缝后。

瘦小又白皙的脸，像个沉睡的孩子，身上几朵牡丹开得盛，掩盖了覆在底下的身子，倒让一双嶙嶙的光脚，落到了棉被的外头。

棉被的外头，蜷腿背着阿玉，坐着一个妇人，上半身的衣服搭叠在腰际，坦露出滑润的双肩和背脊，在朦胧的光线里。

黄昏穿过随梁的镂花，在这平广丰腴的背脊上，映出一排郁金色的山水。

阿玉侧过一点头，看见光着的脚，正由欧巴桑的双手捧着，搓抚在自己宽敞而又温暖的胸前。

女儿若在身边，也有阿玉大了，父亲说。

找个门当户对的填房，不是好些么？张教授的声音。

老夏太太还在大陆，填什么房，母亲说。

再娶再嫁吧，这年头。另一个人说。

可知道，父亲的声音，中国第一本欧洲文艺复兴史，谁写的——

——

老夏呢。二十几岁呢。

——

谁不二十几？张教授说。

一车车给拉走的，连麻袋都来不及盖的，也都二十几呢。

不都给清了。二十几。

一块钱还能买不少东西。母亲说。吃了一张牌，碰了一张牌，摊开来，胡了三番。

为了不好让人听见，牌桌设在里屋，上面还加了床军毯。人声和牌声都从军毯底下闷着出来。

一盏青白的日光灯，围着四张苍黄而又衰疲的脸。

台风快来的前一天，天特别亮。干爽的空气浸漫着肥皂香。

欧巴桑抖开一件圆领衫，把两只袖子穿过竹竿，顺着竿子拉平了。搭在墙上的那头，已经晾出了几件白衣白裤，还有小碎花的裙子。

阳光长长的，水滴滴答答地落着，挂下一排玻璃珠子。衣服轻轻在风里拍打。鸟在笼里啾啾地鸣叫。

妇人用裙摆擦干湿手，扶了扶发髻，仰起光净的脸。那片蓝天真明亮。阿玉把下巴搁在窗缘，觉得天光从来没有这样的遥远。

可是夜里起了风，一阵阵加紧，风里又带来了雨，唰唰打在窗玻璃上。

后院的竹篱笆给吹倒，是一点左右的事，哗的一声斜擦下来，倒过来阿玉家这边。

还在准备明天的小考，阿玉吃了一惊，慌张站起身，把脸贴上玻璃。

外头一片浑暗，自己窗前的弱光里，雨丝罗网似的在卷织。

墙那头突然亮起了灯。过了好一会，随着拉门的声音，出来披着雨衣的人身，蹒跚去了院子，挣扎着弯下腰。为了用手臂捧起已经翻倒的海棠，却让披衣从肩上滑落了下来。

本是慢性气管炎，吃了夜雨，转成了急性肺炎。

老夏的肺本就不好，这下——

父亲摇着头，要母亲选两只鸡送过去，那是夏教授出了院，父亲从隔壁看他回来的那天。

阿玉一手抓着芦花，一手抓着洛岛红，就这么伸长臂膀，离自己远远地提着。一路翅膀掀打得睁不开眼睛。

小妹是么——

经过穿廊回家时，里屋传来细弱的声音。

阿玉跟在欧巴桑的身后，涩涩地站到了房门口。

进来吧——

阿玉低头走到床侧，嚅嚅地喊了声夏伯伯。

从棉被底下抽出一只手，轻轻拉住了阿玉的。

潮湿却很温暖的手。

书看了吗？他微笑着说：

还喜欢么？

若是喜欢，就多看。自己去前面书房找。喜欢什么就抽出来看。

其实，夏教授慢慢地说，中国的东西更好，可惜这里看不到。

过来玩，自己去书房，喜欢的就带回家去。

阿玉走到房门口，夏教授还殷殷叮嘱。

果真接着几个礼拜天，当牌局在里屋设起，黄昏变得无奈，阿玉就会走到隔壁的木门前。

梳着水光光的发髻的欧巴桑，总是款款浅笑拉开门，弯身礼貌地让阿玉进来。

夏教授的脸色有阵也像是回复了往常。那天还起来，在书房陪了一会阿玉，给她说了些书的名字。从一大排《史记》的后面，摸出一本薄薄的小册子。

没有封面，四边起黄的书页；阿玉拿在手里，翻开第一页。

人睡到不知道时候的时候，就会有影子来告别，说出那些话——

多奇怪的句子，阿玉停住了手，心里想。

中国人，是不能不看的。

夏教授在身旁说。

阿玉把没封面的书带回来房间。当黄昏温暖地爬上自己的双肩，她再翻开书，看到了一段句子：

……然而我又不愿意他们因为要一气，都如我的辛苦辗转而生活，也不愿意他们都如闰土的辛苦麻木而生活，也不愿意都如别人的辛苦恣睢而生活。他们应该有新的生活，为我们所未经生活过的。

当少年离自己愈是远去的以后，阿玉常想起那几个深秋的黄昏，洒着一地桂花的通廊，弥散着茶香的书房，本本没有封面的小书，病中的夏教授给她列出的中国作家的名字。还有《故乡》里的句子，一段段，总是忠心地载负着阿玉的日子。

夜晚的温州街开始滴滴答答地落起小雨，夏教授去世的一阵子。

这一落，就要落到明春了，父亲说。关上通廊的纸门。

缠绵而又无望的秋日留在廊外。

冬天来到温州街。两排低矮的木房愈发暗下来，怯怯缩在冬青的后面。只有低覆在屋上的瓦，仍旧端庄地排列着，闪着青光，勾着涡花，向灰空伸着望乡的手。

冬天不好照顾，芦花和洛岛红慢慢都变成了红烧鸡。不过黑母鸡给留了下来，说是明春再孵一笼。

挺会带小鸡的，母亲说。

父亲不用再惦挂丝瓜长得密不密，也不尽往根底铺烟灰、倒茶汁了。何况架子也吹倒，还是那次台风来的晚上。

可是他对盆栽又生了兴趣。

沿着后墙搭起砖头架，放上瓦盆，要母亲把蛋壳都留着。

弯着腰，在手里细细捏碎了，一点点铺到土上。

这只是准备工作，父亲说。

等春天再来，天再暖，园艺系的周公要送给他六棵日本枫。

天黑得真快，欧巴桑跟男人回去的那天，才不过走到巷口，一前一后的两个身影就昏恍起来。只有欧巴桑手腕底下的那只白鹤，准是布上的色料沾着萤粉，反而特别清亮地映照着早来的夜光。

白鹤一颤一颤闪出灰暗的温州街，阿玉再也没见它回来。

原载《中国时报·人间副刊》，
1985年2月9日

夏日 一街的木棉花

长长地开了一街木棉花。

开得那么傻。二月和三月和四月走得很快，风一停，夏天就来了。

夏天再来的时候是什么样子？

去年夏天也不过是闪眼的木棉、闪眼的街，汽车走得霹雳啪啦的，粘了一脚柏油。当然，还有卖蛋卷冰淇淋的喇叭声，响得扎耳朵。

也不过是如此，他说。

我想笑。谁叫我们幻想得这么灿烂？一切都是个荒谬的笑话罢了。不过都是如此。

像太阳早上从树后升起，然后又无聊地落了下去。而我们吃饭、上课、下课，再吃饭、再上课、再下课。黄昏时摸索回家，心里觉得稀稀落落的。

但是据说爱情是很奇妙的，能叫人变成神。

我们从书中看见了爱情，大家都很向往爱情。我们把眼睛睁得这么大，瞳仁中有情人们双双飞舞着。

看那窗外的青草。不久前剪了一次，竟又长得那么长了，草中夹了几根菖兰的瘦叶子。

去年夏天原来是块花圃，种了石榴、菖兰、三色堇和罂粟，还有别的一些什么。每天东拉西扯的总会开上几朵，那么懒散的几朵，叫人觉得恹恹的。九月的时候。园丁将所有的花都铲除了，换上一畦百合。从二楼隔着玻璃望下去，百合花在风里头点得很殷勤。

我不知道为什么百合九月开花。不过，我从不知道百合应该在几时开花。尽管我曾想，那该是一个洒满阳光的日子，花上闪着光彩。

可是阳光带来的只不过是无尽无休的无聊罢了。人们歌颂着阳光，却又惧怕阳光。

有很多太阳剥蚀了柏油。

　　我喜欢你[1]。

　　我怕你。

　　你对我那么好。

我撑了阳伞跑过大街。

“跟随我的人，不但不死，反得永生。”

在死亡里再也没有死亡的恐惧。我将再不见日落，因为太阳退缩了。再不见风声掠过草梢。

无际无休的黑暗，人们说这是永恒。

　　天还没有亮呢！

　　不，天不会亮，太早。

　　二点钟。

　　爱你。

1　李渝就读台湾大学时，曾选修聂华苓的创作课程；本文即写于当时，实验形式感浓厚，小说的两字、四字空格，均依照原书保留。

爱你。

一池死水，用树枝无论怎么拨搅，只转几个回旋。

看看我。

我会忘记你。

我会忘记你。

说，为什么爱我？你为什么爱我？

我很喜欢一种树。这种树的叶子长得真大，像一个手掌一样，有些斑斓的红色。树枝分杈的时候总是一长条，然后在枝顶又分了好几枝，挂了几片大叶子。一年中有几天，它总会突然地开上一树花。一满树透明的红花。把树闪得像个水晶球。突然有一天，它就落了，落得不声不响的，几乎叫我觉察不到。可是它永远不再开第二次花。

我说永远，是因为自那次之后，我在窗旁等候了六个季节。它愣愣地站着，不萌一个花芽，只是伸长了布满骨节的手向天空要求着什么。

我很喜欢这种树，可是我一直不知道它叫作什么。

谁知道永远有多久？也许三年就是永恒，也许就那么二三分钟。

台北却不是个适合恋爱的城市。

除非，有一天，世界的最后一天来了。或者，有一场大战争。

我会活得很久，我期待你的死亡。爱情之中总该渗点死亡的味道。

没有死亡的爱情是多么没意思啊！平淡得像一杯冲了好几回的茶，一个很久很久以前的故事。夜晚是这么的好，我们总该热情些。

也许我死，一点死亡，一点疾病，一点灾祸。

或许你去和别人睡一觉。总之，一点变化，我们快闷死了。

我渴望游戏和死亡，我总是这样，像一个疯子。

活着是没有理由的，因为我们只是上帝的玩物罢了，如果有上帝的话，只用一个一个骗局来挑逗我们。

但是我们又有一万个理想，这是我们的不幸。我说。

我的爱，我还没有死。

我还想追求一些。

我不想结婚。

我永远不要结婚。

我渐渐老了。

我们常常遇到的那个疯子从对面走过来，穿了身暗灰色的西装。“我其实也没有什么，只是耳朵不太好，眼睛还看得清楚。”他对一棵扶桑树说。

据说他以前是学工程的，法文说得很好，他的情人现在是修女。

晚上常看见一个瘦瘦的女人，坐在小河旁的柳树下面披了一肩头发。有一天看见她坐在车站的长凳子上，用手掏风梨皮吃。

我们慢慢会死。

你是谁？

一个陌生人罢了。

我们都是。

可是爱情竟没有萌芽，一次花季都没有，没有叫我们闪耀着水晶的光彩。虽然也有月亮，也有星，也有小溪。其实只是一条污秽的下水道。

我只想大笑。那只摸索着的手，在我的身体上摸索。

可是我只想大笑，毫无理由。

笑声在一半的空中凝结了。

其实也没什么。我不知道为什么我笑，也不知道为什么我不笑。

夏天总是挺热的，不适合恋爱的城市上的太阳却长得很健康。叫人以为踏在海边的热沙上面。

夜晚热热的风呼噜着，没有海水推击的声音。

阴影来得很迟，夏天的夜晚树上挂了雾。

我有四天空着。

南部有一片白沙。

也许去听一听海鸟的叫喊会好一些。

你要救我。

我总是喜欢死亡。

星期二我做了一个梦，不是恋爱，只是十分黯淡。我梦见黑墙，穿黑衣的女人在墙上走，一个走过去了，又一个，又一个。

早上醒了，听见邻家放《夏天的时候》，那么熟悉的调子，“Oh, Baby, Don’ t you cry.”女黑人重复着，重复着，我想是唱针坏了。

现在还不是放《夏天的时候》。

现在才四点钟。

也许五点钟。

我的爱人，五点钟的阳光看起来是如此苍白。

后来我学了雕刻，又做了一条蓝格子连衣裙，你会觉得我像一朵茉莉。

昨天晚上梳头发时，看见镜中的脸孔是那么丑恶，冷笑了几声。丑恶得和我平常最厌恶的人一样的丑恶。

紧一些，紧一些，五点钟真冷，清清凉凉的冷。

叫我忘记一些事情。

或者，至少不要期待死亡。

白天你拼命地玩，看电影，爬山，和朋友大声开玩笑。晚上你拼命吃，然后爬上床，你会惊喜怎么一下子就死了。

我喜欢黑暗，看见暮色点点滴滴地下降，心里就高兴。至少，不会感觉到街那么长，那么无聊了。

可是黑夜又能带什么来呢?

如果你常常期望着什么，你就会常常失望。

黑夜只不过是白天的延长罢了。人们只有在黑暗里动作，在别人身体里找一点安慰和宁静。

我的爱，你听，有人穿了木屐敲过巷子。

日子很好过，二十年。就这么过去了，什么也是，什么也不是。

我们都忘记了，谁是谁，我们都不想认清楚，只有黑暗中手的摸索，或者是嘴唇的咬啮。也许我们会再活二十年，三十年。

为什么要说这些呢? 爱之后我们都累了。绝不是这些，我们正在年轻，也正在发狂。

你看，我的爱，头发像一匹黑夜一样的长。

原载《文星》第16卷第1期，
总号91期，1965年5月1日

李渝创作·评论·翻译年表

1957

8 月 5 日发表《国之本在家》于《中国一周》“青年园地”

8 月 26 日发表《台风》于《中国一周》“青年园地”

11 月 11 日发表《秋》于《中国一周》“青年园地”

11 月 18 日发表《阳光》于《中国一周》“青年园地”

1958

1 月 13 日发表《母亲》于《中国一周》“青年园地”

3 月 10 日发表《年趣》于《中国一周》“青年园地”

8 月 25 日发表《川端桥畔》于《中国一周》“青年园地”

9 月 8 日发表《我的志愿》于《中国一周》“青年园地”

1964

6 月 30 日发表《四个连续的梦》于《现代文学》第 21 期，后收录于《应答的乡岸》

1965

5 月 1 日发表《夏日　满街的木棉花》于《文星》第 16 卷第 1 期总号 91 期；后易名为《夏日　一街的木棉花》，并收录于《应答的乡岸》《夏日踟躇》，以及被选入《黄昏·廊里的女人》（1969 年）

5 月 19 日发表《水灵》于《中华日报》，后收录于《应答的乡岸》《九重葛与美少年》

6月发表《那朵迷路的云》于《幼狮文艺》第22卷第6期

6月30日发表《彩鸟》于《现代文学》第26期，后收录于《应答的乡岸》（作者自定完稿日期为6月15日）

8月19日发表《五月浅色的日子》于《联合报》第7版

1972

10月发表《台北故乡》于《东风杂志》第2期，后收录于《应答的乡岸》

1973

3月发表《〈桂蓉媳妇〉演出的话》，后收录于李渝、简义明编《郭松棻文集：保钓卷》（2005年11月）；为庆祝三八妇女节在纽约曼哈顿演出《桂蓉媳妇》，本文由当时节目单上的文字改写

6月发表《在海外推展话剧运动是时候了》于《东风杂志》第3期，后收录于李渝、简义明编《郭松棻文集：保钓卷》

6月发表《雨后春花》于《东风杂志》第3期，后收录于李渝、简义明编《郭松棻文集：保钓卷》

1976

3月以笔名李元泽发表译作《超级画商》于《雄狮美术》第61期（文章译自1975年10月26日Richard Blodgett刊于*The New York Times*的一篇评论）

11月以笔名李元泽发表《反对新写实主义的李斯利》于《雄狮美术》第69期；后易名为《反照相写实的写实主义——美国画家李斯利》，并收录于《族群意识与卓越风格：李渝美术评论文集》

1977

5月以笔名李元泽发表《版画中的近代中国》于《雄狮美术》第75期

7月以笔名李元泽发表《从山水到人物——中国后期人物画的现实精神》于《艺术家》第26期；后易名为《从山水到人物——清初绘画中的“正统”和“歧邪”》，并收录于《族群意识与卓越风格：李渝美术评论文集》

9月以笔名李元泽发表《七十年代回看抽象水墨画》于《雄狮美术》第79期

1978

1月发表《市民画家任伯年》于《雄狮美术》第83期，后收录于《任伯年——清末的市民画家》

2月出版《任伯年——清末的市民画家》，台北：雄狮图书股份有限公司（1985年修订再版）

3月发表《中国传统绘画中的女性形象》于《雄狮美术》第85期；后易名为《丰腴和纤弱——中国古代绘画中的女性形象》，并收录于《族群意识与卓越风格：李渝美术评论文集》

3月以笔名李元泽发表《歌唱的时代——西方电影的新型妇女》于《雄狮美术》第85期

1980

3月发表《返乡——再见纯子》于《现代文学》复刊第10期，后被选入柯庆明编《现代文学精选集·小说（Ⅲ）》（2012年4月）

9月以笔名李元泽发表译作《温室里的前卫艺术——纽约“现

代美术馆”建馆五十周年的反省》于《雄狮美术》第115期，后收录于《族群意识与卓越风格：李渝美术评论文集》（文章译自1979年11月 Hilton Kramer 刊于 *The New York Times* 的一篇评论）

1981

3月发表《关河萧索》于《中报杂志》第14期，后收录于《应答的乡岸》，作者自定完稿时间为1980年冬日，以及被选入李黎编《海外华人作家小说选》（1983年12月）

3月出版译作《现代画是什么？》，台北：雄狮图书股份有限公司

4月发表《唯美和现实——评“泼水节——生命的赞歌”兼评文革后中国绘画》于《雄狮美术》第122期，后收录于《族群意识与卓越风格：李渝美术评论文集》

9月发表《记纽约大都会美术馆艾斯特庭园及狄伦画廊》于《雄狮美术》第127期，亦刊于《新土杂志》；后易名为《都会中的一方宁静——纽约大都会博物馆的艾斯特庭园》，并收录于《族群意识与卓越风格：李渝美术评论文集》

9月发表译作《附译——狄伦画廊和艾斯特庭园》于《雄狮美术》第127期，亦刊于《新土杂志》；后收录于《族群意识与卓越风格：李渝美术评论文集》（文章译自1981年6月5日 Hilton Kramer 刊于 *The New York Times* 的一篇评论）

12月发表加州大学柏克莱分校博士论文 The Figure Paintings of Jen Po-nien (1840-1896): The Emergence of a Popular Style in Late Chinese Painting

1982

7月发表《从俄国到中国——中国现代绘画里的民族主义和先进风格》于《雄狮美术》第137期，后收录于《族群意识与卓越风格：李渝美术评论文集》

1983

3月5日发表《华盛顿广场》于《中国时报·人间副刊》

3月8日发表《女明星·女演员》于《中国时报·人间副刊》“异乡人”专栏

4月发表《让艺术史的江河向前流去：〈任伯年——清末的市民画家〉自评》于《雄狮美术》第146期，后收录于《族群意识与卓越风格：李渝美术评论文集》

4月4日发表《五个东欧妇人》于《中国时报·人间副刊》

4月28日发表《女性的故事》于《中国时报·人间副刊》“异乡人”专栏

5月22日发表《金合欢》于《中国时报·人间副刊》，8月1日另刊于《七十年代》，后收录于《九重葛与美少年》

6月发表《本土文化和外来文化影响》于《雄狮美术》第148期；后易名为《贝聿铭和香山饭店》，并收录于《族群意识与卓越风格：李渝美术评论文集》

6月9日发表《并非败者》于《中国时报·人间副刊》

6月26日发表《人世的绘画，历史的绘画》于《中国时报·人间副刊》“异乡人”专栏

7、8月以笔名李元泽发表编译《“新欧洲”画家》于《雄狮美术》第149、150期，后收录于《族群意识与卓越风格：李渝美术

评论文集》(文章译自1983年4月24日John Russell刊于*The New York Times*的一篇评论；而在《雄狮美术》第150期的“新欧洲绘画专辑”中，虽也编译了法国、瑞典、西班牙与比利时的新绘画，但书中未收录这部分)

7月发表《我们期待已久——“新欧洲绘画”的出现》于《雄狮美术》第149期

9月19日发表《童年虽然“愚騃”，也永远存在——评影片〈城南旧事〉》于《中国时报·人间副刊》，10月1日另刊于《七十年代》

10月2日至4日发表《江行初雪》于《中国时报·人间副刊》，荣获该年中国时报甄选小说首奖；后收录于《应答的乡岸》，以及被选入梅家玲、郝誉翔编《小说读本·上》(2002年8月)

11月10日发表《重逢》于《中国时报·人间副刊》“异乡人”专栏

1984

1月30日至31日发表《烟花——温州街的故事》于《中国时报·人间副刊》；后收录于《温州街的故事》，以及被选入聂华苓编《台湾中短篇小说选》(1984年)

3月25日发表《让文学提升政治·让文学归于文学——“江行初雪”不是政治宣言》于《中国时报·人间副刊》，后收录于《应答的乡岸》

8月发表《就画论画——〈中国绘画史〉译序》于《雄狮美术》第162期；后收录于译作《中国绘画史》，以及被选入兰静思编《海外华人散文精粹·下》(1995年4月)

9月1日发表《走的人多了，也便成了路——看〈半边人〉》于《九十年代》

9月2日发表《又荒唐·又苍凉——从马奎兹到台湾乡土文学》于《中国时报·人间副刊》

9月12日发表《观点与风格——光辉的中国文人传统》于《中国时报·人间副刊》“异乡人”专栏

10月出版译作《中国绘画史》，台北：雄狮图书股份有限公司；后易名为《图说中国绘画史》，北京：生活·读书·新知三联书店，2014年4月

11月发表《豪杰们》于《联合文学》“短篇小说风云六家”第1卷第1期创刊号，亦在同月9日搭配夏志清评论文《真正的豪杰们》刊于《联合报·联合副刊》，后收录于《应答的乡岸》

1985

1月31日发表《翻译并非次等事》于《中国时报·人间副刊》“异乡人”专栏

2月9日发表《朵云》于《中国时报·人间副刊》“温州街的故事”专栏；后收录于《温州街的故事》《夏日踟躇》，以及被选入梅家玲编《弹子王》(2006年1月)

2月16日发表《模仿与独创》于《中国时报·人间副刊》“异乡人”专栏

6月10日完稿《菩提树》，后被选入杨佳娴编《台湾成长小说选》(2004年10月)

11月24日发表《从前有一片防风林》于《中国时报·人间副刊》，后收录于《应答的乡岸》

1986

1 月 5 日至 7 日发表《夜琴》于《中国时报·人间副刊》“温州街的故事”专栏；后收录于《温州街的故事》《夏日踟躇》，以及被选入季季编《七十五年短篇小说选》（1987 年 3 月），王德威编《典律的生成——年度小说选三十年精选》（1998 年 4 月），王德威、黄锦树编《原乡人：族群的故事》（2004 年 11 月）

5 月 11 日发表《娜拉的选择》于《中国时报·人间副刊》

5 月 18 日发表《花式跳水者》于《联合报·联合副刊》；后收录于《应答的乡岸》，以及被选入王渝编《世界华文微型小说名家名作丛编（欧美卷）》（1996 年）

5 月 25 日发表《疗愈的手，飞起来》于《中国时报·人间副刊》“温州街的故事”专栏，后收录于《温州街的故事》

8 月发表《童年和童年的失落——影片〈童年往事〉看了以后所想起的》于《当代》第 4 期

12 月发表《童年的再失落——电影评论的多元性》于《当代》第 8 期

1987

3 月发表《明灯》于《联合文学》第 3 卷第 5 期总号 29 期，讨论画家余承尧；后节录部分文章，易名为《独立的艺术家》，并收录于《族群意识与卓越风格：李渝美术评论文集》

5 月 23 日至 6 月 1 日发表《她穿了一件水红色的衣服》于《中国时报·人间副刊》，连载十回，后收录于《温州街的故事》

9 月 30 日发表《诚意山水·情意山水》于《中国时报·人间副刊》“观余承尧先生画作”，10 月另刊于《雄狮美术》第 200 期“本期焦点：余承尧作品赏析”；曾被选入《余承尧的世界》，台北：雄狮图书股份有限公司，1988年；后易名为《纵逸山水》，并收录于《族群意识与卓越风格：李渝美术评论文集》

10月2日至3日发表《寻找一种叙述方式》于《中国时报·人间副刊》，后以《小说推荐奖——雷骧〈矢之志〉评审意见》为题被收入陈怡真编《昆虫纪事——第十届时报文学奖得奖作品集》（1987年12月）

10月14日发表《叙述观点新奇的小说》于《中国时报·人间副刊》，后以《小说优等奖——苕青〈在兽医的桌旁〉评审意见》为题被收入陈怡真编《昆虫纪事——第十届时报文学奖得奖作品集》（1987年12月）

12月7日至8日发表《索漠之旅》于《自立晚报·副刊》，连载两回，后被选入柏杨编《是龙还是虫——一九八七台湾现实批判》（1988年3月）

1988

4月19日至20日发表《檐雨》于《中国时报·人间副刊》“当代华文女作家短篇小说大展”

8月21日发表《郎静山先生·父亲·和文化财》于《中国时报·人间副刊》，后收录于《温州街的故事》

9月19日发表《月印万川——再识沈从文》于《中国时报·人间副刊》

10月18日至19日发表《宫闱电影的联想——历史和个人》于《联合报·联合副刊》

1989

1月发表《绘画是种不休止的介入——谈余承尧山水》于《当代》第33期，后收录于《族群意识与卓越风格：李渝美术评论文集》

2月发表《梦的王国梁山泊——女性和梦在“水浒”里的位置》于《联合文学》第5卷第4期总号52期

2月发表《梦归呼兰——谈萧红的叙述风格》于《女性人》创刊号（李渝为刊物编辑委员会的一员）

12月完稿《夜煦——一个爱情故事》；后收录于《温州街的故事》，以及被选入马森、赵毅衡编《潮来的时候——台湾及海外作家新潮小说选》（1992年），本选集后说明此作完成于1989年12月

1990

2月27日，发表《炼狱进出》于《中国时报·人间副刊》；后易名为《地狱天使——英国画家法兰西斯·培根》，并收录于《行动中的艺术家：美术文集》

6月发表《民族主义·集体活动·自由心灵》于《雄狮美术》第232期，后收录于《族群意识与卓越风格：李渝美术评论文集》

6月7日至12日发表《冬天的故事》于《联合报·联合副刊》，连载六回，后改写为《三月萤火》

1991

1月发表《八杰公司——温州街故事》于《联合报·联合副刊》，后收录于《应答的乡岸》《夏日踟躇》（虽表记为“温州街的故事”，但后未收录于《温州街的故事》）

2 月 13 日发表《台静农先生·父亲和温州街》于《中国时报·人间副刊》，后收录于《温州街的故事》

4 月 6 日发表《简谈“阳关”》于《中国时报·人间副刊》“三岸互评”

6 月发表《从墨西哥到中国台湾——文化入侵、弱势风格的压制和复兴》于《雄狮美术》第 244 期，后收录于《族群意识与卓越风格：李渝美术评论文集》

8 月发表《失去的庭园》于《联合文学》第 7 卷第 10 期总号 82 期，后收录于《九重葛与美少年》

9 月出版《温州街的故事》，台北：洪范书店有限公司；获选《联合文学》策划专题“八十年度十大文学好书（作家票选）”第 6 名；《联合文学》为这十大好书分别找了评论者撰文述介，见黄碧端《在迷津中造境——评李渝的〈温州街的故事〉》，《联合文学》第 8 卷第 4 期总号 88 期（1992 年 2 月）

11 月 15 日发表《多一点想象力就多一些传奇》于《中国时报·开卷专刊》“书的体温”，推介葛兆光《想象力的世界》

11 月 28 日发表《葛蒂玛的〈朱利的族人〉和她对“女作家”的看法》于《中国时报·人间副刊》

1992

4 月 25 日发表《水流上的软木栓——抗议和不抗议的艺术》于《中国时报·人间副刊》，后收录于《族群意识与卓越风格：李渝美术评论文集》

8 月 23 日发表《追忆似水年华》于《中国时报·人间副刊》“散文的创造·名家联展”系列，后被选入痖弦编《散文的创

造——联副名家散文选》(1994年)

10月26日发表《礼物》于《联合报·联合副刊》

1993

2月23日至3月17日发表《无岸之河》于《中国时报·人间副刊》，连载共十九回，后收录于《应答的乡岸》《夏日踟躇》，以及被选入陈义芝编《八十二年短篇小说选》(1994年)

7月发表《鹏鸟的飞行——余承尧山水》于《雄狮美术》第269期；后易名为《鹏鸟的飞行》，并收录于《族群意识与卓越风格：李渝美术评论文集》

7月16日发表《颜色和声音》于《联合报·联合副刊》“夏日读红楼梦”专栏，后收录于《拾花入梦记：李渝读红楼梦》

7月26日发表《不道德的小说家》于《联合报·联合副刊》“夏日读红楼梦”专栏，后收录于《拾花入梦记：李渝读红楼梦》

8月8日发表《翻译比创作更重要》于《中国时报·人间副刊》

8月14日发表《女性的语声》于《联合报·联合副刊》“夏日读红楼梦”专栏，后收录于《拾花入梦记：李渝读红楼梦》

8月15日发表《守护着的姐妹们》于《联合报·联合副刊》，后收录于《拾花入梦记：李渝读红楼梦》

8月17日发表《精秀的女儿们》于《联合报·联合副刊》“夏日读红楼梦”专栏，后收录于《拾花入梦记：李渝读红楼梦》

9月28日发表《男性的女性化》于《联合报·联合副刊》，后收录于《拾花入梦记：李渝读红楼梦》

10月20日发表《梦幻和仪式：红楼梦的神话结构》于《联合报·联合副刊》，后收录于《拾花入梦记：李渝读红楼梦》

12月30日发表《红楼梦探赏》于《联合报·联合副刊》，刊有《少年和老年同体》《探春和南方》《梦中的醒者，成年的代号——贾政》三文，后收录于《拾花入梦记：李渝读红楼梦》

1994

2月17日发表《兼美》于《联合报·联合副刊》“红楼梦探赏”，后收录于《拾花入梦记：李渝读红楼梦》

1995

1月2日发表《文艺失忆史》于《中国时报·人间副刊》

2月13日至14日发表《当海洋接触城市》于《联合报·联合副刊》，后收录于《夏日踟躇》

5月8日至9日发表《来自伊甸园的消息——女动物学家和猩猩的故事》于《中国时报·人间副刊》

8月9日至11日发表《踯躅之谷》于《联合报·联合副刊》；后易名为《踟躇之谷》，并收录于《夏日踟躇》，以及被选入齐邦媛、王德威编《最后的黄埔：老兵与离散的故事》（2004年2月）

9月14日发表《跋扈的自恋——张爱玲》于《中国时报·人间副刊》“纪念张爱玲辞世”专题

1996

7月2日至7日发表《寻找新娘》于《中国时报·人间副刊》，连载六回，后收录于《夏日踟躇》，集中另有一篇《寻找新娘（二写）》

9月9日发表《保钓和“文革”》于《中国时报·人间副刊》

1997

发表《沈从文——边城文魄》(此为雷骧导演的“作家身影”系列第9集的文稿)

3月发表《号手》于《中外文学》专辑“歧径花园：短篇小说十二家新作暨评论展(上)”，第25卷第10期总号298期(搭配黄碧端评论文《叙事的矛盾和失落的号声——我看〈号手〉》)，后收录于《夏日踟躇》

4月25日发表《情爱豪艳》于《中国时报·人间副刊》

5月20日至22日发表《呼唤美丽言语》于《联合报·联合副刊》，连载三回

1999

2月23日发表《忘忧》于《联合报·联合副刊》

4月出版《应答的乡岸——小说二集》，台北：洪范书店有限公司

4月11日发表《风定》于《联合报·联合副刊》

6月14日发表《庄严》于《联合报·联合副刊》

9、10月发表《金丝猿的故事》(节录)于《联合文学》第15卷第11、12期，总号179、180期，后收录于《金丝猿的故事》

11月21日发表《煽情——英国青年艺术家》于《世界日报·世界副刊》，后收录于《行动中的艺术家：美术文集》

12月发表《弘一》于《今天》，后收录于《行动中的艺术家：美术文集》

2000

1月11日发表《内航——克劳卡杭、玛雅德芮、辛蒂雪曼》于《世界日报·世界副刊》，后收录于《行动中的艺术家：美术文集》

3月4日至5日发表《虚实——传宋人〈溪岸图〉》于《世界日报·世界副刊》，连载两回，后收录于《行动中的艺术家：美术文集》

10月出版《金丝猿的故事》，台北：联合文学出版社（2012年8月修订再版）

2001

10月出版《族群意识与卓越风格：李渝美术评论文集》，台北：雄狮图书股份有限公司

12月11日发表《给纽约》于《联合报·联合副刊》

2002

1月3日发表《梦的共和国》于《联合报·联合副刊》，讨论画家、小说家舒兹

5月出版《夏日踟躇》，台北：麦田出版社

10月发表《被遗忘的族类》于《联合文学》第18卷第12期总号216期

2003

5月18日发表《艺术家参战》于《自由时报·自由副刊》，讨论画家马奈，后收录于《行动中的艺术家：美术文集》

5月22日至6月6日发表《提梦》于《联合报·联合副刊》，

连载十六回，后收录于《贤明时代》

7月发表《光阴忧郁——赵无极作品一九六〇至一九七二》于《艺术家》第57卷第1期总号338期，后收录于《行动中的艺术家：美术文集》

10月发表《和平时光》于《印刻文学生活志》第2期“十月小说”，后收录于《贤明时代》

2004

3月18日至19日发表《构造乌托邦》于《自由时报·自由副刊》，讨论画家马列维奇，后收录于《行动中的艺术家：美术文集》

5月14日至15日发表《似锦前程——温州街的故事》于《联合报·联合副刊》“联副小说特区”，后收录于《九重葛与美少年》

6月发表《日光女子》于《印刻文学生活志》第10期；后易名为《日光静好——维梅尔》，并收录于《行动中的艺术家：美术文集》

6月发表《美人和野兽——张学良的幽禁／悠静生活》于《明报月刊》第39卷第6期总号462期

7月发表《父与女——抑郁的陈布雷与叛逆的陈琏》于《明报月刊》第39卷第7期总号463期

8月发表《戒爱不戒色——张爱玲与她笔下人物》于《明报月刊》第39卷第8期总号464期

9月发表《在莽林里搭建乌托邦——中国才子瞿秋白》于《明报月刊》第39卷第9期总号465期

10月发表《以浪漫的自豪走过历史桥梁——梁思成和林徽因找寻中国古建筑》于《明报月刊》第39卷第10期总号466期

2005

3月14日至15日发表《抖抖擞擞过日子——夏志清教授和〈中国现代小说史〉》，后被选入姚嘉为编《亦侠亦狂一书生：夏志清先生纪念集》（2014年12月）

3月25日发表《二枕记》于《联合报·联合副刊》，讨论画家陈澄波，后收录于《行动中的艺术家：美术文集》

4月12日至13日发表《悄吟和三郎——萧红与萧军的情爱和文学生活》

7月出版《贤明时代》，台北：麦田出版社

8月发表《创作无疆界》于《明报月刊》第40卷第8期总号476期

8月19日至20日发表《收回的拳头》于《联合报·联合副刊》“联副小说特区”，2008年6月26日另刊于《世界日报·世界副刊》，后收录于《九重葛与美少年》

2006

7月发表《漂流的意愿，航行的意志》于《明报月刊》第41卷第7期总号487期

12月20日发表《六时之静》于《联合报·联合副刊》“联副小说特区”

2007

7月3日发表《交脚菩萨》于《联合报·联合副刊》

9月4日发表《故宫案》于《联合报·联合副刊》

9月26日发表《写作外一章——怎么活过来的？》于《联合

报·联合副刊》

12 月 21 日发表《饲虎》于《联合报·联合副刊》

2008

7 月 22 日发表访谈稿《在体制中迂回前行——专访新生小学校长刘美娥》于《台湾立报》

8 月 8 日发表《胖妹，你在哪里？》于《联合报·联合副刊》“参观故宫”

8 月 30 日发表《永春》于《联合报·联合副刊》；本文为张错著《雍容似汝——陶瓷、青铜、绘画荟萃》（2008 年 9 月）一书的序，亦在 10 月刊于《艺术家》第 67 卷第 4 期总号 401 期

9 月 9 日发表《美艳校长》于《中国时报·人间副刊》

10 月发表 Summer 1961；英译郭松棻小说集 *Running Mother and Other Stories*（2009）的前言，李渝亦参与了部分小说的英译工作

11 月发表《春深回家》，收录于柯庆明编《台大八十，我的青春梦》

2009

3 月 15 日至 16 日发表《离散和团圆——圆明园铜兔、鼠二首索归事件》于《联合报·联合副刊》，连载两回，后收录于《行动中的艺术家：美术文集》

5 月 14 日发表《美好时代》于《中国时报·人间副刊》“怀念高信疆”

8 月 26 日至 27 日发表《亮羽鸫》于《联合报·联合副刊》，连

载两回；10 月 25 日至 27 日另刊于《世界日报·世界副刊》；本文前半部另启为小说《丛林》，并共同收录于《九重葛与美少年》

9 月出版《行动中的艺术家：美术文集》，台北：艺术家出版社

9 月 12 日发表《抒情时刻》于《联合报·联合副刊》，收录于《行动中的艺术家：美术文集》

2010

3 月发表《梦里花儿落多少——红楼梦里的童年和成长》于《文讯》第 293 期，后收录于《拾花入梦记：李渝读红楼梦》

4 月 5 日发表《富春山居图》于《联合报·联合副刊》

7 月发表《待鹤》于《印刻文学生活志》第 6 卷第 11 期总号 83 期；后收录于《九重葛与美少年》，以及被选入郭强生编《九十九年小说选》（2011 年 3 月）

10 月 19 日至 20 日发表《贾政不做梦》于《中国时报·人间副刊》，后收录于《拾花入梦记：李渝读红楼梦》

10 月 24 日发表《我想看到的是——花博测展观后》于《联合报·联合副刊》

2011

1 月 28 日发表《战后少年》于《联合报·联合副刊》

4 月出版《拾花入梦记：李渝读红楼梦》，新北：印刻文学

4 月发表《岸上风云——〈溪岸图〉鉴别事件揭实》于《印刻文学生活志》第 7 卷第 8 期总号 92 期

5 月 24 日发表《重获金铃子——向聂华苓老师致敬》于《中国时报·人间副刊》（本文为李渝在同年 5 月 16 日台大聂华苓学术研

讨会的发言）

2012

3月发表《给明天的芳草》于《印刻文学生活志》第8卷第7期总号103期，后收录于《九重葛与美少年》

3月29日发表《倡人仿生》于《联合报·联合副刊》，4月18日另刊于《世界日报·世界副刊》，后收录于《九重葛与美少年》

6月25日发表《为〈文讯〉着急》于《中国时报·人间副刊》

7月发表《誊文者后记》，收录于郭松棻《惊婚》

10月发表《三月萤火》于《印刻文学生活志》第9卷第2期总号110期，后收录于《九重葛与美少年》

12月30日至31日发表《建筑师阿比》于《联合报·联合副刊》，连载两回；2013年2月12日至16日另刊于《世界日报·世界副刊》；后收录于《九重葛与美少年》

2013

2月发表《夜渡》于《短篇小说》第5期，后收录于《九重葛与美少年》

4月2日至3日发表《海豚之歌》于《中国时报·人间副刊》，后收录于《九重葛与美少年》

6月出版《九重葛与美少年——李渝小说十五篇》，新北：印刻文学；荣获第38届金鼎奖图书类出版奖文学图书奖，亦入围2014年台北国际书展大奖（小说类）

2014

2 月 26 日发表《敬念高居翰老师》于《中国时报·人间副刊》

2015

11 月发表《编者前言》，收录于李渝、简义明编《郭松棻文集：哲学卷》

11 月发表《编者前言》，收录于李渝、简义明编《郭松棻文集：保钓卷》

11 月发表《射雕回看》，收录于李渝、简义明编《郭松棻文集：保钓卷》（本文由《保钓和“文革”》一文增写而来）

2016

11 月《那朵迷路的云：李渝文集》出版，梅家玲、钟秩维、杨富闵编，台北：台大出版中心

* 台湾大学文学院博士后研究员钟秩维整理

图书在版编目（CIP）数据

夏日踟躇 / (美) 李渝著. -- 北京：九州出版社，2020.10（2021.10重印）

ISBN 978-7-5108-9300-1

Ⅰ. ①夏… Ⅱ. ①李… Ⅲ. ①短篇小说—小说集—美国—现代 Ⅳ. ①I712.45

中国版本图书馆CIP数据核字(2020)第130059号

著作权合同登记号：01-2020-5931

夏日踟躇

作　　者	李　渝　著
责任编辑	周　春
出版发行	九州出版社
地　　址	北京市西城区阜外大街甲35号（100037）
发行电话	（010）68992190/3/5/6
网　　址	www.jiuzhoupress.com
印　　刷	北京天宇万达印刷有限公司
开　　本	880 毫米 × 1194 毫米　32 开
印　　张	11.75
字　　数	145 千字
版　　次	2021 年 3 月第 1 版
印　　次	2021 年 10 月第 2 次印刷
书　　号	ISBN 978-7-5108-9300-1
定　　价	58.00元